Too Much Happiness

太多幸福

Alice
Munro

艾莉絲‧孟若 著　張茂芸 譯

木馬文學 75

太多幸福：諾貝爾獎得主艾莉絲・孟若短篇小說集1
Too Much Happiness

作者　艾莉絲・孟若（Alice Munro）
譯者　張茂芸
執行長　陳蕙慧
總編輯　陳郁馨
主編　張立雯
行銷企劃　廖祿存

社長　郭重興
發行人兼出版總監　曾大福
出版　木馬文化事業股份有限公司
發行　遠足文化事業股份有限公司
地址　231新北市新店區民權路108之3號8樓
電話　02-2218-1417　傳真　02-8667-2166
email: service@bookrep.com.tw
郵撥帳號　19588272 木馬文化事業股份有限公司
客服專線　0800221029
法律顧問　華洋國際專利商標事務所 蘇文生 律師
印刷　成陽印刷股份有限公司
初版15刷　2018年3月
定價　新臺幣340元

ISBN　978-986-5829-73-5

國家圖書館出版品預行編目(CIP)資料

太多幸福 / 艾莉絲・孟若（Alice Munro）著；張茂芸譯. -- 初版. -- 新北市：木馬文化出版：遠足文化發行, 2013.12
面；　公分. --（木馬文學；75）（諾貝爾獎得主艾莉絲・孟若短篇小說集；1）
譯自：Too Much Happiness
ISBN 978-986-5829-73-5（平裝）

885.357　　102023939

獻給
大衛·康奈利

目錄
contents

空間

多麗總共得搭三班公車——先到金卡丁，在那邊等去倫敦[1]的車，再到倫敦等開往獄所的市內公車。她星期天早上九點出的門，但每轉一趟車都得等上好一陣子，所以走完這一百多哩路，已是下午兩點。一路上無論搭車等車都得坐著，她倒是不在意。她每天上的班本就不是坐著的那種。

她在「藍雲杉」旅社當清潔婦，刷浴室、換床單、鋪好床、吸地毯、擦鏡子。她喜歡。工作多少能讓她不胡思亂想，還可以把她累癱，晚上才睡得著。所幸她不算碰過很難收拾的房間，有些清潔婦看過的場面可謂令人髮指。這些同事都比她年長，覺得她應該想辦法升上去，建議她趁著年輕貌美多受點訓，以後好坐辦公桌。不過她覺得現在這

1 加拿大安大略省東南部的城市，與英國的倫敦同名。（本書注釋全為譯注）

樣就很好了，不想做必須跟人交談的工作。

旅社裡的人都不曉得她之前的事，或者說，就算曉得，也裝沒事。她的照片早就上過報——那張他拍她和三個孩子的合照。她懷裡抱著剛出生不久的迪米崔，左右兩邊各站著芭芭拉安和薩沙，大家一起望著鏡頭。她一頭大波浪長褐髮，捲度與色澤都自然得正合他意，也一臉羞怯溫柔——是他希望的模樣，卻非她的本色。

那件事之後，她剪了短髮、漂淡了髮色，抓成刺蝟狀的造型，人瘦了整整一圈，還用起新名字：芙樂。他們幫她在一個鎮上找了差事，離她以前的住處有段相當的距離。

她大費周章跑這麼遠，這是第三次。頭兩次，他拒絕見她。要是他再避不見面，她八成就會死心。話說回來，就算兩人見了面，她或許也有陣子不會再來。她不想做得過頭。老實說，她還真不知該怎麼辦。

第一班車的路上她感覺還好，就是單純在車上欣賞沿路的風景。她老家靠海，四季分明，這裡卻是直接冬轉夏，前一個月還下雪，現在卻熱到可以光著兩條膀子。田裡一片片水窪閃閃發亮，豔陽穿過光禿禿的樹枝，劈頭蓋臉地照來。

第二段路她就有點坐不住了，不由猜想同車的哪些女人可能也是去一樣的地方。她們都是一個人來，而且大多費心打扮，或許想讓人覺得她們是上教堂。年長的彷彿就是去規規矩矩的老派教會，一身裙子絲襪、戴頂帽子；年輕女子則去比較活潑的教會，可以穿褲裝、戴鮮豔的圍巾、耳環，頂著各式的蓬髮造型。

多麗這兩種人都不是。上班以來整整一年半，她沒給自己買過一件新衣服。上班就穿制服，下了班穿牛仔褲。不同的是她現在敢化妝了。以前是因為他不准，此刻大可打扮，但她選擇素顏。玉米色的刺蝟髮和她瘦削的素顏並不相稱，但反正無所謂。

到了第三趟車，她找了個窗邊的位子。為了保持鎮定，她開始看廣告看板和街上的招牌。這是她學來的小把戲，玩一玩可以不讓自己胡思亂想，也就是隨便抓招牌上某個字，把字母拆解開來，重新排列組合，看可以生出多少字。例如「coffee」（咖啡）可以生出「fee」（費用）、「foe」（敵人）、「off」（……下）、「of」（……的）。「shop」（店鋪）則可以變出「hop」（跳）、「sop」（浸）、「so」（所以）——噢對了，還有「posh」（時髦的）。公車開出市區的路上，多得是可玩的素材——有戶外看板、大賣場、停車場，連繫在屋頂上的廣告氣球她也不放過。

多麗沒跟山茲女士提到前兩次去看他的事，這次八成也不會提。她每星期一下午固定去山茲女士那邊。山茲女士建議她繼續往前走，但也總是說不用急、慢慢來。她說多麗狀況不錯，正漸漸發掘出自己內在的力量。

「我知道這些話大家老是講，膩都膩死了。」山茲女士說。「不過這些話還是有它的道理。」

這時她才發現自己講了「死」字，不覺臉紅，但也沒因此致歉，省得火上加油。

七年前，多麗十六歲，每天放了學就去醫院看她母親。母親當時背部剛開過刀，正在休養，手術算不上危險，卻也不是小手術。洛伊德是醫院的照服員，和多麗的母親因為都是老嬉皮（他小多麗母親幾歲），他一有空就會過來陪她，兩人聊起當年參加的演唱會與抗議遊行、某些特立獨行的人物、嗑藥後讓他們不省人事的幻覺，諸如此類。

病人都很喜歡洛伊德，因為他愛講笑話，而且觸著你的時候那麼有力，讓你覺得安心。他長得很結實、寬肩，看上去頗有架勢，有時還會有人把他當成醫生（但他對這點不以為然，他覺得很多藥都是騙人的，一堆醫生都是混球。）他皮膚容易敏感，白中帶紅。淡色的髮，炯炯有神的雙眼。

他在電梯裡吻了多麗，說她是沙漠之花，隨即自嘲道：「這詞兒是不是給用濫啦？」

「你是詩人，只是自己不曉得而已。」她說，不想讓他難堪。

她母親一晚因栓塞猝逝。母親生前有不少女性友人，其實都可以收留她，她當時還跟其中一位同住了一陣。只是，她雖然才剛認識洛伊德，卻只想跟他在一起。於是她不到十七歲便懷孕，兩人結了婚。洛伊德之前沒結過婚，不過在外面至少有兩個小孩，下落不明。反正到這時，兩個小孩應該也已長大成人。他年紀大了，人生哲學也隨之改變。現在的他相信婚姻、忠誠、不避孕。兩人原本住在色秋半島，後來他覺得這裡人太多——舊朋友、舊生活方式、舊情人，於是不久便跨越大半片國土，搬到兩人在地圖上光看名字便決定的小鎮：邁德梅，但沒住在鎮上，而在鄉下租了房子。洛伊德在冰淇淋工廠找到差事。兩人在家裡弄了個花園。洛伊德不僅精通園藝，做起木工、幫柴爐生火、修老爺車等等，也是一樣拿手。

薩沙來到人間。

「這很自然的。」山茲女士說。

多麗問：「是嗎？」

多麗總是坐桌前的高背椅，不坐有花朵圖樣和擺了抱枕的沙發。山茲女士也跟著把自己的椅子挪到桌邊，兩人談起話來便少了隔閡。

「我大概一直都希望妳會這麼做吧。」山茲女士說。「要是我碰上妳這種情況，八成也會這麼做。」

起先山茲女士是不會這麼說的。就連一年前，她措詞都比現在謹慎得多。她知道若跟多麗說「無論是誰、無論哪個生靈，都有可能遇上這種事」，多麗反彈會很大。現在她曉得，多麗聽到這種話，已經可以解讀為別人願意虛心了解自己的狀況。

山茲女士和這一行的某些人不太一樣。她不活躍、不苗條、不漂亮，也不太老，與多麗的亡母差不多年紀，只是不像當過嬉皮的樣子。一頭花白短髮，一邊顴骨上有顆痣。穿的是平底鞋、寬鬆長褲、花朵圖樣的上衣。不過就算上衣是明豔的覆盆子或青綠色，她也是一副不在乎自己到底穿了啥的模樣——很可能是有人建議她應該穿得更有架勢，她才乖乖跑去買些她覺得像樣的衣服。那鮮豔活潑的五顏六色，此情此景下顯得格外刺眼不堪，所幸山茲女士客觀親切又極沉穩的態度，把這些不快的聯想一掃而空。

「嗯，其實頭兩次我都沒見到他。」多麗說。「他不願意出來。」

「可是這次他出來了？真的有出來見妳？」

「對。可是我快認不出是他了。」

「怎麼，他老很多？」

「我想是。我覺得他也瘦了點。還有衣服，就是囚服啦。我沒看他穿過那種衣服。」

「妳覺得他變了個人？」

「也不是。」多麗抿著上唇，努力想著差別在哪裡。他變得好安靜，是她從沒見過的樣子，好像連自己要坐在她對面都不知道。她見了他的第一句話是「你不坐嗎？」他說：「這樣好嗎？」

「他神情有點空洞。」她說。「我在想會不會是他們給他下藥了？」

「可能是讓他保持鎮靜的東西。不過話說回來，我哪知道。你們有聊一下嗎？」

多麗納悶，他們倆那樣也算聊嗎？她問他的淨是些蠢得可以的家常瑣碎。他感覺怎麼樣？（還好）吃的東西夠嗎？（應該吧）有沒有地方讓他想散步的時候走動走動？（有人看著的情況下就可以。那應該也算是個「地方」吧。那大概也稱得上是「走動」吧。）

她說：「你要多呼吸點新鮮空氣。」

他說：「那倒是。」

她差點就問，有沒有交到什麼朋友？就像問小孩學校怎麼樣的口吻。如果你家孩子有上學的話，你就會用這種口吻。

「好，好。」山茲女士說著，把早就準備好的面紙盒推過去。多麗用不著，她雙眼都是乾的。問題是她的胃裡。想吐。

山茲女士僅是等著，懂得不去插手。

然後，洛伊德像是察覺到她快開口，自己索性先跟她說，有個心理醫師不時會來跟他聊聊。

「我跟他說他是浪費時間。」洛伊德說。「我知道，他也知道。」

多麗覺得只有這一刻，他的語氣就像以前的那個他。

整個會面的那段時間，她的心不斷狂跳，以為自己可能會暈過去或死掉。她費了好大的勁才能正眼看他，見他變成這個瘦削、白髮，畏首畏尾卻又冷漠，舉手投足像機器人，卻又十分不協調的男人。

這些她都沒有告訴山茲女士。山茲女士可能會問（當然語氣會極委婉），她怕的是誰？怕自己，還是怕他？

可是她的情緒不是「怕」。

薩沙一歲半時，芭芭拉安出生了。芭芭拉安兩歲時，他們又有了迪米崔。薩沙的名字是兩人一起取的，但後來他倆約好，接下來的小孩，男生由他命名，女生則交給她。

迪米崔是三個小孩之中頭一個得腸絞痛的。多麗想說他可能是母奶喝得不夠，又或者是她的母奶不夠營養？還是太營養？反正就是不對勁。洛伊德從「國際母乳會」請了一個女的來跟多麗談，那女的說，無論如何都不要讓寶寶喝奶粉，一旦起頭，就會一發不可收拾，寶寶不多久就會完全拒喝母奶。

這女的哪裡知道，多麗早就餵迪米崔喝奶粉，而且他好像真的比較喜歡奶粉，對母奶愈發排斥。到他三個月大時，已經只用奶瓶了。這件事當然瞞不住洛伊德。多麗跟他說已經沒有母奶，只好開始用奶粉。洛伊德發瘋似地使勁輪流擠她乳房，終於榨出幾滴可憐兮兮的母奶。他罵她大騙子，兩人吵了起來。他罵她就跟她媽一樣，是個婊子。

嬉皮都是婊子，他說。

兩人很快便和好。但往後只要迪米崔鬧脾氣、受了涼，或是怕薩沙養的小兔子，或是到了哥哥姊姊都開始自己走路的年齡，仍扒著椅子不放，「沒給他餵母奶」這話題就會拿出來再吵一次。

多麗頭一次去山茲女士的辦公室時，有個女的給她一份小冊子。封面上印著金色十字架和金紫相間的字樣。「當你自覺無法承受失落……」裡面有張色彩柔和的耶穌圖片，還印了些小字，多麗沒看。

多麗坐在桌前，手裡仍拽著小冊子，整個人發起抖來。山茲女士得使勁才能把那小冊子從她手裡拔出來。

「有人給妳這個？」山茲女士問。

多麗回道：「她。」順勢扭頭，朝關上的門比了一下。

「妳不想拿？」

「妳失意的時候，就會有人想趁機影響妳。」多麗說著，才想起這是她母親住院時說的話，那時有些拿著這類傳單的女人到醫院探病。「他們覺得你只要跪拜主前，就什麼問題都沒了。」

山茲女士嘆了口氣。

「唉，」她說：「事情當然沒那麼簡單。」

「根本不可能的事。」多麗說。

「也許吧。」

那陣子，她們絕口不提洛伊德。多麗只要能控制自己，絕對不想起他，就算想起，也只把他當成什麼恐怖的天災。

「就算我真的相信那堆話，」她指的是小冊裡印的那些：「那也會是……」她原本想說有這種信仰或許會讓事情簡單許多，她大可以想著洛伊德在地獄裡遭焚燒或受酷刑等等，但她又說不出口，因為要談這些實在太荒謬。也因為她始終過不去的那個關卡，那就像有把大鎚狠狠鎚著她的肚子。

洛伊德認為孩子應該在家受教育。原因不在於宗教（反對恐龍、原始人、猴子，演化論那一套），而是他認為，與其把孩子一股腦兒丟給學校，應該讓孩子待在父母身邊，小心翼翼、按部就班地認識這個世界。他的說法是：「我就是覺得他們是我的孩子。我是指，這是我們的孩子，不是教育部的孩子。」

多麗對這件事原本沒有把握，但後來發現教育部其實有清楚的自學指南和課程計畫，在當地的學校就拿得到。薩沙這孩子很聰明，自己學會了認字。另兩個孩子還太小，學不了多少。每到傍晚和週末，洛伊德會教薩沙地理、太陽系、動物冬眠，車子怎麼會跑等等，隨問隨教。薩沙很快便超越了學校的進度，不過多麗還是去學校拿了課程計畫，要薩沙跟著時程表做習題，以合乎法令的規定。

他們住的這一區有個媽媽梅姬，也在家教小孩讀書。她有輛休旅車。多麗沒學開車，但洛伊德上班要用車，所以她很慶幸每星期可以搭一次梅姬的便車，兩人一起去學校交寫完的習題，順便拿新的作業回來。兩家的小孩當然也同行。梅姬有兩個兒子，大的那個對很多東西過敏，所以梅姬非常注意他平日的飲食，這也是她在家教小孩讀書的原因。小兒子很黏哥哥，又有氣喘，很可能以後也會比照辦理，在家自學。

當年，看看別家，想想自己有三個健康的小孩，多麗真是暗自慶幸。洛伊德說那是因為多麗生小孩時還年輕，梅姬快到更年期了才生。這話當然把梅姬講老了，但她晚生是事實。梅姬是眼科醫師，與丈夫原本是同居關係，最後她決定不再執業，兩人在鄉下成了家，然後才有了孩子。

梅姬一頭短髮黑白相間，短得整個貼著頭。她人高胸平，個性開朗，很有主見。洛伊德叫她拉子，當然是背地裡這麼叫。他會一邊跟她在電話上嘻嘻哈哈，一邊跟多麗打嘴形：「那個拉子打來的。」多麗倒不是特別在意這點——洛伊德管一堆女人叫拉子。多麗只怕梅姬可能會覺得洛伊德的玩笑開過頭變成打探，要不就是無謂的東拉西扯浪費時間。

「妳要跟我家老媽子講話？噢，好，她人就在這兒，忙著洗衣服咧。對啦，我就是大魔頭，專門虐待奴隸。她跟妳說過嗎？」

多麗和梅姬後來有了個習慣。去學校拿了作業後，兩人會一起去買菜，偶爾再去買杯咖啡外帶，開車帶孩子去河畔公園玩。她倆坐在長椅上，薩沙和梅姬的兩個兒子四處追逐或爬鋼架玩。芭芭拉安盪鞦韆，迪米崔喜歡沙坑。要是天氣冷，她倆就坐在車裡。兩人聊的大多都是孩子怎樣怎樣，又燒了什麼菜等等。不過聊著聊著，多麗才知道原來梅姬在行醫之前，曾徒步旅遊歐洲；梅姬也才知道原來多麗很早就結了婚，而且起初很容易便懷孕，後來就變得沒那麼容易，洛伊德自是起了疑心，還把多麗梳妝臺的抽屜一一翻找過，看有沒有避孕藥——他覺得她一定有偷吃藥。

「妳有嗎？」梅姬問。

多麗大吃一驚，回說，她怎麼敢。

「我是說，如果背著他偷吃藥，就太差勁了。他四處找避孕藥，是鬧著玩的。」

「噢。」梅姬只這麼說。

某次梅姬問她：「妳一切都好嗎？我是指妳的婚姻生活。妳快樂嗎？」

多麗毫不猶豫便稱是，從那以後她講話就更小心了。她覺得有些事情是她慣了的，但別人可能不會懂。洛伊德對事情自有一番看法，他就是這種人，打從她在醫院頭一次遇見他，他一直就沒變。好比說，醫院的護士長米契爾女士，個性比較古板，他便叫她「鄙棄爾女士[2]」。他故意說得很快，你幾乎聽不出差別。他覺得護士長特別偏愛某些人，只是不包括他。現在到了冰淇淋工廠，他也看某個人不順眼，叫他「西勞厄路易[3]」。多麗不知道這人的真名，但至少這代表惹洛伊德不爽的不單是女人。

多麗很肯定那些人不像洛伊德說的那麼壞，但和他唱反調也沒用。或許男人就是一定要有自己的敵人，猶如男人有自己的一套笑話。洛伊德不時會把敵人當笑話，彷彿也是種自嘲。這種時候，多麗甚至得以獲准與他同笑，只要最先笑的不是她就好。

她真希望他不會用這一套來對梅姬。偶爾她會有這種預感。要是他不讓多麗搭梅姬的便車去學校、去買菜，那真的會很傷腦筋，但更糟的是她會在梅姬面前抬不起頭來。她為了解釋緣由，得扯一堆荒謬的謊。可是梅姬當然明白——至少她曉得多麗騙她，而她會認為多麗的處境很可能比實際上還嚴重。梅姬自有一套敏銳的觀察力。

後來多麗自問，何必要在乎梅姬的看法？梅姬畢竟是局外人，多麗和她相處起來，也不能自在敞開心房。洛伊德說的沒錯，他倆之間的真相、他倆之間的牽繫，誰都不會懂，也不干誰的事。只要多麗好好聽話，他們自然會幸福美滿。

每下愈況。雖沒有明令禁止，但嫌東嫌西的時候變多了。洛伊德一口咬定，梅姬的兒子之所以有過敏和氣喘，八成是梅姬的錯。往往是母親自己有問題，他說。這種事以前在醫院他看多了。什麼都想控制的那種母親，通常也是書讀得太多的母親。

「小孩有時生下來就是有問題。」多麗說（這話說得實在不聰明）。「你也不能說每次都是媽媽的錯。」

「哦。我為什麼不能這樣講？」

「我不是說『你』，也沒說『你』不能這樣講。我是說，小孩難道不會天生就有毛病嗎？」

「妳什麼時候變成醫學權威了？」

「我又沒說我是。」

「當然。妳懂什麼。」

雪上加霜。他想知道她們都聊些什麼。她和梅姬。

---

2 原文是 Mrs. Bitch-out-of-Hell（地獄來的婊子）。

3 原文是 Suck-StickLouie，暗指對男性口交。

「我不知道，沒聊什麼啊。」

「這可妙了。兩個女人開一輛車，我還是頭一回聽過咧。兩個女人沒聊什麼。我看她是存心想挑撥我們吧。」

「誰存心挑撥？梅姬？」

「她這種女人我看得多了。」

「哪種？」

「她這種。」

「別傻了。」

「妳講話小心點。別說我傻。」

「她挑撥我們要幹麼？」

「我哪知道？搞不好她存的就是這個心。妳等著看好了。她會讓妳跑過去哭訴我是個怎樣的混帳。我看就快了。」

事實果真如他所料，至少在洛伊德看來是這樣。她確實在某天晚上十點左右，坐在梅姬家的廚房裡，邊吸鼻忍淚邊喝花草茶。她去敲門時，還聽見梅姬的丈夫在門後嚷嚷「搞什麼？」他不認識她。開門時，她只說了「真的很抱歉來打擾……」他只挑眉睜眼，抿緊了嘴瞪著她。然後梅姬才出現。

多麗摸黑從家裡一路走過來。她先是沿著她家外面的那條碎石路走，再走到公路上。只要有車駛過，她就躲到路邊的水溝裡，所以這一路走得很慢。駛過的車她都有瞄一眼，看看是不是洛伊德追來。她不希望他找到她，至少在他清醒過來、回復神智之前，都不要。以前碰上他抓狂，她會用她的方式讓他清醒過來。她邊哭邊嚎，甚至邊用頭撞地邊喊「不是這樣、不是這樣、不是這樣」，喊了一遍又一遍，喊到他終於讓步，說「好好好我相信妳。親愛的，別那麼大聲，想想孩子。我相信妳就是了，真的。別喊了。」

可是今晚不同。她原本差點要演起又哭又嚎的那一套，但在最後關頭，她的理智知道不能這麼做。她穿上外套，逕自出門，任他在背後怒吼：「不准走，我警告妳！」

多麗到了梅姬家，只是不住地說：「對不起，真的很對不起，這麼晚還來打擾……」梅姬的丈夫一臉不快，先去睡了。

「噢，別說了。」梅姬講得溫和果決。「想喝杯葡萄酒嗎？」

「我不喝酒的。」

「那就別破戒了。我幫妳泡點茶，有緩和情緒的作用喔，覆盆子和甘菊口味的。你們不是為小孩吵架吧？」

「不是。」

梅姬接過多麗的外套，遞給她一疊面紙，讓她擦眼淚擤鼻涕。「現在先別跟我說。妳先緩口氣吧。」

多麗即便是略略鎮定了之後，都不想把真相和盤托出，說梅姬才是他們爭吵的主因。再說，她也不想對外人說洛伊德是怎樣的人。無論她再怎麼受不了他，他畢竟還是她在這世上最親的人。要是她有那個勇氣背棄洛伊德、對別人說他其實如何如何，對她而言，天就塌了。

她只說她和洛伊德為了老問題吵架，她實在受不了，只想一走了之。但她說，她會沒事的。他倆會沒事的。

「夫妻倆難免吵架嘛。」梅姬說。

電話鈴響，梅姬去接。

「對，她沒事，她只是要出來走走，發洩一下。那好，就這樣，我明天一早就送她回家。沒問題。好。晚安。」

「他打來的。」梅姬說。「我想妳也聽到了。」

「他語氣怎麼樣？正常嗎？」

梅姬笑了。「我哪知道他正常時是什麼語氣？至少不像醉了。」

「他也不喝酒。我們家連咖啡都沒有。」

「想吃點吐司嗎？」

隔天一大清早，梅姬就開車送她回家。梅姬的丈夫還沒出門上班，在家顧兩個兒子。梅姬急著回去，只跟多麗說：「拜拜，想聊的話就打給我。」就把車在院子裡調頭走了。

那時是初春，清晨仍有寒意，地上仍有積雪，洛伊德卻沒穿外套，就坐在門前的階梯上。

「早啊。」他說，嗓門很大，刻意挖苦的禮貌語氣。她也如常回了早安，假裝沒受他語氣的影響。

他並沒有挪到旁邊，好讓她踏上階梯。

「妳不能進去。」他說。

她決定不往壞處想。

「如果我說拜託呢?拜託你。」

他望望她，沒作聲，抿著唇笑。

「洛伊德?」她央求著。「洛伊德?」

「妳最好別進去。」

「我什麼也沒跟她說，洛伊德。對不起，我昨晚就那麼走了，我想我只是要出去喘口氣。」

「最好別進去。」

「你是怎麼了?孩子們呢?」

他只搖頭，像是她說了不入耳、有點粗的話，像「我靠」之類。

「洛伊德。孩子們呢?」她加重了語氣。

他挪了一下身子，讓她可以通過。

迪米崔還在嬰兒床裡側躺著。芭芭拉安倒在她床旁邊的地上，彷彿想逃出床底下，或是給拖出來。薩沙在廚房門邊——他當時想逃出去。他是唯一在喉間有瘀傷的，其他兩個孩子都是用枕頭解決的。

「我昨晚不是有打電話去?」洛伊德說。「我打電話的時候，事情已經發生了。

「這是妳自找的。」他說。

判決結果是說洛伊德瘋了，無法接受審判。他是在心智失常的情況下犯罪——必須關在嚴密守衛的監獄裡。

多麗跑出家門，跌跌撞撞繞著院子跑，雙臂緊緊環著肚子，像是有人把她攔腰切開，她得緊抱著自己，五臟六腑才不會散了一地。梅姬往回開時，看到的就是這一幕。說也奇怪，梅姬早有預感似的，送了多麗回家之後，半路又掉回頭。她先是以為多麗被洛伊德揍了或踹了肚子。多麗不斷發出恐怖的叫聲，梅姬完全無法理解她在叫什麼。可是洛伊德仍坐在門前的階梯上，什麼也沒說，還禮貌地挪了一下讓她過去。她進了屋，發現情況正如她所料，隨即打電話報警。

有陣子多麗只是不斷抓東西往嘴裡塞。先是吃土、吃草，再來是床單、毛巾，後來還吃起自己的衣服，像是想塞住不斷從體內湧出的哀嚎，壓下腦海裡的那個畫面。她定期得打某種針，說是有鎮定的作用，結果也頗有效，老實說，她變得非常靜，但不是精神病的那種靜。據說她已經穩定下來了。她出院後，社工帶她到了這個新地方，之後由山茲女士接手，幫她找住處、找工作，每週固定和她談一次。梅姬原本要來看她，但她完全沒辦法見梅姬。山茲女士說有這種感覺很正常——所謂的聯想作用。她說梅姬會諒解的。

山茲女士說，要不要繼續去看洛伊德，完全由多麗自己決定。「我的職責不是跟妳說『可以』或『不可以』，妳知道。去看他，妳自己覺得舒服嗎？還是感覺很差？」

「我不知道。」

多麗沒法解釋，她看到的幾乎不是他，反倒像看到鬼。他蒼白得駭人。身上是褪色鬆垮的衣服，腳上是走起路來幾乎無聲的鞋（大概是拖鞋）。她覺得他掉了不少頭髮，原本那麼濃密、捲捲的蜂蜜色頭髮。雙肩瘦削得幾乎縮成一團，鎖骨的洞也不見了，她以前喜歡把頭靠在那裡。

事後他對警方說的是（報紙也引用了這句）——「我這麼做是讓他們免得受苦。」什麼苦？

「知道他們的媽媽拋下他們走了，那很苦。」他說。

這句話深深烙進多麗腦中。或許，在她決定嘗試去看他的時候，有想叫他收回那句話的念頭。她要讓他看到事情的經過，坦承事情的真相。

「你叫我不要跟你唱反調，要不就滾出這個家，所以我就出去了。

「我只不過去梅姬家一個晚上。我本來就打算回家，我誰也沒拋棄。」

她清楚記得那天是怎麼吵起來的。她之前買了一罐義大利麵，罐頭上有個小小的凹痕，所以有特價，她還很得意撿了個便宜，覺得自己真是賢慧。不過後來他發現凹痕時問她，她卻沒說這些。不知為何，她覺得最好假裝自己沒留意到那凹痕。

誰都會發現好不好，他說。我們可能全都會食物中毒耶。她是怎麼回事？難道說，她原本打的就是這個主意？她想把小孩拿來當實驗品？或是拿他當實驗品？

她只說，別瘋了亂講話好不好。

他說，瘋的不是他。會買毒藥給家人吃的，只有瘋女人吧？

三個小孩站在客廳門口看他倆吵架。那是她見到他們的最後一面。

所以，難道她一直想的就是這件事——她終於可以證明給他看，誰才是那個瘋子？

等她回神發現自己在想什麼時，早過了該下車的時候。她本可以跟幾個女的在大門就下車，再慢慢走上去；也可以過街去等回市區的公車。有些人大概就是這樣吧，原本要來探監，最後卻改變主意。這種事應該屢見不鮮。

不過，既然來了，或許做到底比較好，去看看他變得何等陌生、何等不堪。他已經變成不值得怪罪的人，不是個「人」，而像夢中的某個角色。

她做過夢。有次她夢見自己看到孩子們後衝出家門，洛伊德如常開懷大笑起來，她隨即聽見背後傳來薩沙的笑聲，她這才恍然明白，原來是他們一起鬧著她玩兒。

「妳問過我，我去看他，感覺是好還是壞。妳上次問我的？」

「對，我問過。」山茲女士說。

「我必須想過之後再回答。」

「當然。」

「我覺得，感覺很差。所以我後來就沒去了。」

很難從山茲女士的表情讀出她的心思，不過她點了點頭，像是在表達滿意或認可的意思。

所以多麗後來決定再去探監時，便覺得不跟山茲女士說比較好。在山茲女士面前，不提自己近來的事情實在很難（反正大多時候都沒什麼事可說）——她因此打電話去取消會面，只說自己要去度假。夏天到了，大家都會去度假。我跟朋友去，她說。

「妳沒穿上星期那件外套。」

「不是上星期。」

「不是嗎？」

「那是三星期以前。現在天熱了。這件比較薄，不過其實我用不著。本來就不用穿外套。」

他問了她怎麼過來，從邁德梅搭哪幾路公車。

她說她現在不住那兒了，又講了現在住的地方，換了三班車等等。

「那真是好長一段路呀。換到大一點的地方，還喜歡嗎？」

「找工作比較容易。」

「妳上班啦？」

她上次來看他時，就說過她搬了家、要換公車、在哪上班。

「我在汽車旅館打掃房間。」她回道。「我跟你說過了。」

「對，對。我忘了，對不起。妳想過回學校念書嗎？上夜校？」

她說她想過，但還不到要付諸行動的程度。清潔工作沒什麼不好。

之後，兩人似乎就找不到話說了。

他嘆了口氣，說：「對不起，對不起，我想我不太習慣妳一句我一句這樣講話。」

「那你每天都做些什麼？」

「我想是看書吧，看了滿多的。有點像冥想，非正式的。」

「噢。」

「我很感激妳來看我，這對我有很重要的意義。不過，妳不必覺得好像非得來看我不可。我是說，妳只要想來的時候再來就好。要是妳有什麼事，或是真的想來——我想說的是，光是妳願意來，就算只來一次，對我來說，都像是賺到了。妳懂我的意思嗎？」

她說懂。她覺得自己應該懂。

他說不想打擾她的生活。

「你沒有。」她說。

「妳原本要說的就是這個嗎？我以為妳會講點別的。」

其實她差點衝口而出的是，什麼生活？

沒有。她說。沒什麼，沒別的要講了。

「那好。」

又過了三個星期，她接到電話，這次是山茲女士本人打來，不是辦公室的女職員。

「喔，多麗。我以為妳度假還沒回來。妳回來啦？」

「對呀。」多麗應道，腦裡轉著該講自己去了哪兒度假。

「妳回來了，可是還沒排約談的時間？」

「嗯，還沒。」

「那沒關係，我只是打來問問看。妳都好吧？」

「很好。」

「好，好。假如需要我幫忙，妳知道怎麼找我。就算是聊聊都好。」

「好。」

「那，保重嘍。」

她沒提到洛伊德，也沒問多麗是不是還有去看他。嗯，當然，因為多麗已經講過不會再去了。不過山茲女士這方面的直覺大多很準，如果她曉得問了也無濟於事，也會很明理地先按下不表。若是山茲女士真的問了，多麗還真不知道自己會說些什麼，她會不會故技重施、繼續扯謊，還是乾脆坦承事實？其實，在洛伊德表示她「來不來都沒關係」之後，隔週的星期日，她又去看他。

他感冒了，不知怎麼生的病。

也許是他上次見了她之後就著了涼，他說，所以這陣子很陰鬱。

「陰鬱。」她現在身邊很少有這種咬文嚼字的人，所以這兩個字聽在耳裡格外怪異。不過這種字他向來用慣了，只是當時她聽來沒有現在這種感覺。

「妳覺得我變了個人是嗎？」他問。

「嗯，你樣子變了。」她回得很小心。「我不也變了？」

「妳很美。」他傷心地說。

她心裡有什麼在軟化，但她竭力抵抗。

「妳的感覺也變了嗎？」他問。「妳覺得像變了個人嗎？」

她說不知道。「你呢？」

他說：「我整個都變了。」

那週又過了幾天之後，她在旅社收到一個大信封，收件人是她的名字，只是請旅社轉交。裡面裝著幾張紙，正反兩面都寫了字。起先她想不會是他寫來的——不知為何，她以為監獄裡的犯人不准寫信。不過，當然，他是不同種類的犯人。他不是罪犯，只是在心智失常的情況下犯了罪。

紙上沒寫日期，連「親愛的多麗」都省了，只是逕自對她說將起來，她覺得那語氣分明是某種宣教文案：

人人都在四處尋找解答，找得心都傷了。這麼多事擾擾攘攘，傷人。你從大家臉上就看得出所有的傷痕與苦痛。他們憂心忡忡、四處奔忙。他們得去購物、洗衣服、剪頭髮、上班賺錢，或去領救濟金。窮人就是這種遭遇，而富人則得處心積慮找出揮霍的辦法。那也是好一番工夫。有錢人得蓋最棒的豪宅，裡面裝設金子打造的冷熱水龍頭，還有奧迪豪華房車，外加神奇的牙刷，以及各式各樣的機關、防盜警報器等等，免得有人來謀財害命。所以無論富人窮人，靈魂同樣不得安寧。我本來要寫「無論」，卻差點寫成「鄰居」[4]，是怎麼回事？我在這裡又沒鄰居。我這裡的人至少不必再為很多事困惑。他們知道自己此刻擁有什麼，之後又會擁有什麼，而且連吃的都不用自己採買下廚，或是選擇想吃什麼。選擇已給全面剷除。

4 洛伊德寫的原文是"…and all (neigh) neither rich nor poor have any peacein their souls." 把neighbor（鄰居）一字寫到一半，發現不對，改寫為neither。

我們在這裡唯一能得到的，就是從自己心靈獲得的一切。

起先，我腦裡真是文亂不堪[5]（是這樣寫嗎？），終日狂風暴雨，我只願一頭撞在水泥上，盼能了此苦難，終結我的苦痛、我的生命，算是給我的懲罰。他們用水管噴水沖我、綁住我、給我吃藥，讓藥力隨著血液流遍我全身。我也不是埋怨什麼，因為我得明白，光動嘴埋怨有害無益。這種遭遇和所謂的現實世界也沒什麼兩樣。現實世界裡的人，為了抹去痛苦的念頭，酗酒、幹傻事、作奸犯科，結果往往給抓走，身繫囹圄，但坐牢的時間還不夠他們徹底醒悟。怎麼說呢？若不是完全瘋狂，就是平靜。

平靜。我來這裡的時候很平靜，至今依然神智清明。我猜妳讀信的此刻，應該會以為我接下來會講些上帝耶穌或佛祖之類，彷彿我改信教似的。沒有，我沒有「閉上眼、身體就被某種『更高的力量』抬起」的這種經歷。我其實不太懂那是什麼意思，但我做到了「認識自己」。「認識自己」是某種戒律什麼的吧，大概是《聖經》裡的，所以我這麼做，至少也算遵循基督教義。此外，「忠於自我」——如果這也是《聖經》裡的話，我也試著做過就是了。這句話沒說我們要「忠於」的是好或壞的部分，所以應該不是要拿來做道德指標。此外，「認識自己」一表現在行為上，其實和道德並不相關。可是我不怎麼在意「行為」，因為大家早已認定我的判斷不可靠，他們的判斷也沒錯，我無法判斷自己該做什麼不該做什麼，所以才會在這裡。

講回「認識自我」裡的「認識」吧。我可以完全清醒理性地說，我認識我自己，我知道自己最糟的時候可以變成什麼樣，我也知道我做過那件事。這世界都認定我是禽獸，對這點我沒什麼好辯駁，不過這麼說吧，這世上還有很多人在別的地方狂丟炸彈、炸毀別人的城市、餓死或屠殺幾十萬人，可這些人非但不會被稱為禽獸，反倒獲頒各種獎章、殊榮加身，而他們做的，只不過是對抗一小撮所謂的天理難容之人。我講這個，不是要為自己開脫，這只是我的觀察。

我「認識自己」的心得，就是認識了自己的劣根性。曉得了這點，我反覺得平靜自在。也就是說，我曉得了自己最卑劣的一面，這一面或許比很多人最惡劣的一面都不堪，但說真的，我不必去想、也不必擔心這點。我不必為這個找藉口，心裡非常坦然。我是禽獸嗎？這世界既然都這麼說了，那我也能接受。不過我也得說，這世界對我來說，沒有一丁點真實的意義。我就是我，絕對不會成為別人。我當然可以說，當時的我是瘋了才會做出這種事，但這又代表什麼呢？瘋狂。理智。我就是我。我當時無法改變

5「紊亂不堪」的筆誤。原文是“…all inmy head was purturbation (Sp?).”應為perturbation。洛伊德自己也知道可能有筆誤。

那個我，現在也改變不了。

多麗，如果妳看到這裡，我想跟妳說一件很特別的事，但我寫不出來。要是妳還願意來這邊看我，或許我會跟妳說。別以為我沒心沒肝，我也不是明知自己能有所改變卻刻意不為，而是我真的辦不到。

我把這封信寄到妳上班的地方。我還記得妳上班的地方和那鎮的名字，所以也可說，我的腦袋在某些方面相當正常。

她本以為下次見面時，兩人可以聊聊這封信，還把信看了好幾遍，卻完全想不出該說什麼。她真正想談的是，他寫不出來的那件事到底是什麼，可是等再次見到他，他卻一副從來沒寫過那封信給她的樣子。她努力找話題聊，還跟他說某個以前滿紅的民謠歌手，那星期住在她們旅社。結果他對這歌手的事反倒比她清楚得多，讓她嚇了一跳。原來他在獄中有電視（或者說，至少看得到電視），看了某些節目，當然也固定看新聞。兩人於是有了一點話題可聊，不過她終究還是忍不住了。

「你非得當面跟我說的事，是什麼事？」

他說，他寧願她什麼都別問。他不曉得兩人是否有討論此事的心理準備。她聽了，畏怯起來，不知是否真的會是她難以接受、承受不住的事，像是他依然愛她之類的。「愛」是個她無法忍受的字眼。

「好吧。」她說。「也許我們確實還沒有心理準備。」

她接著說：「不過，你還是跟我說比較好。要是我一出這兒就給車撞了，我這輩子都不會曉得是什麼事，你也沒機會跟我說了。」

「說得也是。」他說。

「那，是什麼事？」

「下次再說吧。下次。我有時候就只能說這麼多。我很想講下去，可是我已經給榨乾了。」

妳那天走了之後，我一直想著妳，多麗，很抱歉我讓妳失望了。妳坐在我對面時，我心裡往往波濤洶湧，或許只是沒有表現出來。在妳面前，我沒有權利激動，因為妳比我更有這個權利，而且妳總是那麼冷靜。所以我改變主意了，我決定把這件事寫出來給妳看，比我講要好得多。

該從何說起呢。

真的有天堂。

這麼說不太對，因為我從來不信天堂與地獄那一套，我一直覺得那是胡說八道。所以，由我自己提這話題，想必相當反常。

那我這麼說吧：我見過孩子們了。

我見過他們，也和他們講了話。

好，我講出來了。妳現在在想什麼呢？妳會想，這下可好，他真是徹底瘋了。還是，他只是做夢，卻不知那是夢，他根本分不清夢與現實。可是我要跟妳說，我分得出夢與現實，我也很清楚，三個孩子都在那裡。我講的是，他們確實存在，而不是活著。因為「活著」代表他們在我們生活的這個「空間」活著，但我不是說他們存在於這個空間。老實說，我覺得他們不在這裡，但他們確實存在，一定有另一個空間，或數不清的許多空間。但我曉得，我已經跨過兩端，進入他們那個空間。或許因為我一人獨處太久了，只得把這件事想了又想，才終於想通這個道理吧。我獨自受了這麼多苦，終於得到恩典，賜予我這樣的獎賞。我這個世俗眼中根本不配得到這機會的人。

如果妳讀到這裡，還沒把信撕成碎片的話，想必是要知道某些事，比方說，他們好不好？

他們都好，很開心、很聰明。好像不記得發生過什麼慘事，好像比以前又長大了些，不過這也難說。他們理解的程度也不同了。沒錯。你可以發現迪米崔已經會講話了，他之前還沒學會呢。他們在一間房間裡，和我印象中有點類似，那地方很像我們家，只是更大、更舒適。我問他們，人家有沒有把他們照顧得好好的，他們只是哈哈大笑，說什麼他們可以照顧自己。我想說這話的應該是薩沙。有時他們各自發言，或者說，至少我分不清哪個聲音是誰的，卻又很清楚他們誰是誰，而且我得說，他們過得很快樂。

請別因此認定我瘋了。我就是怕會這樣，之前才不想跟妳說。我過去是瘋了沒錯，可是請相信我，我已經褪去了昔日的瘋狂，就像熊脫毛一樣，或者說就像蛇褪皮一樣。我知道，假如我沒做那件事，永遠不會被賦予這種能力，與薩沙、芭芭拉安、迪米崔他們重拾天倫。我真希望也有人賦予妳這種機會，因為如果這是應得的待遇，那妳遠遠比我有資格。只是或許對妳來說比較難，因為妳比我還要努力過日子。不過至少我可以給妳這個訊息——這個重要的真相。但願妳知道我見過他們後，能略略減輕心頭的重擔。

多麗想著，假如山茲女士看了這封信，不知會說什麼？有何看法？當然，山茲女士向來謹慎，不會貿然斷言洛伊德一定是瘋了。不過，她應該會很謹慎而溫和地讓多麗朝那個方向想。

或者你也可以說，山茲女士不會引導多麗的想法——她大概只是會抽去其中費解的部分，讓多麗直接面對自己一直以來的結論。她必須把這整個危險的鬼扯淡（這是山茲女士的話）趕出多麗的腦子。

也正因此，多麗根本不會去找她。

多麗確實覺得他瘋了。他的信中似乎仍有點過去那種自吹自擂的味道。她沒回信。一天天過去，一週週過去。她的看法沒變，卻仍一直想著他寫的事，像守著一個祕密。偶爾，她在浴室鏡子上噴清潔劑，或把床單拉緊鋪好的當兒，有種感覺會突然襲上心頭。快兩年了，她從沒注意過一般人會覺得快樂的事，像是好天氣、盛開的花、麵包店的香味。她不會一見了這些事就開心，卻可以想起開心的感覺。觸動這些的關鍵不是天氣亦非花朵，而是想到三個孩子都在他所謂的「空間」裡。這個念頭逐漸浮現腦海時，她頭一次不覺痛苦，反生出輕鬆的感覺。

那件事發生以來，任何一丁點跟孩子們有關的想法，她都得趕緊拔除，宛如拔出刺在她喉頭的刀。她無法去想他們的名字，聽到發音很像的名字，同樣得馬上拔除。連小孩的聲音、尖叫、旅社游泳池畔孩童光腳追逐的劈啪聲，她也必須用耳朵裡長的那扇門，把聲音關在門外，全數驅散。但現在不同的是，她有了一處避風港，只要情勢危急，她可以馬上躲進去。

誰給了她這避風港？不是山茲女士——想當然耳。自然也不是坐在山茲女士桌邊的諮商時間，面紙默不作聲擺在手邊。

是洛伊德給了她這個空間。洛伊德，那個恐怖的傢伙，孑然一身、喪心病狂的傢伙。要說他喪心病狂當然也可以。只是，他說的這些——他徹底醒悟、得到啟示，難道沒有可能是真的嗎？有誰能說一個做過這種事、走過這段路的人，他的觀點毫無意義？

這想法像條蟲鑽進她的腦袋，就此常駐。

她也因此想到，洛伊德或許才是她在這世上最該相守的人。她在這世上還有什麼用處？——這話像是說給別人聽的，或許是對山茲女士吧？她至少還能聽他說說話，要不，她在這世上還能幹麼？

我不是說「原諒」。她在腦海裡對山茲女士說。我絕不會這麼說，也絕不會這麼做。

可是，妳想想。我難道不是跟他一樣，因為那件事被大家排拒嗎？知情的人都不想接近我。我只會讓別人想到他們最不想憶起的事，沒有人受得了。

要偽裝成另一個人是不可能的，辦不到。那刺蝟狀的一頭黃髮簡直變態。

於是，她又搭上了公車，在公路上奔馳。她想起母親過世之後，她和母親的朋友一起住。夜裡她會跟那長輩編個藉口，好溜出來跟洛伊德見面。她還記得那長輩的名字，她母親友人的名字。蘿莉。

除了洛伊德，誰會記得孩子們的名字？他們的眼睛什麼顏色？山茲女士每次非提他們不可時，講的甚至不是「孩子們」，而是「妳家人」，把他們三個算做一堆。

那陣子，她為了和洛伊德見面而騙蘿莉，卻一點罪惡感也沒有，只覺得冥冥中一切注定，她要順從命運的安排。她覺得自己來到這世上，只是為了和洛伊德在一起，盡力去了解他、懂他。

而，如今人事已非，回不去從前了。

她坐在公車司機旁的最前排，就在擋風玻璃前，望出去毫無阻礙。也正因此，全車除了司機，就只有她看到這一切——有輛小卡車從小路竄出，居然毫不減速，就在他們眼前，橫越週日早晨空蕩蕩的公路，一路衝進水溝裡。更離奇的是，小卡車司機整個人飛出來，動作似乎又快又慢，姿勢既怪異又優雅，然後重重摔在人行道邊的碎石路上。

公車上的乘客看不到這一幕，不知司機為何突然煞車，害大家搖來晃去。多麗最先想到的是，那卡車司機怎麼飛出去的？他大概是個年輕小伙子，或者才十來歲吧，想必是開車時睡著了。他是怎麼衝出卡車、讓自己那麼優雅地飛向空中？

「有人在我們前面。」公車司機對乘客說明狀況，儘管竭力提高音量、保持鎮定，還是因激動而微微顫抖，聲音裡有種驚畏。「他剛剛衝過路面，一頭栽進水溝去了。我們會盡快上路，但現在請各位先別下車。」

多麗像是完全沒聽見他的話，又像有某種可以幫忙的特權，居然一路尾隨司機下車，但他也沒說她。

「天殺的混帳。」兩人過馬路時，司機說，聲音轉為惱怒。「天殺的混帳小鬼，怎麼有這種事？」

男孩躺在地上，雙臂雙腿張成大字形，像是在雪地上畫雪天使，只是此刻地上換成了碎石。他眼睛沒全闔上，年紀很輕，鬍子還沒長，個子已經竄得老高。很可能是無照駕駛。

公車司機講起電話來。

「貝菲爾德往南大約一哩，二十一號路，路的東邊。」

男孩頭底下近耳際處，流出些許粉紅色的泡沫，完全不像血，倒像做草莓果醬時要刮去的表面雜質。

多麗伏在他身邊，把手放在他胸上，沒有動靜。她把耳朵湊過去。有人剛燙過他的襯衫——有那種特別的味道。

沒有呼吸。

但她手指在他光滑的頸上觸到了脈搏。

她想起有人跟她說過的。是洛伊德，他怕萬一孩子出事、他又不在，曾跟她說過。舌頭。舌頭若掉到喉嚨後方，可能會堵住呼吸道。她一手覆在男孩額頭上，另一手兩根手指放在下巴下方，然後輕壓額頭，抬起下巴，讓呼吸道暢通。很有力的一抬，只是稍稍改變仰頭的角度。

要是這樣還不能讓他呼吸，她就得把氣吹進去。

她捏住他鼻孔，深吸氣，用唇蓋住他的嘴，吹進去。吹兩次、停住、看他反應。吹兩次、停住、看他反應。

一個男人的聲音傳來，不是公車司機。有位摩托車騎士停下來。「妳要不要拿這塊毯子墊在他頭下面？」她微微搖了頭。她還記得不要移動傷者，以免傷到脊椎。她又蓋住他的嘴，抵著他溫暖、青春的肌膚。她吹氣、等著。再吹氣、等著。一股淡淡的溼氣似乎蒙上她的臉。

有了。有了。

公車司機說了些什麼，她卻無法抬眼望去。她感覺到了，沒錯，是男孩口中吐出的氣息。她張開手貼著他的胸，一時卻無法分辨有沒有起伏，因為她的手在發抖。

那呼吸千真萬確。呼吸道通了。他自己會呼吸。他有呼吸了。

「把毯子給他蓋上吧。」她對拿著毯子的那騎士說。「幫他保暖。」

「他活著嗎？」公車司機俯身向她。

她點點頭，手指又觸到了脈搏。那恐怖的粉紅色泡泡沒再流了。也許那不是什麼嚴重的東西，不是腦裡流出來的。

「我得開車了，公車沒法等妳。」司機說。「我們已經誤點了。」

摩托車騎士說：「沒關係，這裡交給我。」

安靜點，安靜點，她想對他們說。似乎靜下來才是最重要的，似乎在男孩體外的世間萬物都得集中精神，叫這身體不要忘了呼吸的本分。

微弱卻穩定的氣息傳來，胸腔裡的器官終於乖乖聽話運轉。繼續，繼續下去啊。

「妳聽到了嗎？那人說他會留下來照顧他。」公車司機說。「救護車會盡快趕來。」

「你去吧。」多麗說。「我會搭便車跟他們一塊兒進城，等你今晚回程，我再搭你的車。」

他得彎身才能聽見她說什麼。她要他先走，連頭都沒抬，彷彿她才是那個每一口氣都珍貴無比的人。

「妳確定？」他問。

確定。

「妳不用去倫敦了？」

不了。

虛構

I

冬天最棒的事，莫過於在紅河區的學校教了一天音樂課之後開車回家。那時天也黑了，大雨無情襲擊駛在濱海公路上的車，鎮上地勢較高的街道或許正下著雪。喬伊絲駛過鎮界，開進林區。這裡遍布巨大的花旗松和雪松，是貨真價實的森林，但每隔四、五百公尺就有人家。有人經營自產自銷的菜園果園，有人養羊或供騎乘的馬，也有像強這樣的小店——他幫人修復家具，自己也做家具。還有路邊廣告看板上宣傳的商家，對這一帶的人來說尤其特殊——解塔羅牌、藥草按摩、化解糾紛等等。有人住拖車；有人自己蓋房子，結合茅草屋頂與原木斷面；有人翻修老農莊，像強和喬伊絲。

喬伊絲開車回家、轉進他們那塊地時，有個特別的東西她最喜歡看。這年頭很多人（包括某些蓋茅草屋頂的人）喜歡裝所謂的露臺門，哪怕強和喬伊絲家其實根本沒露臺。露臺門就是落地窗門，多半不裝窗簾，兩塊長方形的光透出來，像是舒適、安全與豐足的象徵或保證。為什麼落地窗門比起一般窗子更有這種感覺，喬伊絲也說不上來。或許因為這種門原本就是讓你向外望，直接面對漆黑的森林，更大方顯出家的溫暖安全。你可直接望見大家煮飯、看電視——這景象她總是看得入迷，儘管她知道屋裡就是尋常過日子，沒什麼特別可言。

她轉進自家尚未鋪平、處處水窪的車道，一眼看到的就是強裝的那組露臺門，畫框一般框著他們家空洞而閃亮的內部。梯凳、廚房裡還沒完工的櫥櫃、鏤空的樓梯、暖色系的木料，在強放的燈泡下閃閃發亮。這燈泡強愛放哪兒就放哪兒，他在哪裡工作就放哪裡。他成天在自己的工作間埋頭苦幹，天快黑時他會叫學徒下班回家，再開始忙自己的房子。他聽到她車開進來的聲音，會轉頭朝她看看，打個招呼但不揮手，因為他手上正忙。喬伊絲則關上車燈、坐在車裡，先一一拿了要帶進屋的蔬果雜貨或信件，再頂著寒風冷雨衝進黑夜，奔向家裡，但她還是開心的。到了家，她可以放下一天的辛勞，畢竟她的工作是不穩定的苦差事，有的學生對音樂漠不關心，有的卻興味盎然。能終日和一堆木材工作，而且是自個兒做事（她沒把學徒算進去），比起面對難以捉摸的年輕人，感覺多好啊。

這些她都沒跟強說。他不喜歡聽別人講木工這行多基本多精細又多神聖。什麼工作倫理、尊嚴之類的。

他會說，什麼鬼話。

強與喬伊絲在高中時就認識了。他們念的是安大略省某工業城的市區高中。喬伊絲是全班智商排名第二，強則是全校智商最高的，也可能是全市第一。大家原本都指望喬伊絲成為優秀的小提琴家，但後來她放棄了小提琴改學大提琴；而他則會當個很了不起的科學家，做的一切非這俗世所能想像。

兩人升上大學的第一年便輟學私奔，四處打工、搭公車遊遍北美，在奧勒岡州海岸區住了一年。這一離家，對兩邊的父母來說自是晴天霹靂，所以兩人雖與父母分隔兩地，後來仍重修舊好。那時嬉皮年代的高峰早已過去，但他們爸媽還是叫他倆嬉皮，只是兩人從不覺得自己是。他們不嗑藥，衣衫襤褸、式樣保守，強特意剃掉鬍子，還要喬伊絲幫他剪髮。後來兩人厭倦了四處打零工、只能拿最低工資的日子，於是向家人借了錢（家裡自然很失望），想過比較好的生活。強學了木匠手藝和木工，喬伊絲念了學位，好取得在學校教音樂的資格。

她教音樂的地方在紅河區。兩人沒付多少錢，便買下這棟破得幾乎快解體的房子，邁入人生的新階段。他們弄了個花園，和鄰居熟識起來——其中有些人還真的是嬉皮，在灌木林深處種點大麻、編串珠項鍊、製作香草袋來賣。

鄰居們都喜歡強。他身材依然修長，雙眼炯炯有神，個性雖很自我，卻樂意聽人說話。那時大家才剛開始接觸電腦，他不但能體諒這點，還會很有耐心地跟大家好好說明。喬伊絲的人緣就不及他。有人說她教音樂的方法太古板。

喬伊絲和強會一起做晚飯，喝點自己釀的葡萄酒（強的釀酒法十分嚴謹，成果斐然）。喬伊絲會聊白天上班的甘苦，強則是個寡言的人——因為他專心下廚。但等到兩人用餐時，他也許會講起上門的客人，或是他那個學徒伊笛。他倆會因為伊笛說了什麼而開懷大笑，但這並無貶意——喬伊絲有時覺得，伊笛就像寵物，或小孩。話說回來，假如伊笛真的是小孩，他倆的孩子，行為舉止是現在這模樣，那他倆可能會一頭霧水，煩惱得笑不出來。

為什麼？伊笛舉止有什麼不對？她並不笨。強說她在木工方面並非絕頂之才，但她肯學，教她的也都記得住，最重要的是，她嘴不碎。強得找學徒的時候，最怕的就是這個。當時政府有個計畫剛啟動，他若收徒傳藝，政府會付他錢，而學徒在學習期間，也有足夠的生活費。他原本不太情願，但喬伊絲說服了他。她相信他倆對社會有義務。

伊笛的話或許不多，但她一開口就很有力量。

「我戒絕所有毒品和酒精。」她第一次來面談時便說。「我是匿名戒酒會的，也正在戒酒中。我們絕不說自己『康復了』，因為不會有這種事，這輩子都不會。我有個九歲的女兒，生下來就沒了爹，所以只有我照顧她，我也決心要好好把她帶大。我的計畫是學好木工，好養活我們母女。」

她說這番話的時候，人坐在他們廚房的桌邊與他們對望，輪流看著他倆。她，短小精幹，年紀還輕，看來涉世未深，也不像十分荒唐過的樣子。寬肩、厚劉海、束得緊緊的馬尾辮，不帶一絲笑意。

「還有件事。」她說著，解開長袖上衣的鈕釦，整件脫了下來，裡面有件罩衫。她雙臂、胸膛上方和上背（她轉身給他們看）全都是刺青，彷彿她的肌膚本身就是衣服，或是本漫畫書，裡面畫滿斜睨或溫柔的臉龐，被巨龍、鯨魚、火焰包圍，十分複雜，也可說恐怖得過頭，讓人有看沒有懂。

最先納悶的應該是：她整個身體是否也那樣變形過。

「真了不起。」喬伊絲說，語氣盡可能不帶情緒。

「嗯，我是不曉得多了不起啦，不過如果當時是我付錢，那可是好大一筆錢咧。」

伊笛說。「我以前有段時間非常迷這個。我之所以給你們看，是因為有人可能會有意見。我想說萬一哪天我在工作間裡面覺得太熱、脫了上衣，你們就會看到。」

「我們沒意見。」喬伊絲回道，也看了強一眼。他只聳聳肩。

她問伊笛要不要喝杯咖啡。

「不了，謝謝。」伊笛穿回上衣。「匿名戒酒會裡很多人喝咖啡喝得凶，好像靠咖啡過活似的。我會跟他們說，幹麼為了戒掉一個壞習慣，又染上別的壞習慣？」

「太神了。」喬伊絲後來有此感言。「好像不管你說什麼，她都可以跟你說上一大套。要是問她處女生子該怎麼辦啊。」

強說：「她很壯。這最重要。我有瞄一眼她的手臂。」

強說的「壯」就是字面上的意思。他是指她扛屋梁不是問題。

強工作時喜歡聽加拿大廣播公司的電臺，聽音樂，也聽新聞、評論、叩應節目等等。伊笛會對節目有些意見，他有時會轉述給喬伊絲聽。

伊笛不相信演化論。

（有個叩應節目，打電話進去的聽眾會批評以前學校教的東西。）

演化論哪裡不對了？

「嗯，在信基督教的國家，」強說著說著，轉成伊笛那種有力又平板的語氣：「信基督教的國家裡有很多猴子，猴子總是從樹上垂下來盪來盪去，所以有些人才會覺得猴子盪下來、變成人。」

「可是一開始明明是……」喬伊絲開口。

「算了算了，講也沒用。妳還不曉得和伊笛吵的第一守則嗎?不用管、閉上嘴。」

伊笛還相信，大型醫藥集團有治癒癌症的妙方，卻因為集團和醫生都有暴利可圖，兩方遂商量好暗盤不予公開。

收音機要是播起《快樂頌》，她會請強把它關掉，因為這曲子有夠難聽，像葬禮上放的音樂。

此外，她也覺得強和喬伊絲（其實是喬伊絲）不該把沒喝完的葡萄酒瓶大剌剌放在廚房桌上。

「這又干她什麼事了?」喬伊絲問。

「她顯然覺得干她的事。」

「什麼時候輪到她檢查我們廚房桌子啦?」

「她要去洗手間時就會穿過廚房。總不能叫她去樹林裡上吧。」

「我實在不覺得這干她——」

「有時她也會進來幫我們做幾個三明治……」

「那又怎樣？這是我的廚房。我們的廚房。」

「總之就是她覺得被那玩意兒威脅到。她現在還很脆弱嘛，妳和我不是當事人，不會懂的。」

被威脅到。玩意兒。脆弱。

這些是強會用的字眼嗎？

她早該曉得，在那一刻，即使他自己毫不知情。他墜入情網。墜落。這代表需要一段時間，讓它慢慢發生。但你也可以想成墜落時會有片刻或一秒的加速。這一秒，強沒有愛上伊笛。咔。下一秒，他便愛上。這本來是毫無機會、絕不可能的事情，除非你把它當晴天霹靂、措手不及的噩耗。足以讓人重創的命運捉弄；化明眼為盲石的殘酷玩笑。

喬伊絲努力要讓強相信他是一時糊塗。他對女人沒什麼經驗，除了她之外，可說是白紙一張。他倆以前總是說，實驗換夫換妻實在幼稚，出軌總會搞得很難看，兩敗俱傷。但現在她不禁納悶，難道當年他應該多體驗、多玩玩？

整個陰沉的冬季，他都把自己關在工作室裡，沐浴在伊笛自信的光采下，宛如把自己關在通風不良的地方，肯定會頭暈想吐。

要是他不顧一切和伊笛玩真的，伊笛會把他逼瘋的。

「我想過這一點。」他說。「或許她已經讓我瘋了。」

喬伊絲叫他別再孩子氣鬼扯淡，把自己講得昏頭昏腦，任由人家擺布。

「你以為你是誰？什麼圓桌武士？有人給你下了蠱？」

她話出口就反悔了，跟他道了歉。她說，唯一的方法就是兩人一起扛起來，攜手度過這個難關。總有一天，他們會覺得這不過是婚姻生活中的一個小狀況。

「我們會一起度過的。」她說。

強漠然看著她，甚至變得有點客氣。

「沒有『我們』了。」他說。

怎麼會發生這種事？喬伊絲問了強、問了自己，也問了別人。那個粗手粗腳的笨學徒，成天穿垮褲、法蘭絨衫，整個冬天都套件土里土氣的厚毛衣，木屑沾得滿身。講的想的都是老掉牙的說法或根本愚不可及的理論，還說什麼人生的每一步都要照著規矩走。這種人，居然勝過喬伊絲的玉腿纖腰，光滑亮麗的長髮辮。勝過她的聰敏、音樂、排名第二的智商。

「我跟你說我怎麼想。」喬伊絲說。不過這是後來的事，白晝變長，鶴頂蘭在溝渠中怒放。她去教書時，戴上墨鏡遮住因哭泣與狂飲而發腫的眼。下班後，她不再開車回家，而是開去威靈頓公園，暗暗希望強因為怕她想不開，跑來找她（他確實這麼做過，但也只有一次而已）。

「我覺得是因為她在外面混過。」她說。「妓女為了工作都會刺青，男人看了這種東西就來勁兒。我不是說刺青啦——唉，當然啦，他們也對刺青有興趣。我是說，女人願意在街上賣，好像就是很對男人胃口。想想，有女人隨時等你上門，而且又身經百戰。不過她現在可改頭換面啦，簡直就是去他媽的『抹大拉的馬利亞』[1]。再說，他在那檔事上根本還是小娃娃，想到這兒我就想吐。」

她現在有了可以聊這些事的朋友。這些人個個有自己的故事。有些人她以前就認識，但現在她對她們又多了一層了解。這些女人一起互訴心事、飲酒、談笑，直到落淚，說，她們無法相信。男人啊。還有，男人會做的事。噁心又愚蠢。難以置信。

正因如此，才是真的。

在這些談話間，喬伊絲覺得自己沒事了，真的都好了。她說，其實有些時刻，她甚至很感謝強，因為她現在比以前更有活力。這事實殘酷卻美好。一個新的開始。赤裸裸的事實。赤裸裸的人生。

可是當她清晨三、四點醒來，會納悶自己身在何方。當然，不在他們的家了。伊笛現在住在那裡。伊笛、她的孩子，和強。喬伊絲自己也覺得這個轉變不錯，想說應該可以讓強清醒過來。她搬到城裡的公寓，屋主也是老師，正好休學年假，房子就空出來給她。她夜裡醒來，對街餐廳招牌顫動的粉紅燈光透過窗一閃一閃，照亮了屋主墨西哥風的各種擺飾。仙人掌盆栽、晃動的貓眼、顏色像乾涸血跡的條紋氈子。所有的酒後真言，解放後的舒暢，像嘔吐般衝出她體外。不過她並沒有宿醉。她可以盡情沉浸酒池，醒來感覺像塊硬紙板，給壓得又扁又乾。

她的生活一去不返。很常見的慘劇。

老實說，她醉歸醉，感覺卻十分清醒。糟的是她會坐進車子，一路開到以前的家。

1 Mary Magdalene。《聖經．路加福音》中的妓女，後因耶穌赦免其罪，成為聖女。

所幸沒有開進水溝，因為她在這種時候會開得很慢很穩，但她會把車停在院子裡，窗內一片漆黑，她大喊強的名字，叫他們不准再這樣下去。

停止這一切。怎麼可以這樣。叫她滾。

還記得我們睡在田裡，醒來時，牛群在我們周圍吃草，但我們前一晚渾然不覺牠們就在身邊？還記得我們在冰冷的溪中洗澡？我們在溫哥華島上採迷幻蘑菇，然後飛回安大略省，把蘑菇賣了籌回家的旅費，因為那時你母親病重，我們以為她來日無多。我們還說，真是妙啊，我們根本不碰毒品的，現在卻為了盡孝道而下海。

晨曦照進屋內，墨西哥風的色彩變得更加鮮明刺目。她過了一會兒才起床盥洗，畫上胭紅，喝了濃如泥漿的咖啡，再換上新衣服。她買了些質地輕柔的上衣、飄逸的長裙、垂著彩虹羽毛的耳環，就這麼出門去教音樂，像個吉普賽舞者或端酒女侍。她聽到什麼都放聲大笑，跟誰都頻送秋波打情罵俏。樓下小餐館幫她做早餐的男人、幫她車子加油的小弟、郵局賣郵票的職員。她想強或許會聽見風聲，說她變得多漂亮、多性感、多快樂，男人無不大為驚豔。只要她跨出公寓，就等於站上舞臺，而強是臺下觀眾之中最重要的一個，即便是他聽人轉述也無所謂。只是強對打扮招搖或舉止挑逗向來都沒什麼感覺，也始終認為她的魅力並不在此。兩人以前一起旅行時，穿的都是很普通的衣服。厚襪子、牛仔褲、深色襯衫、風衣。

又是一個變化。

她的學生就算年紀再小、再駑鈍，她的語氣都變得體貼溫柔，俏皮笑聲不斷，學生在她鼓勵之下，要不聽話也難。學年末有演奏會，她忙著幫學生準備。以前她對這一晚的公演向來興趣缺缺——她覺得這種表演只是干擾可造之才的進度，把他們全塞到一個還無法妥為應付的場合。所有的努力、緊繃的神經，只會養出錯誤的價值觀。可是今年，她全力投入公演的大小事務，節目表、燈光、開場，當然，還有表演。她對外說，這場演奏會一定很好玩，學生、觀眾都會聽得很開心。

她當然相信強會來。伊笛的女兒也要上臺表演，伊笛自然得來，強免不了作陪。這是強與伊笛這一對首次在眾人面前亮相，宣示他們在一起，這事逃不了。這種身分關係的轉變，在這城裡也不是新鮮事，尤其對住在南區的人來說。不過他們這一對也不算尋常。他倆雖沒把事情搞得很難看，並不代表大家就會放過他們。在塵埃落定之前，眾人必會有一段時間盯著他們，再逐漸習慣看他們出雙入對。等大家都接受他們了，這對「新人」就會在蔬果店和沒人理會的人聊天，或至少打個招呼。

但這不是喬伊絲在演奏會這晚想扮演的角色，她不想讓強與伊笛盯著她——或者說，讓強這樣看著她。

她看到什麼？天曉得。不過她完完全全沒想過，要在表演結束登臺謝幕時，讓強大為驚豔，然後他就會清醒過來。她也不覺得他會在看到她喜不自勝、光芒四射、主導全場、沒有哭哭啼啼尋死尋活後，為自己的愚行而心碎。不過，雖不中亦不遠矣——她說不上自己期盼什麼，卻無法不去想。

公演相當成功，大家都說沒聽過這麼棒的。活力十足、氣氛輕鬆歡樂，表現卻更精采。孩子們的打扮與演奏的曲目搭配得相當好，加上都化了妝，所以好像都沒露出過分驚恐或上斷頭臺的表情。

喬伊絲最後出來謝幕時，身穿黑色的絲質長裙，走動的時候銀光閃閃，配上銀色手環，披下的長髮別著晶亮的銀飾，豔光照人。眾人的掌聲中混雜了口哨聲。

強與伊笛沒有來。

II

喬伊絲和麥特在北溫哥華的自宅辦派對，慶祝麥特的六十五歲生日。麥特是神經心理學家，小提琴也拉得好，他和喬伊絲便是因此結緣。喬伊絲如今是職業大提琴手，麥特的第三任妻子。

「看看，來了這麼多人。」喬伊絲不斷說。「好個多采多姿的一生啊。」

瘦削的她一臉興致盎然，滿頭銀髮，背有點駝，或許是長年拉大提琴的緣故，也可能是習慣了聽人說話，並隨時準備反應。

來的人當然有麥特大學裡的同事，他私交不錯的才會邀來。他人很大方，但講話很直，不是每個同事都跟他投緣。在場的還有他第一任妻子莎莉，由看護陪著一起來。莎莉二十九歲那年因車禍傷了腦部，所以現在既認不得麥特和三個成年的兒子，也認不出這就是她年輕時和丈夫的家，但她的好個性依然未變，即使她記不得十五分鐘前才見過的人，還是很高興認識新面孔。看護是個小個子的蘇格蘭女人，不時對賓客說她不習慣這種喧鬧的盛大派對，還有，她值班時不喝酒。

麥特的第二任妻子桃樂絲與他結褵三年，兩人同住的時間卻連一年都不到。這會兒她身邊是比她小很多的伴侶露意絲，還有露意絲幾個月前生的小女兒。桃樂絲與麥特不做夫妻做朋友，而且和麥特與莎莉的么兒湯米特別親。她跟麥特結婚時湯米還小，所以等於由她帶湯米。湯米的兩個哥哥今天也都帶小孩來，外加小孩的媽——其中一個哥哥已經離婚，但帶了現在的女友來，女友又帶了自己的兒子，他正和麥特家族的某個小朋友為了盪鞦韆爭吵。

湯米頭一次帶自己的伴侶來，他叫傑，來了派對後一個字也沒出口。湯米對喬伊絲說，傑不太習慣和家人相處。

「我有同感。」喬伊絲說。「其實有段時間，我也不太習慣。」她笑得燦爛——她介紹起麥特所謂的整個「家族」，包括法定與周邊的成員，不禁邊說邊笑。她自己沒有小孩，倒有個前夫，強，住在沿海某個沒落的工業城。她邀他來派對，但是他沒法來。他第三任妻子的孫兒那天要受洗。喬伊絲當然說了帶太太一起來——她叫夏琳，是麵包店老闆。夏琳曾寫來一封關於受洗的短箋，文情並茂，喬伊絲忍不住對麥特說，她簡直不敢相信強會信教。

「真希望他們能來。」她把原委都跟鄰居說了（鄰居自然也受邀，才不會嫌他們吵）。「來的人關係這麼複雜，他們倆如果也來，表示我的圈子也很夠看。他有第二任太太，不過我還真不曉得她後來去哪兒了，我想他也不知道。」

麥特和喬伊絲準備了很多吃的，賓客們也帶了一堆來，外加大量葡萄酒、孩子們喝的潘趣果汁，以及麥特為今天特製的潘趣酒——他說要紀念過去美好的歲月，那時的人才真懂得怎麼喝酒。他還說理應比照當時的做法，拿洗乾淨的垃圾桶來調酒，不過只怕現在大家看了要吐吧。反正現在的年輕人大多不喝潘趣酒了。

這房子占地很廣，有槌球可玩，還有麥特從車庫裡搬出來的鞦韆，是他小時候玩的，孩子們一看都搶著盪。現在的小孩大多只看過公園裡的鞦韆，或放在院子裡的塑膠小鞦韆。像麥特這樣還留著童年時玩的鞦韆，又在同一個家從小住到老，真的是很難得。這棟房子位於松雞山山坡上的溫莎路，過去曾是森林外緣。如今房子一直往山上蓋，比他們家高的房子愈來愈多，大多都是有超大車庫的豪宅。麥特說，總有一天這家會消失。這裡的稅不得了。等這房子剷平了，自有醜不可當的屋子取而代之。

喬伊絲簡直不能想像和麥特在別的地方生活。這房子裡總是活動不斷。人來、人往，把東西（包括小孩）忘在這裡，然後又回來拿。麥特的弦樂四重奏每週日下午在書房練習。「一神論」教派的團契每週日傍晚在客廳聚會。綠黨策略會議在廚房。劇本朗讀會在屋前排演，廚房裡則總有人傾訴現實生活上演的種種（兩種場合喬伊絲都要到場）。麥特和大學的同事關在書房裡，構思他們的策略。

她常說，她和麥特除了在床上，幾乎沒有獨處的時間。

「而且就算在床上，他也還是會讀點什麼重要的東西。」

而她讀的東西無足輕重。

算了。他喜歡應酬交際、享受美食，這些或許都是她需要的。就連在學校，周旋在研究生、同事、可能的敵手、誹謗他的人之間，他也像漩渦般轉個不停。這一切曾一度令她覺得安心，或許至今依然，只要她有時間從局外人的角度觀察。若把自己當個局外人，她八成也會羨慕她自己。大家可能很羨慕她，或至少欣賞她——他們都覺得她和他配得真是好，她的朋友、平日忙的事情、做的活動，乃至自己的事業，和他都那麼登對。看著現在的她，你絕對想不到她剛到溫哥華的時候，寂寞到居然同意和比她小十歲的乾洗店小弟出去約會，而且他還放了她鴿子。

這會兒喬伊絲臂上搭著披肩，走過草坪，去跟佛勒太太打招呼。她是桃樂絲（麥特的第二任妻子，多年後才出櫃的女同志）的母親。佛勒太太沒法在陽光下坐著，但搬到有遮蔭的地方又會冷。喬伊絲另一手拿著要給葛文太太喝的檸檬汁，她是莎莉的看護，嫌孩子們的潘趣果汁太甜。她什麼都不讓莎莉喝——莎莉可能會把飲料潑在自己漂亮的洋裝上，或調皮地朝別人扔飲料。莎莉沒東西喝，倒也不太在意。

喬伊絲穿過草坪的途中，繞過一群圍坐成圈的年輕人。有湯米、他的新朋友和另一些朋友。有些常到他們家來玩；有的她從沒見過。

她聽見湯米說：「不，我不是伊莎朵拉・鄧肯。」

大夥兒哄堂大笑。

她想，他們一定是在玩那個幾年前很流行的遊戲，不太容易玩、姿態又很高的那個遊戲。那遊戲叫什麼來著？好像是B字開頭。她以為這年頭他們對精英分子很感冒，早不玩這種遊戲了。

Buxtehude。她已大聲說出這個字。

「你們在玩『布克斯泰烏德』[2]。」

「至少妳馬上就猜到B了。」湯米先取笑她，別人才好跟著笑。

「你看，」他說：「我的 belle mére（美麗的母親）並不笨嘛。不過她是音樂家喲。『布克斯泰烏迪』[3]不是音樂家嗎？」

「布克斯泰烏德走了五十哩路，去聽巴哈彈管風琴[4]。」喬伊絲有點惱：「是，他是

---

2 即 Dietrich Buxtehude（1637-1707），丹麥管風琴家與作曲家。

3 Buxtahoody，湯米的口誤。

4 史實是巴哈在一七〇五年剛當上管風琴手，走了約兩百六十哩的路，去聽當時高齡六十八的布克斯泰烏德彈管風琴。喬伊絲因氣惱湯米取笑而隨口胡謅。

音樂家。」

湯米低呼：「哇，好神。」

圈圈裡一個女孩站起身，湯米叫住她。

「嘿，克莉斯蒂。克莉斯蒂，妳不玩了嗎？」

「我待會兒就回來。我只是要帶著邪惡的香菸，去林子裡面躲起來。」

這女孩穿著打摺的黑色短洋裝，看來很像內衣或睡衣，外加一件樣式簡單的黑色低領小外套。一綹淡色的金髮，神情飄忽而蒼白的臉，淡到幾乎看不見的眉毛。喬伊絲馬上就瞧這女孩不順眼，覺得這種女孩好像生來就是讓人覺得不舒服，專門當跟屁蟲去人家家裡參加派對（喬伊絲認為她一定是跟來的），儘管不認識派對主人，卻自以為可以嫌這嫌那，瞧不起主人一派親和（膚淺？）與布爾喬亞式的好客（這年頭還有人說「布爾喬亞」嗎？）

倒不是說客人不能隨意找地方抽菸，他們也沒掛上什麼禁止吸菸的標示，連屋裡都沒有。喬伊絲覺得原先的好興致漸漸褪去。

「湯米，」她突然喚他：「湯米，你可以把這披肩拿去給佛勒外婆嗎？她覺得有點冷。還有，把這檸檬汁拿給葛文太太。你知道的，她和你媽一起來。」

他有特定的關係、特定的責任。提醒他並不為過。

湯米隨即優雅地起身。

「波提且利。」他說著，接過她手上的披肩和玻璃杯。

「對不起，我不是故意打斷你們玩遊戲。」

「反正我們也玩得不好。」她認識的一個男孩開口，他叫賈斯汀。「我們不像你們以前那麼聰明了。」

「以前那樣才對。」喬伊絲回道。有那麼一瞬間，她有點茫然，不知接下來該做什麼、走到哪兒去。

他們在廚房裡洗碗。喬伊絲、湯米、新加入的傑。派對已經結束，大家擁抱親吻、感動流淚，紛紛離去。有人帶了大盤的食物來，但喬伊絲的冰箱實在放不下。萎掉的沙拉、奶油塔、魔鬼蛋等等，只有丟棄一途。魔鬼蛋沒什麼人吃。這道菜現在不流行了，膽固醇太高。

「真可惜，做魔鬼蛋不容易呢。也許大家看了它就想到教會聚餐。」喬伊絲說著，把一整盤魔鬼蛋倒進垃圾桶。

「我奶奶以前會做魔鬼蛋。」傑說。這是他頭一次對喬伊絲說話，她瞥見湯米感激的眼神。她自己也覺得欣慰，雖然傑這麼一說，把她歸進祖字輩了。

「我們有吃幾個，滿好吃的。」湯米說。他和傑兩人已和她一起忙了至少半小時，屋裡屋外一一收杯盤刀叉，從草坪、帳棚、家中，到某些非常奇怪的地方，如花盆、沙發抱枕下等等，居然都找得到。

她已經累得動不了。這兩個男孩（她把他們當男孩）很俐落地把碗盤堆滿了洗碗機，接著又在水槽裡放好熱肥皂水和冷水，準備洗杯子。

「洗碗機第二批可以洗杯子。」喬伊絲說，但湯米反對。

「妳今天累壞了，腦袋糊塗啦，才會想用洗碗機洗杯子。」

傑負責洗杯子、喬伊絲擦乾，再由湯米歸位。他還記得這個家哪樣東西放哪裡。麥特則和系上的某人在前廊上熱烈討論著什麼。他不久前才和許多人擁抱、花很多時間道別。由此看來，他醉得不厲害。

「我現在很可能神智不清喲。」喬伊絲說。「我現在這一刻想的是，把這些統統丟了，買塑膠的。」

「派對後症候群。」湯米打趣。「我們瞭。」

「喔，那個穿黑洋裝的女孩是誰？」喬伊絲問。「那個突然不玩遊戲走掉的？」

「克莉斯蒂？妳說的一定是克莉斯蒂，克莉斯蒂．歐戴爾。她是賈斯汀的太太，不過她有自己的名字。妳認識賈斯汀吧。」

「我當然認識賈斯汀，只是不曉得他結婚了。」

「唉呀，他們都長這麼大了啊。」湯米存心調侃。

「賈斯汀都三十了。」他又說。「她年紀八成比他大一點。」

傑接話：「她肯定比他大。」

「她長得還滿有意思。」喬伊絲說。「她人怎樣？」

「她是作家。人還不錯啦。」

傑俯身向水槽，發出怪聲。喬伊絲不懂這是什麼意思。

「她是還滿孤僻的。」湯米這句話是朝傑說的。「我說得對不對？你覺得呢？」

「她就是自以為了不起啦。」傑一字一字講得清楚。

「唉，她剛出第一本書嘛。」湯米說。「我忘了書名了，好像是實用教學之類的，我是覺得書名不怎麼樣。要是你出了第一本書，應該也會有一陣子覺得自己很了不起吧。」

過了幾天，喬伊絲路過朗斯戴爾某家書店，看到某張海報上正是那女孩的臉，寫著名字，克莉斯蒂．歐戴爾。頭上一頂黑帽，身上是她派對那天穿的小黑外套，量身訂做、樣式簡單、領子開得很低，雖然那一帶無啥可招搖之物。兩眼直直盯著鏡頭，神情陰鬱、受創，漠然，帶著指責。

喬伊絲是在哪兒見過她？當然派對上見過，可是，就連喬伊絲莫名看她不順眼的那時候，都可以感覺自己早已見過她。

難道是她的學生？她也沒教過那麼多學生。

她走進店裡買了一本那女孩寫的書。書名是《我們要怎麼生活》，後面沒有問號。賣書給她的書店店員說：「星期五下午兩點到四點，妳帶書來，作者那天會在店裡幫妳簽名喔。

「那個金色的小貼紙別撕下來，代表妳是在這裡買的書。」

喬伊絲從來不懂，排隊去看作者一眼，讓個陌生人在書上簽名帶回家，到底有什麼意思。所以她只是禮貌地敷衍兩句，沒說好也沒說不好。

她甚至不曉得自己會不會打開書來看。她正在看幾本不錯的傳記，絕對比這本書更合她口味。

《我們要怎麼生活》是短篇小說集，不是長篇小說，這本身就令人失望。感覺這書怎麼就少了點地位，作者像是徘徊在文學大門外，不是安居文學殿堂內的一員。

不過那晚喬伊絲還是把這本書帶上床看，規規矩矩先看列出各篇篇名的目錄。看到一半，某一篇的篇名躍入眼簾。

「*Kindertotenlieder.*」

馬勒。她熟悉的領域。她放心地翻到那篇的頁碼。某人（可能正是作者本人）似乎已經先想到了，體貼地附上了翻譯。

「〈悼亡兒之歌〉。」

她身旁的麥特哼了一聲。

她曉得這代表他對正在讀的東西不以為然，等著她問怎麼回事。所以她問了。

「我老天，這白痴。」

她把《我們要怎麼生活》面朝下放在自己胸前，弄出點聲音，表示她專心聽他說話。書的封底有一張和海報上一樣的作者照片，只是少了帽子。同樣沒有笑容、同樣一臉陰鬱，但表情沒那麼做作。麥特一邊講話，喬伊絲一邊挪了一下膝蓋，好讓書抵著膝頭，這樣她就看得到封底的幾句作者簡介。

克莉斯蒂．歐戴爾在卑詩省海岸的小鎮「紅河鎮」長大。卑詩省大學創意寫作課程畢業。與其夫賈斯汀和小貓提庇留，現居卑詩省溫哥華。

麥特跟她解釋他正在看的書哪裡令人不敢恭維，突然抬眼瞄了一下她的書，說：「那個女孩有來我們派對嘛。」

「對，她叫克莉斯蒂．歐戴爾。賈斯汀的太太。」

「她寫書啦？怎樣的書？」

「小說。」

「噢。」

他又繼續看自己的書，沒多久，又帶點不好意思的語氣問她：「好看嗎？」

「還不曉得。」

「她和母親同住的家，」喬伊絲唸道：「位於群山與海之間……」

這幾個字才一出口，喬伊絲便覺得渾身不舒服，唸不下去，也或者是想到丈夫在旁邊，不好繼續。她闔上書說：「我到樓下去一下。」

「是燈光礙到妳嗎？我這就關上。」

「不是，我想喝點茶。待會兒就上來。」

「我那時候可能睡了。」

「那就晚安嘍。」

「晚安。」

她親了他一下，帶著書下樓。

她和母親同住的家，位於群山與海之間。在那之前，她和諾藍太太一起住，諾藍太太家專門收容寄養的孩子，收容人數不一，但總是多得出奇。年紀小的睡在房間中央的床上，年紀大一點的睡床兩側的行軍床，以防小朋友滾下來。早上有鈴響叫你起床。諾藍太太會站在門口搖鈴。在下一次搖鈴之前，你應該已經尿完尿、梳洗完畢、穿好衣服、準備吃早餐。大朋友要幫小朋友鋪床。有時睡在中間的小朋友會尿床，因為他們來不及爬過大朋友身上去廁所。有些大朋友會去告狀，但還是有人很好心，把床單拉起來晾乾。所以偶爾晚上睡覺時床單還沒乾。這是她對諾藍太太家的印象。

後來她就和母親一起住。每晚母親會帶她去匿名戒酒會的聚會，因為沒人可以照顧她。那聚會會場有一盒給小孩玩的樂高積木，但她不怎麼喜歡樂高。後來她在學校開始學小提琴，便把小提琴帶去戒酒聚會。在那邊不能演奏，但因為小提琴是學校的，她得一直帶在身邊好好保管。要是聚會的人講話太大聲，她可以藉機輕聲練習一下下。

學校裡有小提琴課。要是學生不想玩樂器，可以只敲三角鐵，但老師喜歡學生挑戰比較難的樂器。老師是個子高高的女性，一頭褐髮總是打著長辮垂在背後。她身上的氣味和別的老師都不一樣。有些老師會噴香水，但她沒有。她的氣味是木材或爐子或樹的味道，孩子後來覺得是雪松碎片的味兒。孩子的母親後來去師丈那邊上班，身上的味道也變成這樣，卻又不盡相同。那差異像是，母親身上的味道是木材；老師身上的氣味是音樂中的樹木。

這孩子沒什麼音樂天分，卻十分努力學習。她不是愛音樂，她是愛音樂老師，如此而已。

喬伊絲把書放在廚房桌上，又望了作者照片一眼。那張臉有哪裡像伊笛嗎？沒有。臉型或表情，沒有一點相似。

她起身，拿出白蘭地，在茶裡加了一點。她在腦海裡搜尋伊笛的孩子叫什麼名字。

當然不是克莉斯蒂。她也記不得伊笛帶過小孩到家裡來。學校裡學小提琴的孩子又有好幾個。

這孩子應該不是朽木，否則喬伊絲一定會讓她學點比較簡單的樂器。但她想必也不是天賦異稟（她自己都說了她沒天分），否則喬伊絲一定會記得她的名字。

空白的臉。一抹女性的天真。那女孩臉上是有些喬伊絲認得的什麼，不過這女孩已經長成女人。

伊笛星期六來幫強的忙時，難道這女孩沒跟著一起來？或者，當伊笛不是來上班，反倒像是訪客，過來看看工作進度，必要時幫點忙，而且就那麼大剌剌走進來看強在做什麼，即使強可能正在和難得休假的喬伊絲講話，她也就這麼打斷——這女孩難道也不在場？

克莉斯汀。對了，沒錯。很容易就變成克莉斯蒂。

克莉斯汀想必多少知道他倆的私情。強一定也去過伊笛的公寓，伊笛則跑來他們家。伊笛可能也試探過孩子的想法。

妳喜歡強嗎？

妳喜歡強的家嗎？

去跟強一起住他家，不是很好嗎？

媽咪很喜歡強，強很喜歡媽咪。人互相喜歡的時候，就會想住在同一間屋子裡。妳的音樂老師和強，不像媽咪和強處得這麼好，所以妳就跟媽咪和強一起住在強的家，妳的音樂老師會搬出去住公寓。

絕對不是這樣。伊笛不是會講這種蠢話的人，這點妳得相信她。

喬伊絲知道劇情接下來會有什麼轉變。這孩子夾在大人錯綜複雜的關係與錯覺之間，一頭霧水，就這麼草草地給搬過來弄過去。可是當她又拿起書來看，她發現裡面幾乎沒寫到搬家的事。

一切的一切都繫於這孩子對老師的愛。

星期四有音樂課，是一週中最重要的一天。那一天的喜與憂，全取決於孩子表現得好不好，老師有沒有注意到。兩者都幾乎難以承受。老師的聲音可能很冷靜、溫和，有時講講笑話，掩飾聲音裡的疲憊與失望。孩子好傷心。但老師也可能突然變得輕鬆愉快起來。

「很好，很好。妳今天表現非常好。」孩子聽了，樂得胃都抽筋。

然後就是那個星期四。孩子在遊戲場上跌了一跤，擦傷膝蓋。老師用溫熱的溼布幫她清洗傷口，聲音突然變得好溫柔，跟她說她需要一點特別的好東西。說著，老師拿來一碗「聰明豆」糖果，是她獎勵小朋友用的。

「妳最喜歡哪個顏色？」

深受感動的孩子開了口：「哪種都好。」

這就是改變的起點嗎？還是因為春天到了，要準備演奏會的緣故？

孩子覺得自己鶴立雞群，她將要獨奏。這代表每星期四都要留校練習，她便沒法搭上出城的校車，回她和母親現在的家。於是由老師開車送她。路上，她問孩子對演奏會緊不緊張。

有一點。

那好，老師說，她一定要訓練自己想些很好的事情，像是小鳥飛過天空。她最喜歡什麼鳥？

又是最喜歡的東西。孩子腦袋一片空白，怎麼也想不出哪種鳥。那就……「烏鴉？」

老師大笑起來。「好，好，就想著烏鴉吧。在妳演奏之前，想想烏鴉。」

然後，老師或許是為了彌補剛剛大笑害孩子發窘，提議去威靈頓公園，看看冰淇淋攤開了沒有。夏天到了。

「妳下課沒直接回家，他們會擔心嗎？」

「他們知道我跟妳在一起。」

冰淇淋攤開門了，不過口味有限，最棒的口味還沒出來。孩子既開心又焦躁，知道要慎重選擇，選了草莓口味。老師則挑了香草，大人常選的口味。她還跟店主開玩笑說，要趕快推出蘭姆葡萄乾口味喲，否則就不喜歡他了。

或許這時另一個變化發生了。孩子聽到老師那樣講話，像大女孩那樣俏皮的語調，整個人就舒坦許多。從那時起，她不再像以前那麼崇拜老師，卻開心得不得了。她倆去碼頭看停泊的船隻，老師說她一直想住在船屋裡。她說，那不是很好玩嗎？孩子自然點頭附和。她們會挑自己想住哪艘船。船是自己做的，漆成淡藍色，有一排小窗，窗裡擺著天竺葵盆栽。

於是聊到了孩子現在的住處，老師從前的家。後來不知怎地，兩人同車的途中，常又聊回這話題。孩子說，她很高興現在有了自己的臥室，但不喜歡屋外一片黑。她有時覺得自己聽得見窗外的野生動物。

哪些野生動物？

熊啦，美洲獅啦。她媽媽說，這些動物住在林子裡，所以千萬別往那兒去。

「妳聽到有動物，會不會跑去跟媽媽一起睡？」
「本來是不行的。」
「天啊，為什麼不行？」
「強在。」
「可是有熊和美洲獅，強怎麼說呢？」
「他說只是鹿而已。」
「妳媽媽跟妳這樣說，他不氣妳媽媽？」
「不會。」
「我猜他都不會生氣喔？」
「有一次他有點生氣。我和媽媽把他的葡萄酒都倒到水槽裡。」
老師說一直不敢進森林就太可惜了。她說裡面有步道可以走，要是妳一直發出聲音（反正總是會發出聲音），野生動物就不會過來。她曉得裡面哪些步道很安全，還知道這個季節所有野花的名字。豬牙花。延齡草。北美大花地百合。紫色的紫羅蘭和耬斗菜。巧克力百合。
「我想這種花一定有學名，但我喜歡叫它們巧克力百合。光聽就覺得好好吃喔。當然啦，不是說它們吃起來像巧克力，而是長得像。它們跟巧克力一模一樣喔，帶點紫色，像壓碎的莓子。不常見，但我知道上哪兒找。」

喬伊絲又放下了書。此時，此刻，她才真的明白這些文字的意義，感到一股恐懼襲來。無辜的孩子、鬼祟的大人、那唆使。她早該知道。這種事情現在不足為奇，甚至像是天經地義。森林。春花。就是在這裡，作家把醜陋的發想與她從真實生活取材的人與事合了體，她懶得創造新東西，卻也沒去醜化。

某些情節自然是真的。她確實想起早已遺忘的片段。她載克莉斯汀回家時，完全沒想過她有個名字叫克莉斯汀，只想到她是伊笛的小孩。她還記得她沒法開進院子把車掉頭，總是要孩子在路邊下車，自己再往下開個半哩路，找可以掉頭的點。她也不記得冰淇淋的事。但從前是有那麼艘船屋繫在碼頭邊。連野花、別有用心質問孩子的可怕過程——都可能是真的。

她必須讀下去。她想再倒點白蘭地，但隔天早上九點還要排練。

講的事都沒發生。她已鑄成另一個大錯。森林和巧克力百合沒再出現，演奏會在不覺間過去。學期已經結束。學期的最後一週，那個星期天早晨，孩子很早就給吵醒。她聽見老師的聲音從院子傳來，她貼到窗邊去看。老師坐在車裡，車窗搖了下來，正在和強說話。車後面拖著搬家用的小拖車。強光著腳、敞著胸，全身只有一條牛仔褲。他叫孩子的媽過來，而她只出現在廚房門口，朝院子走了幾步，沒有走到車邊。她把強的襯衫當睡衣穿。她習慣穿長袖遮住刺青。

他們談的是公寓裡有些強答應要去拿的東西。老師把鑰匙扔給強。他和孩子的媽則隔空對談，極力要她拿走某些東西。但老師只是冷笑著說：「都是你的了。」強隨即道：「好吧，再見。」老師也回「再見」，孩子的媽什麼也沒說。老師還是同樣冷笑著。強跟她說明要怎麼在院子裡把小拖車掉頭。這時孩子明知老師沒那個心情想跟她講話，還是穿著睡衣跑下樓。

「她剛走了。」孩子的媽說。「她還得趕渡輪。」

傳來一聲汽車喇叭。強舉起一隻手回應，穿過院子走來，對孩子的媽說：「就這樣了。」

孩子問老師會不會回來。他說：「不太可能了。」

接下來又有半頁是寫，孩子漸漸懂了這到底是怎麼回事。她長大些後，想起某些問題，老師曾經套她的話，即使表面上看來無傷。問的是關於強（她並不這樣叫他）和她媽媽的事（其實都是些沒用的訊息）。他們早上幾點起床？他們喜歡吃什麼？有一起做飯嗎？收音機聽哪個電臺？（沒聽，因為後來買了電視機。）

老師到底想知道什麼？難道她希望聽到不好的消息？還是她實在太飢渴，無論聽什麼都好，只要有人與這兩人朝夕相處，睡在同一屋簷下、在同一張桌上吃飯，她就願意和這人保持聯繫？

這一點，孩子永遠也不會知道。她知道的是，大家並不把她當回事，她一廂情願對老師的迷戀，也是有人精心擺布的成果。她只是個可憐的小呆瓜。她滿腔憤懣，想當然耳。憤懣，自尊。她決心不再任人愚弄。

但事情發生了。令人吃驚的結局出現。她對老師的感情、對童年那段時間的心情，有一天都變了。她不知道怎麼變的，何時變的，可她知道，她再也不認為那段時間是個騙局。她想起當年辛辛苦苦練的音樂（後來她自是全盤放棄，那時還不到十幾歲）。她高漲的期盼、種種幸福的感覺、她始終沒見到的林間野花，有各種有趣可愛的名字。

愛。她很欣慰還有愛。假如某人極大的幸福，無論多短暫、多脆弱——是來自另一人極大的不幸，那或許是說，在這世間的感情清算中，彷彿必有某種隨機且必然不公平的撙節。

當然，喬伊絲想。是這樣沒錯。

那個星期五下午她去了書店，帶著要簽名的書，還有一小盒Le Bon巧克力專賣店的巧克力。她排進隊伍，有點訝異這麼多人來排隊。有和她差不多歲數的女人，也有比她年輕與年長的。其中有幾個比她小的男人，有的是陪女友來。

那天賣書給喬伊絲的店員認出了她。

「妳回來啦，太好了！」那店員說。「妳看了《環球郵報》上面的書評嗎？真是不得了。」

喬伊絲一時有點不知所措，渾身微微顫抖，一個字也說不出。

那店員沿著隊伍邊走邊說，只有在店裡買的書才能拿給作者簽。某本文集裡面有收克莉斯蒂．歐戴爾寫的短篇，但作者不簽這本，請大家見諒。

排在喬伊絲前面的女人又高又壯，所以等她俯身把書放在簽名桌上，喬伊絲才終於看到克莉斯蒂．歐戴爾。只是，眼前的年輕女子和海報上的女孩、派對上的黑衣女郎，已完全判若兩人。黑衣、黑帽消失了，克莉斯蒂這次穿的是玫瑰紅的絲質錦緞外套，領子上繡著細小的金色珠子，裡面搭配料子極佳的粉紅色小背心。新染的金髮、金耳環、頸間細緻如髮的金鍊。雙唇如花瓣般濕潤晶亮，紅棕色的眼影。

嗯——誰想買一個牢騷鬼或窩囊廢寫的書？

喬伊絲還沒想好該講什麼，只是等著輪到她的時候。

店員又開口了。

「妳有把書翻到想給作者簽名的那一頁嗎？」

喬伊絲得把手上的盒子放下，才能翻書。她可以覺得喉嚨裡有什麼蠢蠢欲動。

克莉斯蒂．歐戴爾抬頭望她，對她微笑——那種世故的友善，看似親切，實則保持距離的那種專業微笑。

「妳大名是？」

「寫喬伊絲就好了。」

她時間不多了。

「妳在紅河鎮出生？」

「不是。」克莉斯蒂．歐戴爾臉色微慍，或者說，收斂了一點原本開心的模樣。「我在那邊住過一陣子。我要寫日期嗎？」

喬伊絲拿出盒子來。Le Bon巧克力專賣店有賣巧克力做的花，但沒有巧克力百合，只有玫瑰和鬱金香。所以她買了鬱金香，和百合也差不了多少，好歹兩種花都是球根。

「我想謝謝妳那篇〈*Kindertotenlieder*〉。」喬伊絲急忙說，最後那個長長的字差點沒說完。「那對我有很重要的意義。我帶了禮物給妳。」

「那故事真的很棒。」店員接過盒子。「我先幫她保管。」

「裡面不是炸彈啦。」喬伊絲笑道。「是巧克力百合。其實是鬱金香，他們沒有百合，所以我買了鬱金香。我想沒百合，鬱金香也不錯。」

她發現店員不笑了，只是目不轉睛瞪著她。克莉斯蒂．歐戴爾開了口：「謝謝妳。」

從那女孩臉上，找不到一絲她認出喬伊絲的跡象。無論是多年前紅河鎮的喬伊絲，或是兩週前派對上的女主人。你甚至不確定她是否記得寫她自己的那篇短篇叫什麼。你會以為她與這故事毫無關係，一如蛇之蛻皮，她急於掙脫，棄之草地，揚長而去。

克莉斯蒂．歐戴爾只是端坐著寫她的名字，彷彿她在這世上只管寫好這幾個字。

「很高興能和妳聊聊。」店員說著，眼睛仍盯著那只盒子。上面有巧克力店的小姐細心綁好的捲捲黃緞帶。

克莉斯蒂．歐戴爾已經抬眼望向下一位排隊的讀者，喬伊絲終於察覺，在自己成為大家看笑話的目標之前，她必須離開。天曉得，搞不好警察會盯上她那只盒子。

她沿著朗斯戴爾大道走，一路走上坡，只覺得像洩了氣的皮球，但慢慢地又把自己整理好。這搞不好可以變成哪天她講給別人聽的趣聞。若真有那一天，她也不會意外。

溫洛克之崖

我媽有個打光棍的表親，以前每年夏天都會來農場看我們，連他媽媽（我姨婆奈兒．波茲）也一起帶來。我這表舅叫厄尼．波茲，高高的個子紅光滿面。一張大方臉、一臉好人相，一頭髦髮從前額往上竄。兩手十根指頭，刷洗得乾乾淨淨，屁股有點大。我背地裡叫他「厄尼斯特．屁屁」[1]。我這人就是毒舌。

可我相信自己絕無惡意，也沒傷人之心。奈兒姨婆過世後，厄尼也不來了，只會寄聖誕卡。

我到倫敦念大學後（安大略省的那個倫敦，也就是他住的地方），他習慣隔週星期天晚上帶我上館子。我覺得他因為我們是親戚才這樣做——他甚至不必考慮我們到底談

1 Earnest Bottom，字義是「認真的屁股」，拿厄尼姓名諧音開的玩笑。

不談得來。他老帶我去同樣的地方，一間叫「老切爾西」的餐廳，位置在樓上，可以俯瞰當達斯街。裡面有絲絨窗簾、白桌布、桌上擺盞玫瑰色小檯燈的那種餐廳。這應該超出他的預算，但我沒想到這些。鄉村女孩眼裡，住在大都市、每天穿西裝打領帶、指甲乾乾淨淨的男人，想必有錢到一種程度，這種奢華是家常便飯。

我點的是菜單上看來最稀奇的菜，像「雞肉酥皮盒」或「香橙鴨胸」，而他總是點烤牛肉。甜點則是由小推車推到桌邊，車上總會有高高的椰子蛋糕、頂端綴著過季草莓的卡士達塔、外裹巧克力內包鮮奶油的號角酥。我總要想很久才能決定吃哪個，像不知選哪種冰淇淋口味才好的五歲小孩。星期天晚上如此暴食，所以星期一我什麼都不吃。

厄尼的樣子當我爸嫌太年輕。但願學校裡沒人以為他是我男友。

他問我上課的情況，我跟他說我念的是英文和哲學的高級班（有時他忘了自己問過，我會再說一次），他聽了會很嚴肅地點點頭，不像老家的人那樣只會翻白眼。他跟我說，他非常重視教育，很後悔自己讀完高中就無法繼續升學。他後來在加拿大國家鐵路公司找到售票員的差事，現在已是主管。

他喜歡讀正經的書，但當然還是比不上進大學念書。

我很肯定他所謂「正經」的書，應該是《讀者文摘濃縮版》。我不想再聽他談我念書的事，便跟他講起我住的地方。那個年代大學沒有宿舍，學生住的是分租的房子或廉價公寓，要不就住在兄弟會、姊妹會裡。我的房間是某棟老屋的閣樓，地上空間很大，但天花板很低，所幸因為以前是給女傭住的，有自己的浴室。二樓住了兩個獎學金學生，凱和貝佛莉，兩人修現代語言，已是最後一年。一樓天花板挑高，但房間隔得東一間西一間，住的是一個醫學院的學生和他太太貝絲。他不常在家，但因為有兩個小小孩，貝絲必須全天在家。她身兼我們這裡的管理員，也負責收租。二樓那兩個女生會在浴室洗衣晾衣，為此貝絲常和她倆爭吵。因為貝絲的丈夫有時回家，發現一樓的浴室塞滿小孩東西沒法用，就會去用二樓的。貝絲說她丈夫不該忍受撲到他臉上的絲襪，還得看一堆女孩子的私密用品大剌剌擺在那兒。凱與貝佛莉則回嘴說，她們搬進來的時候，大家明明講好可以自由使用浴室。

我就挑這些事情跟厄尼說，他臉一紅，說這些事情大家應該白紙黑字寫好的。

我看著凱和貝佛莉，實在覺得喪氣。她們在學校很用功，但平常講的想的和在銀行上班或坐辦公桌的女生並無二致。她們習慣星期六把頭髮盤得高高的，塗個指甲油，因為晚上要和男友約會。星期天則在臉上抹乳液紓緩肌膚，因為前一晚被男友的鬍子摩擦得發疼。我也不覺得她倆的男友有哪裡強，很納悶她們到底看上這些人哪一點。

她倆說原本還抱著去聯合國當翻譯員的瘋狂念頭，現在則覺得能教教高中、運氣好找個人結婚，就不錯了。

接著還給了我一些建議，只是我聽不入耳。

我在學校的餐廳找了差事，就是推著推車，沿桌收用過的碗盤，把桌子清空了再擦乾淨，還有就是把菜端到供大家取用的架上。

這兩位小姐說，這工作不太妙。

「男生看到妳做這種工作，不會約妳出去。」

我把這話跟厄尼說了。他問我：「那妳怎麼說？」

我回道，我當時的反應是，因為看到我做這種事就不約我出去的人，我也絕不會跟他出去，所以有哪裡不對了？

我想這句話正說中他心坎。厄尼滿臉發光，雙手起勁地揮舞。

「沒錯，一點沒錯。」他說。「妳就該有這種態度，我們堂堂正正的怕什麼？有人故意打擊妳也無所謂，不要聽他的，就照妳的意思去做，別理他們就是了。要有骨氣呀。要是有人不以為然，就叫他們自己看著辦。」

他講了這一番話，寬臉上閃耀正義與嘉許的光芒，舉手投足間分外熱切，反而讓我頭一次起了疑心，頭一次我隱約有了不祥的念頭：這警訊可能終究還是有它的道理。

門底下塞了張紙條，說貝絲想跟我談談。我擔心不知是不是因為我把大衣掛在樓梯欄杆上晾乾？還是白天她丈夫布萊克和兩個寶寶睡覺（布萊克偶爾白天會在家補眠，寶寶則一定在睡覺）時，我上樓的聲音太吵？

門開處一片慘烈，彷彿貝絲的一生就耗在這種場景。天花板上的曬衣架垂著溼答答的衣物（尿布和飄著異味的嬰兒毛線衣），爐上的消毒器咕嘟咕嘟煮著奶瓶。窗子給蒙得熱氣蒸騰，椅子上扔了一堆溼透的抹布、沾了污漬的填充玩具。兩個寶寶，大的那個吊掛在嬰兒圍欄的桿子上，發出抗議的狂嚎（顯然是貝絲把他擱在那邊）；小的那個則坐在高腳嬰兒椅上，南瓜色的泥狀食物糊了他整張嘴和下巴，活像發疹。

貝絲從一片混亂中探出頭來，自覺高高在上的小扁臉上不帶一絲笑意，那神態活像在說：即便這世間吝於肯定她，像她一樣受得了這堆折騰的人可不多呢。

「妳剛搬進來的時候，」她才說完便拉開嗓門，好蓋過寶寶的狂嚎：「妳剛搬進來的時候，我不是說過，妳那邊住得下兩個人？」

頭頂上的空間可不夠兩個人啊，我這句話差點衝口而出，不過她當然還是滔滔不絕，說有另一個女孩要搬進來，只住星期二到星期五。她來大學旁聽幾門課。

「布萊克今晚就會把沙發床抬上去。她占不了多少空間啦。她住市區，應該不會帶很多衣服來。妳一個人在上面住了六個星期，現在妳週末還是可以一個人。」

多少可以扣點房租吧。她連提都沒提。

妮娜確實沒占多少空間。她個子小又輕手輕腳——她的頭從來沒撞到椽木，不像我。大多時間她都盤腿坐在沙發床上，金褐色頭髮攤了一臉，身上只有件鬆垮垮的和服，裡面是很孩子氣的白色內衣。她的衣服都很漂亮——駱駝毛大衣、喀什米爾羊毛的毛衣、附了只銀色大別針的格子花紋褶裙，都是雜誌裡面才有的美麗衣服，搭配「幫妳家小姑娘打點行頭，迎接校園新生活」這種標題。不過她一從學校回來就會換上和服，而且她根本很少掛衣服。我和她一樣，一下課就把上學穿的衣服換下，但為了不弄皺裙子，讓上衣或毛衣保持通風，我還是會把衣服統統小心地掛起來。晚上我則穿毛茸茸的浴袍。至於晚飯，我會先在學校餐廳吃過，這算在員工福利裡。妮娜好像也是在外面吃了才回家，只是我不曉得她在哪兒吃。也許她整晚吃的小玩意兒就是晚飯——杏仁、柳橙、一堆紅金紫三色錫箔紙包的小巧克力糖。

我曾問她，穿這麼薄的和服，不怕感冒嗎？

「不會。」她說著，抓了我的手放在她脖子上 。「我身體一直都是暖的。」她說的一點沒錯，她皮膚光用看的就知道很暖，儘管她說那只是曬黑的顏色，而且也漸漸褪了。她皮膚除了溫暖以外，還有種特別的味道，有點像堅果或香料味兒，不刺鼻，但也不是常洗澡的身體發出的氣味（我自己也不能說很乾淨，因為貝絲規定一週才能泡一次澡。很多人泡澡的次數比這還少，所以即使大家都會用滑石粉和摸起來粉粉的體香膏，還是掩不住身上的味道。）

我大多看書看到深夜。原本我以為房間裡多了個人，要專心看書不容易，可是妮娜很好相處。她會細心地剝柳橙，剝巧克力包裝紙，拿撲克牌玩接龍。她拉長身子去挪動紙牌時，偶爾會小小嘟噥個兩聲，彷彿是埋怨自己還要挪動姿勢，卻又樂在其中。其他時候她看來一派安逸，想睡的時候蜷起身子就睡，連燈都不關。也正因為我們之間沒有什麼講話的必要，兩人很快就聊了起來，講起自己的人生故事。

妮娜二十二歲。以下的故事，是她十五歲以來的遭遇：

首先，她讓自己懷了孕（她話就是這麼說的），也嫁給了孩子的父親，他比她大不了幾歲。那時他們住在芝加哥外圍的某個小鎮，叫藍尼威爾。男生在那邊能找的就是大型穀倉或操作機械的差事；女生則大多當店員。妮娜一心想當美髮師，但這代表必須離家去上課。她原本的家不在藍尼威爾，那是她奶奶家，只是在父親死後，母親再嫁，繼父把她趕出來，她只得投奔奶奶。

她後來又生了一個孩子，第二個兒子。她丈夫在別的鎮找到工作，自己就先去了。他說會再叫她過去，但這句話始終沒有成真。她最後把兩個孩子都留給奶奶，自己搭了巴士去芝加哥。

在車上她遇見同樣要去芝加哥的瑪西。瑪西說她認識一個開餐廳的男人，她倆應該可以去那邊工作。不過等兩人到了芝加哥、找到餐廳，才發現那男人並非店主，只是在那兒上過班，而且早已離職。不過店主在樓上有間空房間，答應給她倆住，她們則以每晚打掃餐廳做為交換。兩人可以用餐廳裡的女洗手間，但白天就得把洗手間給客人用，她們不能占用太久，所以兩人都是在餐廳打烊後才洗衣服。

住那地方總是睡不好。兩人後來和對街酒吧的酒保成了朋友（同性戀，人很好），他會請喝免費的薑汁汽水。她倆在那酒吧認識了一個男的，獲邀去參加派對，在那派對上，又獲邀去別的派對。妮娜就是那時認識了波維斯先生。其實他也就是給她起名叫妮娜的人。她之前的名字是瓊兒。後來她便搬到波維斯先生在芝加哥的家。

她等著適當的時機，想跟波維斯先生提她兩個兒子的事。他家很大，所以她想應該可以把兒子接來同住。可是等她真的和他提了之後，他說他很討厭小孩，也絕對無意讓她懷孕。結果不知怎地她還是懷了孕，於是兩人飛到日本去幫她墮胎。

她原本一直自以為想拿掉孩子，卻在最後關頭改變主意。她決定把孩子生下來。

那好吧，他說。他會幫她出回芝加哥的旅費，但往後她就得靠自己了。

這時的她也大致熟悉了芝加哥的環境，找了一個類似中途之家的地方，有人照顧妳到寶寶出生為止，然後妳可以選擇讓寶寶給人收養。孩子出生了，是個女孩，妮娜給她起名叫珍瑪，也決心自己養她。

她在中途之家認識一個女孩，也同樣是生了孩子後自己養，兩人於是一起住、輪流上班，互相幫忙帶孩子。她們找了一間還負擔得起的公寓，也各自找了工作（妮娜在酒吧上班），一切漸漸上了軌道。就在聖誕節前，妮娜有天下班回家，發現她室友喝得半醉，在和男人胡搞。八個月大的珍瑪發燒發得厲害，虛弱到連哭的力氣都沒有。

妮娜趕緊拿了毯子把她包好，攔了計程車就往醫院衝。但正逢聖誕節前夕，塞車又塞了一陣子。等終於到了醫院，院方卻跟她說不該送來這裡，要她去另一間醫院。就在趕往下一間醫院的路上，珍瑪抽搐了一下，就這麼死了。

她想幫珍瑪好好辦場葬禮，不願讓她隨便跟著哪個老遊民下葬（她聽說如果沒錢的話，就是這麼處理嬰兒的屍體），所以又去找了波維斯先生。他比她想的還好心，不但出錢買了棺材、打點一切、幫珍瑪立了一塊刻著她名字的墓碑，還在塵埃落定後再次接納了妮娜。兩人出了很久的遠門，一起去了倫敦、巴黎等很多地方，讓妮娜散散心。等回到美國，他把芝加哥的房子先封了起來，搬到加拿大。他在安大略省倫敦附近的鄉間有些地產，還有自己的賽馬。

他問她想不想去學校念書，她說好。他建議她先去旁聽幾堂課，看看自己想念什麼。她說想有幾天過過一般學生的生活，穿學生穿的衣服，像學生一樣念書。他說，這可以安排。

她的人生讓我自覺像個呆瓜。

我問她波維斯先生的名字。

「亞瑟。」

「妳幹麼不叫他名字？」

「那樣就不自然了。」

妮娜夜裡是不能出門的，但碰到晚上看戲、演唱會、聽演講這類大學生的活動則屬例外。她本來午餐晚餐都應該在學校吃，不過我前面說了，我不知她照辦沒有。她的早餐是在我們的臥室沖雀巢咖啡，配我從學校餐廳帶回來的隔夜甜甜圈。波維斯先生雖對此不甚滿意，但知道妮娜是想學大學生過日子，也就勉強由她去。只要妮娜每天有一餐熱騰騰的東西吃，另一餐吃個三明治配湯，他就算滿意了，至少他以為她是這樣吃的。實情是，她會去看學生餐廳的菜色，再跟他說今天吃了香腸或碎牛肉餅、鮭魚，或雞蛋沙拉三明治。

「要是妳真的出門，他怎麼知道？」

妮娜起身走到閣樓的窗邊，一面輕輕地發出那種她特有的聲音，分不清是埋怨還是開心。

「來這邊看。」她說。「要躲在窗簾後面。看到了嗎？」

窗外是一輛黑車，沒有停在我們正對面，而是還要隔個幾戶的對角。路燈正好照到駕駛的一頭白髮。

妮娜說：「溫納女士會在那邊值班到午夜，也可能更晚，我不確定。要是我出門，她會跟著我，我去哪裡她就跟到哪裡，在附近晃一晃，然後再跟著我回來。」

「萬一她睡著怎麼辦？」

「她不會。就算她睡著了，我想玩什麼把戲，她都可以馬上醒過來。」

有天晚上，我們想讓溫納女士磨一磨跟蹤技巧（套妮娜的話），便一起出門搭公車去市立圖書館。從公車車窗可以看到那輛長長的黑車一路尾隨，每站都得減速、等候，然後再加速、跟著公車。我倆下了車，還要走一條街才到圖書館，溫納女士於是駛過我們身邊，過了圖書館大門才停車，從後照鏡觀察我們——我們是這麼覺得啦。

我那晚去圖書館，是想看能不能借到《紅字》，我某一堂課要用卻買不起，學校圖書館的《紅字》又都出借了。同時我想也可以幫妮娜借本書——有簡單圖解歷史的那種。

妮娜早已為旁聽的課買妥了教科書，還買了同色的筆記本和鋼筆（是當時最高檔的）搭配成組。紅組用來記前哥倫布時期之前的中美洲文明；藍組拿來寫浪漫時期的詩人；綠組是記維多利亞時期與喬治王朝的英國小說家；黃組則用於從裴洛到安徒生的童話課。她每堂課都去聽，坐在後排，因為覺得那位置最適合她。她也會發言，像是愛極了走在文學院大樓裡、穿過人群、找到位子、打開課本、翻到要上的那一頁、拿出鋼筆。只是她的筆記本裡始終空空如也。

我覺得問題是，她對課堂上教的事情毫無概念。她不曉得維多利亞時期是什麼意思，遑論浪漫時期、前哥倫布時期等等。她去過日本、巴貝多，還有歐洲很多國家，卻找不到這些國家在地圖上的位置，也自然分不出法國大革命與第一次世界大戰誰先誰後。

我很納悶怎麼會有人幫她選了這些課，是她自己覺得這些課的名字聽著順耳，還是波維斯先生覺得她可以聽得懂？又或是他其實不以為然，所以刻意反其道而行，想說這樣一來，她很快就會不想當學生？

我一邊在找想借的書，一邊竟瞥見厄尼。他腋下挾了一疊推理小說，想是幫他母親某位老友拿的，他跟我說過他有這習慣。他另一個習慣是星期六早上去退伍軍人之家，陪父親的老友玩跳棋。

我介紹他跟妮娜認識。之前我跟他說過妮娜搬進來當我室友，但有關她過去或甚至現在的生活，自是一字未提。

他握握妮娜的手，說聲幸會，隨即問可不可以開車載我們回家。

我正要婉謝說我們搭公車就好，妮娜卻開口問他車停在那兒。

「停在後面。」他說。

「有後門嗎？」

「有，有，是四門小房車。」

「噢，我不是說車。」妮娜語氣和婉：「我是說圖書館，這棟大樓有沒有後門啦。」

「噢，有，有的。」厄尼緊張得有點語無倫次。「不好意思，我以為妳說的是車。有，圖書館有後門，我就是從後門進來的。不好意思。」這會兒他竟臉紅起來，要不是妮娜很配合地笑了，甚至帶點刻意討好的意味，厄尼還會一個勁兒繼續道歉。

「那好。」她說。「我們從後門出去。就這麼辦吧。多謝了。」

厄尼載我們回去，又問我們要不要彎去他家，喝杯咖啡或熱巧克力。

「對不起，我們有點趕時間。」妮娜回道。「不過還是謝謝你。」

「妳們大概有作業要寫吧。」

「對啊，還有作業。」她說。「當然有。」

我那時還在想，厄尼可從來沒邀我去他家。應該是考慮到恰不恰當的問題吧。邀一個女孩去不合適，兩個女孩一起去就行了。

我們向厄尼道謝、說晚安的時候，對街沒有黑車。等我們上了閣樓望向窗外，也沒有黑車的影兒。不過沒多久電話就響了，是找妮娜的，我只聽得她在樓梯間說：「噢沒有，我們進了圖書館，拿了書，就直接搭公車回來了。出門就正好有班公車，對。我很好，沒事。真的。晚安。」

她一搖一擺笑著走上樓。

「溫納女士今天晚上要倒大楣了。」

她輕巧地往前跳了一步，接著居然搔起我的癢來。她發現我非常怕癢之後，偶爾就會來這麼一下突襲。

某天早上，妮娜沒起床。她說她喉嚨痛，發燒。

「妳摸摸看。」

「我覺得妳身上老是發熱。」

「今天感覺更熱。」

那天是星期五。她要我打電話給波維斯先生，說她週末都要待在這裡。

「他會答應的——他受不了旁邊有人生病。他這點真的很怪。」

波維斯先生想說是不是要請醫生來，妮娜早就料到這一點，叫我轉話說她只要好好休息。萬一她真的很不舒服，她或我都會打電話給他。嗯，好吧，那就叫她好好保重，他說，又謝謝我打電話來，這麼照顧妮娜，真是夠朋友。接著，都快掛電話了，他卻開口問我，星期六晚上想不想過去吃飯。他說一個人吃飯沒意思。

妮娜也早就想到這點。

「要是他邀妳明天晚上過去一起吃飯，不妨就答應吧？星期六晚上的菜都不錯，很特別喔。」

星期六學生餐廳不開。想到要和波維斯先生見面，不安和有趣的念頭同時襲來。

「我真的要答應嗎？萬一他問的話？」

於是，在答應波維斯先生的邀約後（他講的詞是「用餐」），我跑上樓，問妮娜我該穿什麼。

「現在傷這腦筋幹麼？是明天晚上耶。」

沒錯，傷什麼腦筋？我不就那麼一件端得上檯面的洋裝？青綠色打皺的料子，是為了高中畢業典禮的告別演說，用部分獎學金買的。

「再說，反正妳穿什麼都無所謂。」妮娜說。「他決不會注意的。」

溫納女士來接我。原來她的髮色並不白，而是銀灰色的金髮，在我眼裡，這代表她肯定是鐵石心腸，也許幹過什麼見不得人的行當，人生這條路，她想是走過不少坎坷，跌跌撞撞。不過我還是按下前車門的把手，打算和她一起坐在前座，覺得這樣比較有禮貌，也表示我心態比較開放。她看著我和她一起站在前門，也隨我按下把手，不過她迅即打開了後座的門。

我本以為波維斯先生必是住在老式的那種莊園，位於城市北邊，四周有大片草坪和未耕的田。我或許是因為想到他有自己的賽馬，才有這種聯想。但我們卻一路往東開，駛過熱鬧卻稱不上華美的街道，駛過仿都鐸風格的磚屋，屋裡的燈在暮色中閃爍，白雪罩頂的灌木叢間，早有閃亮的聖誕燈飾。我們轉進兩道高聳樹籬間的狹長車道，停在一間很現代的屋舍前。我說「現代」，因為屋頂平坦，有大排落地窗，而且是混凝土建物。沒有聖誕燈飾，什麼燈都沒有。

同樣，也不見波維斯先生的影子。車子直接駛進地下室的洞中，我們搭電梯往上一層樓，到了一間燈光昏暗的大廳。裡面的布置像是客廳，有襯了軟墊的硬椅、擦得晶亮的小桌，掛了鏡子、鋪了地毯。溫納女士揮手要我穿過大廳裡敞開的某扇門，走進一間沒有窗的房間，裡面只擺了張長椅，牆上釘了掛鉤，很像學校的衣帽間，只是多了地毯，木頭也都上了光。

「妳把衣服脫在這裡。」溫納女士說。

我脫了靴子，把手套塞在大衣口袋裡，再把大衣掛起來。溫納女士一直跟在旁邊，我猜這是她職責所在，這樣才能帶我去下一站。我口袋裡有支梳子，我想整理一下頭髮，卻又不希望她在一旁看。再說，這裡也沒鏡子。

「現在再脫剩下的。」

她直直望著我，看我是否會意。我露出不太明白的樣子（其實我想我懂她的意思，只是暗暗希望她說錯了），她便說：「別擔心，妳不會凍著的。整間屋子都有暖氣。」

我還是一動不動，沒打算照辦，她隨即悠悠開口，彷彿連不屑都省了。

「我希望妳不是小娃娃。」

那一刻，我大可伸手去拿大衣，也大可要她載我回租屋處。萬一她不肯，我走回去也成。我還記得過來的路線。雖說在外面走是冷了點，我估計不到一小時便可走到。

我猜外面的門應該沒鎖上，要帶我回去應該也不是難事。

「噢，真是。」溫納女士看我還是不動如山，發話了：「妳覺得妳和別人有哪裡不同嗎？妳以為我不曉得妳有幾斤幾兩？」

或許多少因為她這種輕蔑的態度，我居然決定不走了。多少是因為這樣吧。另一方面，也是我還有點骨氣。

我坐下來，脫了鞋子，鬆開吊襪帶、脫了絲襪。然後起身拉開洋裝的拉鍊，一口氣脫下洋裝。那是我高中畢業演說時穿的洋裝，講詞的最後幾個字是拉丁文。*Ave atque vale*（珍重再見）。

這時我身上還有件罩衫。我伸手到背後，鬆開胸罩鉤子，拉下肩帶、轉到胸前，一次脫下。接下來是束腹的帶子和內褲——我全脫下之後，團成一團塞在胸罩下面，再穿上鞋子。

「光腳。」溫納女士嘆了口氣。她見我還穿著罩衫，似乎已經懶得開口，但待我再次脫了鞋，她忍不住說：「全脫光。妳知道這個詞兒什麼意思吧？脫光就是脫光。」

於是我把罩衫往上拉，脫了。她遞給我一瓶乳液：「全身擦上這個。」我乳液的味道聞起來很像妮娜。我在雙臂和肩上擦了一些。有溫納女士一旁盯著，我只敢碰身上這些地方。然後我和她一同走到大廳，我的視線一直避開鏡子。她打開另一扇門，我獨自走進隔壁的房間。

我壓根兒沒想過波維斯先生也會和我一樣全裸，所幸如我所想。他穿深藍外套、白襯衫，圍巾打了艾斯考特結（不知為何叫這名稱），灰長褲。個子和我差不多高，瘦瘦的。一把年紀，頭都快禿了，笑的時候額頭滿是皺紋。

我也壓根兒沒想過，要我先脫光是強暴我的前奏，或什麼活動之前的步驟，這肯定是晚餐前的儀式（從屋裡傳來的誘人香味，及餐具櫃上蓋著閃亮銀色圓蓋的盤子來判斷，果然如我所料）。我之前怎麼會沒想到有這種事？我為什麼不慌不怕？我想是因為我對老男人自有一番看法吧。我覺得老男人不單無能，而且無力。他們歷經大風大浪，變得格外驕傲（或特別頹喪），外加體力衰退，反而對什麼都提不起興致。我不是三歲小孩，當然曉得他們要我脫光是利用我的肉體，但我把這當挑戰，倒不覺得他們接下來還會多做什麼。我願意配合，也是愚蠢的面子問題作祟，如我前面說的，有點豁出去的心態，其他我沒想那麼多。

我就這麼光溜溜地站在那裡。多希望我能說自己一點兒不覺害羞，但這當然不是實話。老實說，我滿身大汗，但不是因為怕他們會對我怎麼樣。

波維斯先生和我握了手，我一絲不掛，他完全沒當回事。他說見到妮娜的朋友很榮幸，那語氣完全把我當妮娜從學校帶回家的同學。

從某個角度來看，這也沒說錯。

他說我對妮娜啟發良多。

「她很欣賞妳。嗯，妳一定餓了吧。來看看今天晚上他們煮了哪些好菜給我們吃？」

他一一掀起盤上覆著的銀蓋，準備幫我盛菜。有康瓦爾烤雞（我想是用侏儒雞做的）、加了葡萄乾的番紅花飯，還有經過細切、排成扇形的各式蔬菜，比我平常見到的蔬菜更為鮮麗。外加一碟灰撲撲的綠色醬菜、一碟深紅色的醃漬小菜。

「這些東西別吃太多。」波維斯先生指的是醬菜和小菜。「有點辣，不適合一開始就吃。」

他領我到桌邊，又走向餐具櫃，只幫自己拿了少許食物，再回來坐下。

桌上有一壺水、一瓶葡萄酒。我給自己倒了水。他說，在他家幫我倒酒，應該是滔天大罪。想到沒機會喝酒，我不由有點失望。我和厄尼去老切爾西時，他總是說星期天不賣酒真好。一來，他自己不管是不是星期天都不喝；二來，他也不喜歡看別人喝酒。

「噢，妮娜跟我說，」波維斯先生開口：「妮娜跟我說，妳在讀英國哲學，不過我想一定是『英文』和『哲學』，兩堂分開的課吧，是嗎？英國的哲學家不算很多啊？」

我不顧他的事前警告，把一大口綠色醬菜送進嘴後，整個人驚得一句話也說不出，只管大口喝水。他很客氣地靜靜等著。

「我們先學希臘的。那是堂概論課。」我等到終於能開口說話，才回道。

「啊，對，希臘。嗯，從妳目前學到的希臘哲學家來看，妳最喜歡的是誰——噢，不對，等等。這樣比較容易切開。」

他幫我示範怎麼切才能把烤雞的骨頭和肉分開——不但切得乾淨俐落，而且解說的語氣一點兒沒有上對下刻意的低姿態，反倒像跟我說說笑笑。

「妳最喜歡的哲學家是？」

「我們還沒有正式上到他就是了，現在教的是蘇格拉底之前的哲學家。」我說。

「柏拉圖吧。」

「妳最喜歡柏拉圖。所以妳已經跑在進度前面，不是學校教到哪兒妳就讀哪兒？柏拉圖。嗯，我早該猜到的。妳喜歡他那個洞穴的比喻嗎？」

「喜歡。」

「嗯，當然啦。洞喻。真美，對不對？」

我坐著時，全身上下最招搖的地方不見了。假如我像妮娜，有對小巧到只是點綴用的乳房，那我還會感覺自在點。可我的乳房偏偏很飽滿，乳頭又大，一副蓄勢待發的樣子。我講話的時候雙眼努力看著他，可是臉又忍不住一陣陣泛紅。我臉紅的時候，覺得他的聲音也有點變了，變得更柔和，帶著收斂的得意，像剛在比賽中施展致勝的一擊。不過他仍妙語如珠，跟我說他去希臘遊歷的事情。德爾非、衛城，令人無法置信卻真實存在的知名光影，還有伯羅奔尼撒半島的概況等等。

「然後講到克里特島——妳知道邁諾安文明嗎？」
「知道。」
「當然，當然。妳知道邁諾安的女子都怎麼穿嗎？」
「知道。」
這次我望著他的臉、他的眼，打定主意，就算緊張得喉頭發熱，都不要羞怯地調開視線。
「很好看，那種風格。」他的語氣近乎惆悵。「很好看。這麼多不同的東西，給藏在不同的時代裡，很怪，對不對？還有公諸於世的東西。」
甜點是香草卡士達配鮮奶油，裡面有小塊小塊的蛋糕，外加覆盆子。他自己那份只吃了幾口。而我呢，因為一直很不安，沒能好好品嘗第一道菜，所以我決定不再放過任何濃郁香甜的美食，每一匙都專心大快朵頤。
他把咖啡倒入小杯中，說我們可以去圖書室喝。
我起身時，臀部觸到餐椅光滑的布套，發出啪的一聲。所幸他顫巍巍端著托盤，把精緻的小咖啡杯碰得噹啷作響，蓋過了我發出的聲音。
我以前只在書上看過所謂「家中的圖書室」，不過波維斯先生的圖書室，只要穿過餐廳牆上的門板就到。他抬腳碰了一下，門板隨即無聲開啟。他因為端著咖啡，必須走在我前面，而為此對我致歉。我鬆了口氣。我覺得臀部（不單是我，別人也一樣）是身體最可厭的部分。

他指了張椅子要我坐下，我落座後，他把咖啡端給我。這裡不像在飯廳時還有餐桌可供遮掩，我坐得不太自在。餐椅有光滑的條紋絲質布套，這裡的椅套卻是深色的長毛絨布，扎得我癢癢的。讓人私密部位不舒服的設計。

圖書室的燈光比飯廳亮些，四壁滿是成排的書，比起昏暗的飯廳，還有飯廳牆上的風景畫與吸光牆板，看著更難受，也更陰森。

從飯廳走到圖書室的途中，我有那麼一會兒生出了一個故事的念頭，那種我聽過，但其實很少人真的讀過的故事——在故事裡，所謂的「圖書室」原來是臥室，有柔和的燈光、鬆軟的抱枕、羽絨的毯子床罩等等。我沒時間細想自己在這種情況下會做什麼，因為我們最後走進的房間，真的就是個圖書室。閱讀用的燈、成櫃的書、聞了讓人精神一振的咖啡。波維斯先生抽出一本書，翻了翻，找到他要的那一頁。

「妳能幫我個忙，把它唸出來嗎？我一到晚上眼睛就累。妳知道這本書嗎？」

是《什羅浦郡一少年》[2]。

我知道。老實說，這裡面有很多首詩，我背得滾瓜爛熟。

我說我會唸給他聽。

「還有，我可以拜託妳……我可以拜託妳——不要蹺腿嗎？」

我從他手上接過書，兩手直抖。

「好。」他說。「這樣好。」

他挑了張書櫃前的椅子，正對著我。

「那我就唸了……」

「溫洛克崖上林木，在風中呼嘯悲苦……」

熟悉的文字與韻律，讓我鎮定，將我淹沒。我漸漸平靜下來。

狂風陣陣摧幼樹
風雨無情終有時
而今羅馬人與其悲苦

2 *A Shropshire Lad*。英國詩人阿爾弗雷德・愛德華・豪斯曼（Alfred Edward Houseman，1859-1936）著。

盡為烏瑞康城下塵土

那烏瑞康城在哪兒？誰知道呢？

我並非真的忘了身在何處、忘了旁邊的人、忘了我怎會坐在這裡。可是我逐漸覺得自己有點抽離這個狀況，開始用哲學的角度來看這件事。我想到這世上的人從某種角度來說都是全裸的。波維斯先生雖然穿著衣服，其實也是裸著的。我們都是悲傷、赤裸、虛偽的生物。原先的羞怯褪去。我翻著一頁又一頁，讀了一首，又一首，再一首。我喜歡自己讀詩的聲音。只是明明還有不少經典名句都沒唸到，波維斯先生卻打斷我。我不僅意外，竟還有點失望。他站起身，嘆口氣。

「夠了，夠了。」他說。「妳唸得很好，謝謝妳。妳有鄉村口音，唸這詩真是再適合不過。現在到了我就寢的時間了。」

我讓他把書拿走、放回架上、關上書櫃的玻璃門。我自己都不知道我有鄉村口音。

「我想該送妳回去了。」

他打開另一扇門，那門通往好久之前、我今晚剛到這兒時待過的大廳。我走過他面前，門隨即在我背後關上。我或許向他道了晚安，甚至可能謝謝他招待晚餐，他也可能僅淡淡回了幾句（不客氣、謝謝妳來、妳人真好，願意幫我唸豪斯曼的詩之類），聲音突然變得好疲憊、好蒼老、好虛弱，而且好冷淡。他連碰都沒碰我一下。

一樣是昏暗的衣帽間。我穿回與來時一樣的衣服。青綠色洋裝、絲襪、罩衫。我在固定絲襪時，溫納女士出現了。我準備要走，她只說了一句話。

「妳忘了圍巾了。」

沒錯，那是我在家政課織的圍巾，我這輩子就織過這麼一件東西。我差那麼一點兒就棄了它，把它丟在這裡。

我下車時，溫納女士說：「波維斯先生在就寢前，想跟妮娜說話。請提醒她這點。」

可是妮娜不在房裡。她的床鋪得好好的，大衣和靴子不見了。衣櫃裡還掛著她幾件衣服。

貝佛莉和凱都回家度週末，所以我跑下樓，看貝絲知不知道妮娜上哪兒去了。

「不好意思喔。」貝絲說，我就沒看過她一丁點不好意思的表情。「我哪能盯著妳們進進出出的。」

我轉身要走的時候，她又丟來一句：「我已經跟妳講過好幾次，樓梯上走路不要那麼大聲。我才剛把莎莉露哄睡耶。」

進家門的時候，我還沒想好該跟妮娜說什麼。假如她早知道我得全身脫光度過這一晚，我是不是要問她，她在那屋裡是否也做了一樣的事？還是我什麼都先別說，等她問我再開口？就算她問我好了，我大可說我吃了康瓦爾烤雞和黃色的飯，非常好吃。我還可以說我讀了《什羅浦郡一少年》。

我大可讓她自己去想。

但現在妮娜不見了，我原先想的這些頓時不再重要，重點已經變了。過了十點，溫納女士打電話來——這下又壞了貝絲的規矩。我說妮娜不在，溫納女士問：「妳確定？」我說我不知妮娜上哪兒去了，她還是一樣的反應：「妳確定？」我請她等隔天早上再打來，免得再違反貝絲的規定，而且寶寶得睡覺，她說：「這，我可不確定嘍。事情嚴重了。」

過了一夜，我早上起床時，發現車已經停在對街。溫納女士按了門鈴，跟貝絲說有人派她來查看妮娜的房間。想不到連貝絲也被她治得服服貼貼，任她逕自上樓，連個罵人或警告的字都沒吭。溫納女士把我們房間看了一圈，又檢查了浴室和衣櫃，甚至還把衣櫃地上幾床折好的毛毯拿起來抖。

我身上還穿著睡衣，邊寫《高文爵士與綠騎士》的報告，邊喝雀巢咖啡。

溫納女士說她得打電話到各家醫院去問，看妮娜是否因為生病入院。波維斯先生自己也去了幾個妮娜可能出沒的地方找人。

「妳要是知道什麼，最好告訴我們。」溫納女士說。「什麼都好。」

她下樓時走到一半突然轉身，語氣和緩了點，不像方才那樣撂狠話：「她在學校有沒有什麼走得比較近的人？妳認識的？」

我說，我想沒有。

之前我在校園只看過妮娜兩次。一次是在兩堂課間的空檔，她走在文學院大樓低樓層的走道上；一次是在學生餐廳。兩次她身邊都沒人。下課後獨自趕著去下一堂課沒什麼稀奇；但下午快四點，獨自一杯咖啡坐在空蕩蕩的學生餐廳，是有點不尋常。她面帶微笑坐著，彷彿在說身處校園是何等歡喜，何等榮幸，她何等機警，何等從容，等著迎接生命給她的各種考驗，只要她知道是什麼考驗。

午後下起了雪。對街的車必須移走，騰出位子給鏟雪車。我走進浴室，瞥見妮娜的和服在掛勾上輕飄，壓抑已久的情緒忽地浮現——我非常擔心妮娜。腦裡浮現她沒穿駝毛大衣，身上只有白色內衣，茫茫然走在雪中，披頭散髮哀泣的模樣。不過我很肯定，她把駝毛大衣帶走了。

星期一早晨，我正要出門去上第一堂課，電話響了。

「是我。」妮娜說，語氣急促，有種預先警告我的意味，卻又帶著那麼點得意。「是這樣的。拜託，可以拜託妳幫我個忙嗎？」

「妳人在哪兒？他們在找妳。」

「誰找我？」

「波維斯先生。溫納女士。」

「嗯，妳別跟他們說，什麼都別說。我在這兒。」

「哪兒？」

「厄尼家。」

「厄尼家？」我驚道：「厄尼家？」

「噓。有人聽到妳說話嗎？」

「沒有。」

「聽好。拜託、拜託妳搭公車，把我剩下的東西帶來好嗎？我要我的洗髮精，還有和服。我現在穿著厄尼的浴袍走來走去。妳真該來看看我這德性，簡直像隻老狗，一身毛茸茸的咖啡色毛。車還在外面嗎？」

我去窗邊看了一下。

「在。」

「那好，妳就像平常一樣坐公車上學，再搭去市中心的公車。妳知道在哪兒下車。坎伯街和豪伊街的交口。然後妳再走過來，到卡萊爾街，三百六十三號。妳曉得吧？」

「厄尼在嗎？」

「不在，小傻瓜。他上班去了。他得養我們倆呀，不是嗎？」

什麼「我們倆」？厄尼要養我和妮娜？

不對。厄尼和妮娜。那「我們倆」是厄尼和妮娜。

妮娜又道：「噢，拜託啦。我只能靠妳了。」

於是我照做了，搭上去學校的公車，再轉去市中心的車。我在坎伯街和豪伊街口下車，往西走到卡萊爾街。暴風雪已停，萬里無雲。真是燦爛無風、凍得刺骨的一天。強光十分刺眼，新落的雪在我腳下嗤嗤作響。

到了卡萊爾街，再往北走半個街區，就是厄尼家。他起先和爸媽同住，後來只剩下老母親，然後變成他一個人。而現在，是跟妮娜——這怎麼可能？

之前我和我媽來過這裡一、兩次，房子的樣子一點沒變。磚造平房，小小的前院，客廳有個拱窗，窗頂的窗櫺是彩色玻璃。裡面很擠，卻很雅緻。

妮娜如她所說，裹著厄尼毛茸茸帶流蘇的褐色浴袍，散發男性的味道，天真的厄尼用的刮鬍膏和肥皂的味道。

我戴著手套的雙手，分別提著大包小包，早已凍得僵硬。她一把抓住我兩手。

「都凍僵啦。」她說。「快來，來給妳泡泡熱水。」

「沒凍僵啦。」我說。「就是凍著了。」

她仍逕自幫我拿了東西，帶我到廚房，放了一盆熱水，讓我把手浸在裡面。趁著血液刺痛地流回我指尖的當兒，她跟我說厄尼斯特（就是厄尼）星期六晚上到租處來，帶了本裡面有許多古廢墟城堡等等照片的雜誌，想說我會有興趣。她掙扎著起床下樓，因為他想當然耳不能上樓。他一見她病成這樣，便說她得跟他回家，讓他照顧她。他果真把她照顧得好好的，她喉嚨不痛了，燒也退了。然後他們便決定，她應該住下來，和他一起，揮別往昔的種種。

波維斯先生的名字，她似乎連提都不願提。

「可是，我們一定得保守這個天大的祕密。」她說。「妳是唯一知情的，因為妳是我們的朋友，也是介紹我們認識的人。」

她煮起咖啡來。「妳看這上面。」她朝牆上開放式的碗架比了一下。「看他怎麼收東西的。這裡擺馬克杯，這裡放杯盤組。每個杯子都有自己的小鉤，好整齊，對不對？整間房子都這樣整整齊齊的，我好喜歡喲。

「是妳介紹我們認識的。」她又說了一遍。「要是我們有了小孩，又是個女孩的話，就用妳的名字幫她取名。」

我雙手環住馬克杯，仍覺得十指裡微微跳動。流理臺水槽前的窗臺上種了非洲堇。這是厄尼母親擺設碗櫥的規矩，也是他母親種的植物。客廳窗前應該仍是那一大盆蕨類，扶手椅上仍擺著小墊子。妮娜剛剛說的那堆關於她和厄尼的話，未免也太厚臉皮了吧——尤其當我想到厄尼正是當事人之一，感覺格外倒胃。

「你們要結婚？」

「這個嘛。」

「妳剛說，萬一你們有小孩的話。」

「這個嘛，很難說。也許哪天我們不結婚就有了小孩。」妮娜說著，俏皮地縮縮頭。

「妳和厄尼？」我不由說。「妳，和厄尼生小孩？」

「咦，有什麼不對？厄尼人很好。」她說。「還有，我叫他厄尼斯特。」她環緊了身上的浴袍。

「那波維斯先生怎麼辦？」

「什麼怎麼辦？」

「呃，如果妳已經有了……有沒有可能是他的？」

此語一出，妮娜從頭到腳像變了個人，整張臉換上尖刻的表情。「他喔，」她不屑地道：「妳沒事提他幹麼？他從來也沒那個膽。」

「哦？」我很想問她那珍瑪呢，但她打斷我。

「妳沒事講到以前幹麼？別搞得我不舒服好不好。以前的事我早一刀兩斷說拜拜，反正現在對我和厄尼斯特也都不重要了。我們已經在一起，我們戀愛了。」

戀愛。愛上厄尼。厄尼斯特。現在。

「好吧。」我說。

「對不起，我吼妳。我剛剛有吼嗎？對不起。妳是我們的朋友，還幫我帶東西來，我真的很感激。妳是厄尼的親戚，是我們自家人。」

她溜到我背後，十指忽地伸進我腋下搔起癢來。一開始動作還慢，後來便搔得十分起勁，嘴裡邊說：「妳是不是我們一家人？是不是？」

我想掙脫，卻沒得逞。我忍著笑，不斷抽搐、扭動，高喊拜託她住手。她看著我徹底投降，停了下來，兩人都上氣不接下氣。

「沒看過像妳這麼怕癢的。」

我還得等很久的公車，在人行道上急得直跺腳。等終於到了學校，我不但已經錯過頭兩堂課，連學生餐廳的班都遲到了。我趕緊到工具間換上綠色的棉質制服，戴上棉質髮網，把整頭又蓬又亂的黑髮塞在裡面（經理警告過我，頭髮掉在食物裡已經夠糟，最要命的是掉根黑髮）。

我的工作是在學生餐廳午餐時段開門前，把三明治和沙拉上架擺好，可現在我面前是等得不耐煩的長龍，我得在眾目睽睽之下上架，真覺得自己笨拙到了極點。我還寧願推著推車挨桌收拾髒碗盤，大家都只顧著吃東西或聊天，不會注意到我，可現在人人都盯著我看。

想到貝佛莉和凱說過，做這種工作會害我找不到男朋友，給別人不好的印象。現在看來，她們好像說對了。

我清完餐廳的桌子以後，換回之前的衣服，去學校圖書館繼續寫報告。那天下午我沒課。

文學院大樓和圖書館之間有條地道，入口處總是貼滿各式各樣的廣告，電影啦、餐廳啦、出售二手腳踏車和打字機啦，還有舞臺劇、音樂會公告等等。音樂系有個免費入場的演奏會，要演奏為重現英國鄉村詩人作品情境而譜的曲子，不過日期已經過了。我之前看過這公告，記得他們要演奏海瑞克、豪斯曼、丁尼生等人的作品。我向前走了幾步，那一字一句忽地朝我襲來。

溫洛克崖上林木，在風中呼嘯悲苦

後來只要一想到這些句子，那椅套扎著我裸臂的觸感便立時浮現。黏膩、刺痛，無地自容，而且現在比當時感覺更加不堪。他還是對我產生了影響，到頭來。

從遠方，從黃昏與清晨
與那十二風向的蒼穹
生命素材隨風而至
結合為我，我由此生

不要。

那可是記憶中的青山
是何尖頂與田園？

不。絕不。

月光下一條淒清長路
引我棄吾愛遠走

不。不。不。

這些句子，永遠會讓我想起自己曾答應去做的事。沒人強迫我、命令我，連勸誘都沒有。我就是自己答應了。

妮娜應該會懂吧。只是她那天早上滿腦子都是厄尼，我們根本沒聊到這些，不過總有一天，她聽了這些，八成會覺得好笑也說不定。倒不是她壞心眼，她對生活裡很多事情都是嘲諷以對。她搞不好還會拿這件事來逗我，就像她搔癢的方式一樣，毫不放鬆，帶著猥褻。

妮娜與厄尼。從現在起成為我生活的一部分。

學校圖書館是挑高的絕美空間，當年設計這兒的人，還有出資與建造的人，必是相信端坐桌前展書讀的學子（連宿醉、昏睡、一肚子火、一頭霧水的學生都算在內），頭上應該有相當的空間，四壁都要有散發光澤的深色木質牆板，要有高高的頂窗，讓他們望向窗外的天空，窗框要有拉丁文警語的滾邊。在莘莘學子踏出校門，或為人師表，或投身商界，或生兒育女之前的這幾年，理應擁有這一切。此刻換我坐在這裡，我也應該享有這一切。

《高文爵士與綠騎士》。

我這篇寫得不錯，八成會拿個A。我應該繼續寫報告、繼續拿A，因為那是我做得到的事。發獎學金、蓋大學、蓋圖書館的那些傢伙，會繼續拿錢出來，好讓我辦得到。

但那都無關緊要。寫報告、拿A，也無法讓你不受傷。

妮娜待在厄尼身邊連一星期都不到。很快就有那麼一天，他回家時發現她已人去樓空，我幫她帶去的大衣、靴子、漂亮衣服、和服睡衣也沒了影。她淡褐色的秀髮、喜歡搔癢的小癖好、格外暖和的肌膚、變換姿勢時的嚶嚀，同樣消逝無蹤。沒有解釋，沒留條子，就這樣消失。一個字都沒有。

然而，厄尼並不是把自己關起來獨個兒傷心的人。他打電話通知我這件事、問我星期天晚上有沒有空一起吃飯時，他話是這麼說的。我們爬上老切爾西餐廳的樓梯，他說這是我們聖誕節前最後一次聚餐。他幫我脫外套的當兒，我嗅到了妮娜的氣味。他皮膚上可還有她的味道？

不。他遞東西給我的時候，這氣味的來源終於揭曉。像一條很大的手帕。

「放在妳大衣口袋裡就好。」他說。

不是手帕。那質料要比手帕再厚一點，上面有一點凸起的花紋。原來是件罩衫。

「我不想留著這玩意兒。」他說。從他的聲音判斷，你或許會以為他有意見的是罩衫，即使那曾屬於妮娜，帶著她的氣味。

他點了烤牛肉，一如往常那樣俐落地切割，小口小口咀嚼。我跟他講了些家裡的事，照例是這季節會發生的事，像雪堆堆得有多高啦、有多少道路因雪封閉啦，我們家鄉特有的種種冬季大災難等等。

厄尼過了半晌，才說：「我去了他家。裡面沒人。」

誰家？

她叔叔啊，他說。他曾和妮娜夜裡開車經過，所以知道地點。現在沒人了，他說，他們打包搬走了。畢竟，那是她的選擇。

「那是女人的特權。」他說。「人家不是說嗎，女人有變心的特權。」

我這才望進他的眼底，那眼神像被掏空般淡漠，眼周皮膚又暗又皺。他噘起嘴，極力克制顫抖，繼續講下去，像是想從各種角度來分析，搞清楚是怎麼回事。

「她就是離不開她那個老叔叔。」他說。「她狠不下心拋下他一走了之。我跟她說過，我們可以把他接來一起住，我之前就一直跟老人相處，慣了的。可是她說她馬上就會做個了斷。我想她最後還是狠不下心吧。」

「人還是不要指望太多的好。有些東西注定就不是你的。」

我去洗手間的時候，經過掛大衣的地方，把那罩衫拿了出來，塞進洗手間放用過擦手巾的籃子裡。

那天在圖書館，我報告寫不下去。我從筆記本撕了一頁下來，拿起筆往外走。圖書館大門外有個公用電話，旁邊吊著電話簿。我把電話簿翻了一陣，在紙上寫了兩個號碼。不是電話，而是門牌號碼。

亨福林街一六四八號。

另一個號碼，我只是查電話簿確定一下。我不久前自己看過，家裡一堆聖誕卡片的信封上也有。卡萊爾街三六三號。

我走回地道，到了文學院，走進學生交誼廳對面的小商店。口袋裡的零錢還夠我買信封和郵票。我把紙上寫著卡萊爾街的那部分撕下，放進信封封好，再在信封正面寫了那個四位數、波維斯先生的名字，和那個亨福林街的地址，全部用大寫字母。然後舔了郵票，把它黏好。我想在那個年代，平信應該是四分錢郵票吧。商店外面就有個郵筒。我把信丟進去。文學院寬廣走道上的人熙來攘往，有的去上課，有的去抽菸，有的大概是去交誼廳打橋牌。去做他們自己也不曉得自己會做的事。

深洞

莎莉在準備野餐用的東西，有魔鬼蛋（她很討厭野餐帶魔鬼蛋，因為很容易搞得黏糊糊髒兮兮）、火腿三明治、蟹肉沙拉、檸檬塔（同樣不太好帶），還有幫孩子們帶的調味果汁、自己和艾列克斯喝的小瓶香檳。她想說喝一小口香檳就好，因為她還在餵母奶。原本她準備了塑膠香檳杯，但艾列克斯一看，便從放瓷器的櫃子裡拿了玻璃做的真品出來（那是他倆的結婚禮物）。她覺得不妥，但他堅持要帶去，還自告奮勇全權負責包裹和裝籃。

「爸爸還真稱得上是布爾喬亞的*gentilhomme*（紳士）啊。」幾年過去，肯特十幾歲的時候，有次曾這樣對莎莉說。那時他在校每科成績都頂尖，一心想當科學家，好擺脫家裡成日沒完沒了的法語。

「別拿你爸開玩笑。」莎莉不帶一絲感情地回道。

「我沒有啊。只是，搞地質的都髒髒的嘛。」

那次野餐是為了慶祝艾列克斯頭一次以自己的名義，在德國的《地形學期刊》發表論文。地點他們選了奧斯勒懸崖，一來是因為它在這篇文章裡占了不少篇幅，二來莎莉和孩子們都沒來過。

他們先是在沒鋪柏油的鄉間小路上開了一陣，路況還算可以，接著又開了兩哩非常顛簸的小路，才終於抵達目的地。有空地可以停車，而且當下只有他們一輛車。有塊標示漆得很潦草，實在需要重新粉刷。

注意。深—洞（DEEP-HOLES）。

幹麼加那一槓？莎莉心想。不過，誰管它啊？

通往森林的入口處很普通，看起來也很安全。莎莉當然曉得這森林就在高聳的懸崖頂，想說哪裡應該會有個景色壯麗的觀景臺。她想不到的是，環繞崖邊的奇景，幾乎就在眼前。

很深的空間，真的滿深，有的大得像棺材，有的甚至更大，像用石頭鑿的房間。洞穴之間布滿蜿蜒的走道，兩旁長滿了蕨類與苔蘚。更底下的碎石層，就不像上面這樣，可以長一層厚厚的植物。在硬土與層層崎嶇的石頭之間，有條小徑穿過。

「哇！」他們的兩個兒子，肯特與彼得，一個九歲，一個六歲。兄弟倆見到這奇景，不禁大喊，跑在最前面。

「不准用跑的啊！」艾列克斯朝他們倆大叫。「不准做什麼神經病的誇張動作，聽到了沒有？知不知道？說話啊！」

兩個孩子大喊「知道了」，艾列克斯便提著野餐籃繼續走，顯然很肯定用不著再叮嚀他們。莎莉背著嬰兒用品袋，抱著還是嬰兒的莎瓦娜，跌跌撞撞走在後面，腳步不由加快了些。其實她大可慢慢走，但為了要看到兩個兒子，她又沒法慢下來。兩兄弟快步向前，一邊轉頭看著兩旁黑黝黝的洞穴，一邊故意發出誇張的恐怖怪聲（所幸有控制音量）。她已經筋疲力竭，神經又繃得老緊，外加某種熟悉的、逐漸湧上的怒氣，淚差點兒就要掉下來了。

他們沿著泥土地和巨石小徑走了大約四分之一哩（她卻覺得像是走了半哩路），才看見展望處。眼前是逐漸轉亮的大片天空，還有她丈夫停下來的身影。他發出「終於到了」的歡呼，手舞足蹈，兩個兒子則對這片美景連連發出驚呼。莎莉從林中走出時，只見他們三人排成一排，站在樹頂上方突出的巨石上（其實只比樹頂高了幾階），崖底是黃綠相間的大片田野，在夏日的陽光下閃閃發亮。

莎莉把莎瓦娜的小毯子鋪好，將她放在毯子上，莎瓦娜隨即放聲大哭。

「餓了。」莎莉說。

艾列克斯說：「我以為她在車裡已經吃過午餐了。」

「吃是吃了。可是她又餓啦。」

她一手抱著莎瓦娜，另一手打開野餐籃的繫帶。這變動自然不在艾列克斯的計畫之內，不過他倒是滿有幽默感地嘆了口氣，從袋中拿出包妥的玻璃香檳杯，橫放在草地上。

「咕嚕咕嚕，我也渴了。」肯特才開口，彼得就學他。

「咕嚕咕嚕我也咕嚕咕嚕。」

「別鬧了。」艾列克斯說。

肯特接口：「別鬧了，彼得。」

艾列克斯問莎莉：「妳幫他們帶了什麼喝的？」

「藍色的壺裡有調好的果汁。塑膠杯我用餐巾包著，放在底下。」

艾列克斯當然曉得，肯特開始鬧，不是因為真渴，而是看到莎莉袒胸餵奶，自然而然興奮起來。他覺得莎瓦娜早該改用奶瓶，她都快六個月大了呀。他也覺得莎莉把餵奶這回事看得太隨便，有時她在廚房裡用一手忙這忙那，另一手就抱著大吸特吸的寶寶，肯特會在一旁偷窺，彼得則稱那是「媽咪餵奶的奶奶」。不過艾列克斯說這是肯特發明的詞兒。肯特總是鬼鬼祟祟的，老是出狀況，小腦袋裡淨裝些不正經的東西。

「唉呀，有些事我就是得做啊。」莎莉說。

「餵奶可不是其中之一吧。妳願意的話，明天就可以幫她改成用奶瓶。」

「我會我會，明天不成，但我很快就會換啦。」

話講是這麼講，她還是任由莎瓦娜和「餵奶用的奶奶」變成野餐的主場秀。孩子們喝果汁，大人們喝香檳。莎莉和艾列克斯碰了杯，夾個莎瓦娜在中間。莎莉啜了一小口香檳，暗暗希望能多喝一點。她對艾列克斯微笑，笑中透著想多喝一些的渴望，或許也包含想與他獨處的渴望。他喝了自己的份，開始向野餐進攻，彷彿莎莉開口小酌與微笑撫平了他之前的焦躁。她在旁提醒他：哪個三明治有他喜歡的芥末，哪個三明治有她和彼得喜歡的芥末，哪個則是給不喜歡芥末的肯特。

她忙著指點之際，肯特悄悄溜到她背後，把她杯子裡剩下的香檳一飲而盡。彼得想必目睹了這一幕，卻不知什麼緣故，居然沒有向大人告狀。莎莉是後來才發現，艾列克斯則毫不知情，因為他完全忘了她杯裡有沒有東西，把兩人的玻璃杯包得好好的收在一起，一邊跟兩個兒子講什麼是白雲石。孩子們邊吃三明治邊聽，撇下魔鬼蛋和蟹肉沙拉，直接吃起檸檬塔來。

艾列克斯跟他們解釋，白雲石就是他們現在看到的厚厚的冠岩，它的底下是頁岩，是黏土轉化成的岩石，顆粒非常細。水流穿白雲石，等觸到頁岩層時就積在那邊，因為頁岩顆粒太細、夾層很薄，水流不過去，所以就開始侵蝕（就是破壞白雲石的意思），而且侵蝕的方向會倒過來指回源頭，往回蝕出一條通道，冠岩就這樣發展出垂直的節理。他們知道垂直的意思嗎？

「上跟下。」肯特無精打采地回道。

「薄弱的垂直節理，愈來愈薄，最後就會留下縫隙。幾百萬年後便整個斷裂，滾下山坡。」

「我得走了。」肯特忽然說。

「上哪兒去？」

「我要去尿尿。」

「噢拜託，快去。」

「我也要去。」彼得說。

莎莉原本照例會馬上喊「小心點」的，但這會兒她抿嘴忍住了。艾列克斯望望她，給她一個讚許的眼神。兩人相視，淡淡一笑。

莎瓦娜睡著了，兩片小唇還包著乳頭。現在兩個小男孩不在旁邊，要把她抱開比較容易。莎莉大可拍拍她、幫她打嗝，然後把她放在毯子上，不必擔心袒著胸。她知道艾列克斯看她這樣很倒胃口，他不喜歡把「性」跟「餵養」連在一起，把他老婆的那對酥胸，想成像牛羊那樣的大乳房。反正要是他看不入眼，大可看別的地方。他倒也真的別過頭去。

她正在扣上衣釦子時，一陣叫聲傳來，叫聲並不刺耳，但瞬間即逝。艾列克斯動作比她還快，趕緊沿著小徑跑去。然後又是一聲大叫，這次聽來比較近，也比較大聲。是彼得。

「肯特掉進去了。肯特掉進去了。」

他爸大喊：「我來了。」

莎莉始終相信，早在聽見彼得大叫之前，她便知道發生了什麼事。要是出了意外，也不會是六歲的彼得。彼得很勇敢，但不是古靈精怪愛出花招的孩子。會出狀況的是肯特。她光想就想得到事情是怎麼發生的。肯特朝洞裡尿尿，在洞穴邊緣上努力站穩，然後邊鬧彼得邊玩。

所幸他保住了一條小命。洞穴很深，他躺在石縫底部的碎石上，但挪動著雙臂，使勁想把自己撐起來，卻徒勞無功。他一隻腿壓在自己身子下面，另一腿則彎成一個奇怪的角度。

「你能不能去抱寶寶？」她問彼得。「你回我們野餐那邊，把她放好，看著她。好乖，我的乖兒子，你好勇敢喔。」

艾列克斯俯身爬下洞去，叫肯特躺好別動。他一人爬下去不礙事，但要帶肯特一起上來就難了。

她應該跑回車裡看有沒有繩子嗎？然後把繩子一端綁在樹幹上，或綁在肯特身上，等艾列克斯把他往上抬的時候，她可以把他拉上去？

當然沒有繩子。平常誰會想到要帶繩子？

艾列克斯終於到了肯特身邊，他彎下腰抱起肯特，肯特想必很痛，發出一聲哀求的尖叫。艾列克斯把他面朝下扛在肩上，讓肯特的頭垂在一邊，受傷的雙腿則垂在另一邊（其中一腿突出的角度很怪）。艾列克斯爬起身，跌跌撞撞走了兩步，然後忽地跪了下來，但還是穩穩地扛著肯特。他決定改變策略用爬的，慢慢爬向遠端的碎石，那邊有些石縫填滿了碎石（莎莉這時懂了他的用意）。他頭也沒抬地朝她喊了些話，應該是要她做什麼事，她卻一個字也沒聽清楚。她原本跪著，這會兒站起身來（她之前怎麼會跪著的？）穿過一叢小樹，來到洞穴的邊緣，碎石大約堆到離洞口三呎左右。艾列克斯一路爬，肯特伏在他肩上，像是他獵到的鹿。

她大喊：「我在這兒。我在這兒。」

肯特原本可以先由他爸舉起來，再由他媽一把將他拉到堅硬的岩層上。他還不到首次突然竄高的階段，還是個瘦小子，可這會兒他卻沉重得像袋水泥。莎莉一開始根本搆不到他，於是她挪了一下姿勢，從趴的改成蹲的，用雙肩和胸膛的整個力量拉他，加上艾列克斯撐著肯特用力往上推，終於把肯特拉了上來。莎莉雙臂抱著肯特一起往後跌，看見他睜開雙眼，隨即又翻白眼，暈了過去。

等艾列克斯也終於爬上來，他倆急忙收拾東西、帶孩子們上車，疾駛至柯林伍德醫院。肯特看來沒什麼內傷，但雙腿都斷了。醫生的說法是一腿的骨頭斷得很「乾淨」，另一腿則斷得粉碎。

「小孩在那邊真的是每分鐘都要盯著。」艾列克斯在外面顧兩個孩子，帶肯特進去看診的是莎莉，所以醫生這句話是對她說的。「他們不是在那裡豎了警告標誌嗎？」

她想，如果今天在肯特旁邊的是艾列克斯，這醫生一定會換一套說法。男孩子就這德性嘛。你才一轉身，他們就跑到你不准他們去的地方。「男孩子就是這樣嘛。」

她已經非常感恩了——感謝上帝，雖然她不信上帝；感謝艾列克斯，她相信的是他。她心裡只有感謝，沒有一絲恨意。

想當然耳，肯特必須躺在租來的病床上，先把雙腳高吊一陣子，而且接下來的半年都不能上學。莎莉幫他把學校作業拿回家，把做完的送回學校，肯特也很配合地很快就寫完。大家鼓勵他繼續做「課外計畫」，其中一個叫「旅遊與探索」，可以自己選國家。

「我想選沒人會選的地方。」他說。

於是莎莉跟他說了她從未跟別人說的事。她說她一直對遙遠的島嶼很著迷。她不是指夏威夷群島、迦納利群島、赫布里底群島、希臘群島這類大家都想去的地方，而是又小、又沒什麼人談過去過的島，像亞森欣島、特里斯坦庫涅群島、查坦群島、聖誕島、德索雷欣島、法羅群島等等。她和肯特開始努力找這些島嶼的資料，把找得到的全都收集起來，確定寫進作業的東西都有憑有據。而且，他們倆都沒有跟艾列克斯說這件事。

「他大概會以為我們腦袋壞了。」莎莉說。

德索雷欣島最大的特點就是一種古老的蔬菜，一種很獨特的包心菜。他們母子倆想像著膜拜包心菜的儀式，還有特別的服裝、紀念包心菜的遊行等等。

莎莉又對肯特說，在他出生前，她在電視上看過特里斯坦庫涅群島的島民，在倫敦的希斯洛機場下機。他們因為島上地震，不得不撤離。他們長得很奇怪，個性溫和，不卑不亢，像不知哪個世紀的人類。雖然他們多少漸漸適應了倫敦的生活，但一等火山停止噴發，人人歸心似箭。

等肯特終於可以回學校上課的時候，當然，什麼都變了，不過他的樣子還是比實際年齡老成，對又愛亂跑又彆扭的莎瓦娜，和老是像龍捲風般衝進屋子的彼得，都展現一樣的耐性。他對他爸更是特別有禮貌，每每把報紙從莎瓦娜手中搶救回來，小心翼翼重新摺好，再遞給爸爸看。晚餐時，還會先把椅子拉開，等爸爸入座。

「向我的救命恩人致敬。」他會這麼說，或是「英雄回家嘍。」

他講這些話時一點兒也沒有挖苦的意思，卻表現得太刻意。艾列克斯為此很不舒服。其實在「深─洞事件」發生之前，肯特就已經老是惹他不快了。

「別鬧了好不好。」這是艾列克斯的回應。他還私下跟莎莉發牢騷。

「他想說的是，你一定是很愛他，才會救了他。」

「我老天，那種情況下，我誰都會救好嗎。」

「別在他面前這麼說。拜託。」

肯特上高中後，和他爸的關係好了一點。他選擇念科學，而且是物理、化學之類的「硬」科學，不是地球科學的那種「軟」科學，艾列克斯居然沒反對。愈硬愈好。

但肯特在進大學半年後忽地失蹤。幾個和他算是認識的人（好像沒人自稱是他朋友）說，他曾講過想去西岸。他爸媽決定報警的當兒收到一封信，說他在多倫多北邊郊區的某個「加拿大輪胎」分店做事。艾列克斯去看了他，命他趕快回學校念書，但肯特沒答應，說他現在上班上得很開心，薪水不錯，而且大概很快就會升官。之後換莎莉瞞著艾列克斯去看他，發現他確實很開心，還胖了十磅。他說是因為喝啤酒的緣故。他現在有朋友了。

「這階段是暫時的，」她對艾列克斯說了去看他的事，說：「他只是想嘗嘗獨立的滋味。」

「他想獨立就讓他獨立個夠吧。」

肯特當時沒跟她說他住哪裡，但這也不重要了，因為後來她又去看他時，店裡的人說他已經離職。她瞥見這店員臉上嘲笑的表情，覺得很是丟臉。她沒問肯特的下落，想說他找到地方安頓後，應該就會跟他們聯絡。

結果他再跟他們聯絡，是三年後的事。信是從加州的尼德斯寄的，但他說別費心一路追到那兒去——他只是路過那邊，沒多久又會走的。像白蘭琪[1]那樣，他說。艾列克斯問了，他媽的誰是白蘭琪？

「只是寫著玩兒的吧。」莎莉說。「無所謂。」

肯特沒說在哪兒工作、都去了哪些地方，也沒提認識了什麼人。他既沒為自己離家又失聯多年道歉，也沒問候父母弟妹。好幾張信紙只是寫關於自己的生活，但也不是吃飯睡覺這種事，而是寫他相信自己該做的事，以及他之前如何實踐這一點。

他信裡寫道：「我覺得一個人要背負他人的期望，把自己關在全套衣裝的牢籠裡，實在荒謬得可以，像工程師、醫生、地質學家這些人穿的衣服就是。接著皮膚逐漸長出來、包住了衣服，這衣服就再也脫不下來。當有人給了我們機會，讓我們去探索內在與

1 Blanche，美國劇作家田納西．威廉斯所著《慾望街車》（*A Streetcar Named Desire*）中的女主角。肯特信中說他只是「路過」（passing through），是引用白蘭琪的臺詞。

外在現實的整個世界，去接受人類的性靈面、身體面，以及各種各樣美好與醜惡的事物，這樣生活很痛苦，也充滿喜悅與混亂。我這種表達自我的方式，對你們來說或許太過分，但我在這中間學會放棄的一件事，就是知識分子的傲慢……」

「他嗑藥了。」艾列克斯說。「你用膝蓋想也知道。他腦袋被藥搞壞了。」

半夜裡，他又說：「性。」

莎莉躺在他身旁，睡意全消。

「怎麼說？」

「精蟲衝腦，他才會說這種話。你就是得變成哪個阿貓阿狗，才能掙錢過日子，才付得起固定和人上床與之後的代價。他根本沒想到這點。」

莎莉不禁道：「唉喲，這話可真浪漫啊。」

「話說穿了本來就不怎麼浪漫。我看他根本不正常，我只是想說這點。」

肯特的信中還提到（艾列克斯說他根本是胡來），他比一般人幸運，因為他有過瀕死的經驗，對周遭的一切更有感觸。為此，他永遠感謝他爸高舉著他，把他送回世間；他也永遠感謝他媽，在另一端關愛地接住他。

「也許我就是在那些時刻重生了。」

艾列克斯冷哼一聲。

「不會吧。我可不覺得。」

「別這樣啦。」莎莉說。「你這話不是真心的吧。」

「我自己也不知道是不是。」

肯特在這封信末尾寫了「愛你們的肯特」，此後再沒有他的訊息。

彼得後來選了醫科；莎瓦娜念法律。

莎莉對地質學開始有了興趣，她自己也覺得意外。某次和艾列克斯做愛後，在自然的信賴感驅使下，她對艾列克斯說了那些島的事——當然，她沒講自己幻想肯特住在那其中的某個島上。她說已經忘了不少關於島的細節，她應該回去翻翻百科全書，她頭一次讀到這些島就是看百科全書。艾列克斯說，只要上網應該就能查到她想知道的事。她說，她想找的當然不是很難查的東西，給他這樣一講，她隨即起床下樓，結果一上網，眼前立刻出現特里斯坦庫涅群島的照片——南大西洋中的一方綠地，外加大堆相關資訊。她詫異不已，別過頭去，艾列克斯（無怪乎他對她很失望）問她怎麼了。

「不知道。只是這會兒感覺好像我失去它了。」

他說這樣不成，她得做點實在的事。那時他剛從教職退下來，打算寫本書，需要找個助理，可是又不能像以前當教授時那樣，打電話找研究生來幫忙（她不知他說的是不是實情）。她說她對石頭可是一竅不通，他說沒關係，他可以用她充當照相時對比例的基準。

於是她成了照片中一個小小的人影，穿著黑色或鮮豔的衣服，與志留紀或泥盆紀岩石的條紋相映成趣。照片裡也可能是遭強力擠壓的片麻岩，經美洲板塊與太平洋板塊碰撞而擠壓變形，成為今日的大陸。她漸漸學會用自己的雙眼觀察，應用方學到的知識，直到她能夠站在某條空蕩蕩的郊區街上，便知她腳下深處是堆滿碎石的火山口，只是始終無法見天日，也從未有人得見。在它生成、堆滿碎石、長眠地下、為世人遺忘……這漫長的歲月，從無人在旁見證。艾列克斯傾畢生之力鑽研它們，向它們致敬，她為此敬佩他，卻也很明理地從未說出口。他們倆在這最後的幾年中成了摯友，只是她當時不知這就是他倆最後的幾年，而或許，他知道。他住進醫院開刀，還帶了一堆圖表照片，就在他原本要出院回家那天，他死了。

那是夏天的事。到了秋天，多倫多發生一場大火。莎莉坐在電視前看了一會兒報導。火災發生的那區她知道，或者說她曾很熟悉。有段時間，那裡住的都是嬉皮，堆滿塔羅牌、串珠、像南瓜那麼大的紙花。嬉皮潮過後，那邊的素食餐廳紛紛改裝成高檔的小餐館和精品店。而此刻，這一帶十九世紀的樓房之中，有個街區整個被燒毀，電視臺記者對著鏡頭哀嘆不已，說住在這些老公寓樓上的居民現在無家可歸，而且紛紛被拖到街上避難。

怎麼沒提到這種老公寓的房東啊，莎莉想。這種房東八成只是隨便鋪個管線，任由蟑螂虱子橫行，居然還能逍遙法外，反正這堆窮房客要麼嗑藥嗑過頭，要麼生怕投訴的後果，竟然也沒人吭聲。

她這陣子偶爾會覺得艾列克斯在她腦裡說話，這會兒這感覺又來了。她關掉電視。不到十分鐘，電話響了，莎瓦娜打來的。

「媽，妳電視開著嗎？妳看到沒？」

「妳說火災嗎？我剛剛看了一會兒，後來關了。」

「不是不是。妳看到……我現在正在找他——我看到他了，不到五分鐘前。媽，是肯特。現在我找不到他了。可是我真的有看到他。」

「他有受傷嗎？我現在把電視打開啊。他受傷了嗎？」

「沒有，他在現場幫忙。他在扛擔架，上面有個人，我不知是死了還是受傷。可是，真的是肯特沒錯。我看得出他一跛一跛的樣子。妳開了電視沒？」

「開了。」

「好，我會冷靜一點好好講。我敢說他又回那棟樓去了。」

「可是他們一定不會隨便讓什麼人……」

「他可能是醫生之類的吧。噢靠，現在電視上播的是他們之前訪問過的那個老人，他家在這裡開店已經有一百年了——我們先掛電話，繼續看電視好了。我想他一定會再出現。」

結果他沒再現身。電視上播的只是重複的鏡頭。

莎瓦娜又打電話來。

「我會把這事兒弄清楚。我認識新聞臺一個男的，可以再把那鏡頭調出來看。我們一定得搞清楚怎麼回事。」

莎瓦娜從來不怎麼了解她的大哥——她幹麼這麼大費周章？是父親的死讓她更需要家庭嗎？她應該盡快結婚生子的。可她個性偏偏就是這麼拗，一旦她決心要做什麼事

——她真的找得到肯特嗎?她十歲左右，她爸曾跟她說，她有窮追不捨的毅力，以後應該當律師。結果從那時起，莎瓦娜就說以後要當律師。

戰慄、渴求、疲倦，整個把莎莉淹沒。

是肯特沒錯。不到一星期，莎瓦娜便把他的事都摸清楚了。不對。應該改成「把他打算跟她說的事」都摸清楚了。他在多倫多住了好幾年，還常經過莎瓦娜上班的那棟大樓，在街上看過她幾次。有次他倆甚至就在路口差點面對面。當然，她不認得他的樣子，因為那時他穿著某種袍子之類的東西。

「他是克里希納教派的?」

「噢，媽，就算你是和尚，也不代表你就是克利希納教派好嗎。總之他現在不是那樣打扮了。」

「那他現在怎麼樣?」

「他說他活在當下。我就說，我們這年頭不都是活在當下嗎?他說不是，他指的是真正的當下。」

他說他指的是他們所在的地方。莎瓦娜問:「你是說這鬼地方?」因為他邀她來碰面的咖啡館，環境真的滿差的。

「我不這麼看。」他回道，但又說，他對她怎麼看，或別人怎麼看，都沒有意見。

「噢，那你心胸還真寬大。」莎瓦娜以開玩笑的語氣回他，他似笑非笑地「哈」了一聲。

他說在報上看到艾列克斯的訃聞，說寫得很好。他覺得艾列克斯會很喜歡用地質學來比喻一生。他想過自己的名字是否會出現在訃聞上，列為家人之一，結果發現真是如此的時候，他很意外。他納悶，是因為他爸在死前就交代過最後要列的家人名單嗎？

莎瓦娜說不是，他根本沒打算這麼早死。是家裡人自己開會商量，決定應該要放肯特的名字。

「不是爸決定的。」肯特說。「當然不是。」

接著他問莎莉好不好。

莎莉只覺胸膛裡像有個不斷漲大的氣球。

「妳怎麼說？」

「我說妳還好，只是有點茫然，不曉得該怎麼辦。妳和爸感情這麼好，事情又這麼突然，妳還沒時間適應一個人的生活。然後他說，告訴她，只要她願意，她可以來看我。我說我再問妳的意思。」

莎莉沒吭聲。

「妳在聽嗎，媽？」

「他有說什麼時候可以去嗎？去哪裡看他？」

「沒。我和他約了下週同一個地方碰面，再跟他說。我想他應該是喜歡由他來主導吧。我以為妳會一口說好耶。」

「我當然會說好啦。」

「妳自己一個人去看他，不覺得會有問題嗎？」

「別傻了。他真的是妳在電視上看到的那個人嗎？」

「他不說到底是不是。但我的情報來源說是。原來啊，他在多倫多某些地方的某些圈子裡，還滿有名的耶。」

莎莉收到一封短箋。光這點就很特別，因為她認識的人大多用電子郵件或電話聯絡。她很高興他們沒用電話。她不知自己聽見他的聲音會有什麼反應。短箋上說，要她把車停在地鐵站停車場最靠邊的位置，然後搭地鐵到某一站下車，他會在那兒和她碰頭。

她以為出了旋轉柵門就會看到他，但沒看見他人。或許他的意思是在車站外碰面。她拾級而上，從地底現身走進陽光，就怔住了。周遭各型各色的人匆匆來去，推推攘攘走過她眼前。她大為詫異，也覺得窘迫。詫異，因為肯特顯然不見人影；窘迫，因為來自她那地方的人都常有這種感覺，只是她絕不願把大家的想法說出口。他們說，你會覺得你到了剛果、印度、越南，反正什麼地方都行，偏就不是安大略。街上有很多人包著穆斯林的頭巾、穿著印度紗麗，還有黑人常穿的短袖罩衫，莎莉還滿喜歡這些衣服走動起來沙沙作響，顏色又那麼鮮豔。但穿這些衣服的人，並沒有把它們當外國裝扮來穿。他們不是初來乍到。他們早過了剛搬來異地的生澀階段。她站在那裡，反而礙著他們。

地鐵站入口再過去一些有棟老銀行大樓，門前的臺階上有幾個男人，或坐或憩或睡。這地方當然已經不是銀行，只是以前的老招牌還刻在石頭上。她望著招牌上的字，沒多看那些男人。這些人七歪八倒癱坐昏睡的模樣，和「銀行」的形象、和湧出地鐵站行色匆匆的人群，恰成強烈對比。

「媽。」

臺階上某個男的慢慢走向她，一隻腳微微拖行著。她頓時明白那是肯特，便在原地等他過來。

她原本差點要拔腿就跑，但後來她看清楚了，臺階上的人並非都是一身襤褸或一臉絕望。有些人看她的眼神不但毫無惡意或輕蔑，在發現她是肯特的母親後，甚至還帶點友善的笑意。

肯特這次沒穿袍子，而是穿了條灰長褲。褲子太大了，他用皮帶牢牢紮著。上衣是沒有字樣的T恤，加了件快磨光的外套。他把頭髮剪得極短，幾乎看不見他捲髮的痕跡。整個人十分蒼白，一張臉滿是皺紋，少了幾顆牙，活脫脫是個紙片人，所以模樣比他實際年齡還蒼老。

他沒來抱她（其實她也不指望他這麼做），只是把手輕輕放在她背上，把她導往他們接下來要去的方向。

「你還抽你那支菸斗嗎？」她問，嗅了嗅，想起他念高中時學會了抽菸斗。

「菸斗？噢，沒有。妳現在聞到的是那次大火的煙味。味道一久，我們後來也沒感覺了。照我們現在走的方向，只怕煙味會更重喲。」

「我們要穿過火災發生的地方嗎？」

「不不不。我們就算想去也去不了。他們把火場都封起來了。那裡太危險啦。有些樓房得整個拆掉。別擔心，我們住的地方很安全。這個街區很不錯，離火場那裡還有半個街區。」

「你是說你住的公寓大樓？」她問。剛剛他話裡的「我們」，讓她不禁豎起耳朵。

「算是吧。對啦。妳待會兒就知道。」

他講話的聲音很柔和、很有誠意，卻是刻意為之，像有人講外語時，出於禮貌而講得慢一點。而且他為了讓她聽見他說話，竟還微微欠著身。這為了與她交談而特別花的心思和力氣，彷彿是要把話傳達得分毫不差，也像是她理應注意到的事情。

這代價啊。

他們走下人行道邊緣時，他輕拂了一下她的手臂（可能是他步子有點不穩），隨即開口：「不好意思。」她以為他打了個極輕的冷顫。

愛滋病。她怎麼之前從沒想到這點？

「不是不是。」她講得一點都不大聲，但他回道：「我現在好得很。我不是HIV陽性，也沒染上什麼病。我幾年前得過瘧疾，但現在控制住了。我現在身子也許有點虛，但沒什麼好擔心的。我們這裡轉彎，我們就住在這個街區。」

又是「我們」。

「我不是通靈什麼的。」他說。「我只是想到莎瓦娜可能會想成怎樣怎樣，我覺得不如讓妳安心比較好。噢，我們到了。」

結果是人行道邊的某棟房子，不過走上幾個臺階就是正門。

「我徹底禁慾，其實。」他邊說邊抵住敞開的門。

門上的窗格空了，用大頭釘草草地釘著厚紙板代替。

木頭地板上沒鋪地毯，走起來嘎吱嘎吱響。滿屋子飄著某種很難解釋的氣味，當然，聞得出街上被煙熏過的味道，但也混雜了別的味兒：不知放了多久的飯菜、燒焦的咖啡、馬桶、生病、衰敗的味道。

「講『禁慾』好像也不太對，好像我要用意志力克制一樣。我想我應該是『無性』了吧，不過這不是什麼了不起的事。一點都不是。」

他帶著她繞過樓梯，走進廚房。裡面有個塊頭超大的女人，背對他倆站著，正攪動爐上的什麼東西。

肯特招呼：「嗨，瑪妮，這是我媽，妳可以跟我媽說聲哈囉嗎？」

莎莉注意到他講這句話時，語氣變了。舒坦、真誠，或許還帶著尊重，和面對她時刻意裝出來的輕鬆完全不同。

她先說了：「哈囉，瑪妮。」爐前的女人半轉過身來，滿是橫肉的臉擠出一個笑容，但雙眼沒朝她看。

「瑪妮是我們這週的廚師。」肯特說。「聞起來不錯嘛，瑪妮。」

然後他對他媽說：「我們去我的密室坐坐，好嗎？」他自己走在前面帶路，兩人走下幾個臺階，往後廳走。不過四處都堆了成捆的報紙、廣告傳單、雜誌等等，走起來有點擠。

「實在得把這些都清掉。」肯特說。「我早上才跟史帝夫說了，一旦失火可不得了。老天，我以前常這麼說，現在可真曉得厲害了。」

老天。她一直以來都很納悶，他是不是屬於什麼布衣教派之類的，可是就算這是事實，他也一定不會這樣稱呼，不是嗎？而且當然很可能是基督教以外的教派。

他的房間還要再下一些臺階才到，其實也就是在地窖裡。裡面放著行軍床、一張破爛不堪的骨董書桌，書桌裡有幾個格架可以放東西。還有兩張高背椅，但椅腳的橫檔不見了。

「這椅子很安全。」他說。「我們所有的東西幾乎都是撿來的，不過不能坐的椅子我不會要。」

莎莉自己找了椅子坐，覺得渾身力氣都被抽走了。

「所以你現在這樣是怎樣？」她問。「你做的是怎樣的工作？這裡是什麼，中途之家？還是什麼類似的地方？」

「不是。不算中途，連四分之一的路都不到咧。只要有人來，我們就收。」

「連我在內。」

「連妳在內。」他說這句話的時候沒帶笑容。「我們不靠別人資助，完全靠自己。我們回收撿來的東西，像那些報紙啦、瓶罐啦。這裡一點、那裡一點，拼拼湊湊，總有些錢。而且我們會輪流請大家幫忙。」

「請大眾捐獻？」

「乞討。」他說。

「就在街上？」

「還有更好的地方嗎？就是街上啊。我們也會去跟我們有默契的幾間酒館，不過這是非法的就是了。」

「你自己也跳下去做？」

「我自己不跳下去，怎麼能要求他們？這是我自己得去克服的關卡。我們每個人都有自己要過的關卡，可能是丟臉的感覺，或覺得『這是我的』。假設有人在我們罐子裡放了一張十塊錢鈔票，甚至一塊錢硬幣，你可能馬上生出據為己有的念頭。說穿了，這錢到底算誰的？是我的？還是──嗯，想一下──我們的呢？假如那個答案是『我的』，拿到的人通常很快就會把錢花掉，然後搞得醉醺醺地回來，說他不知道自己今天怎麼搞的，一毛錢都沒有，然後才開始覺得內疚，跟我們說真話。當然他也可能什麼都不說，那也無所謂。我們常看這種人一消失就是幾天、幾個星期，然後受不了外面的苦，又回來了。偶爾你也會在街上看到他們做自己的事，裝得不認識你的樣子，也不回來這裡了。這也沒關係。你可以說，他們都是我們這兒出去的畢業生，只要你相信這個制度的話。」

「肯特……」

「我在這裡叫約拿。」

「約拿？」

「我自己選的名字。我想過要取『拉撒路』[2]，不過想想也未免太往自己臉上貼金了。妳還是可以叫我肯特。」

「我想了解你之前的生活，倒不是指這些人……」

「這些人就是我的生活。」

「我就知道你會這麼說。」

「好吧，這麼講是有點耍帥，不過這是……這是我一直在做的事——多久了？七年？九年。九年吧。」

她沒放鬆。「之前呢？」

「我哪曉得？在這之前嗎？之前啊。人的日子就像大麻不是？割下來、放進烤箱。妳聽我說，我一見到妳，就開始耍帥。割下來、放進烤箱——我對這沒有興趣。我過一天是一天。真的。妳不會懂的。我不屬於妳的世界，妳也不屬於我的世界——妳知道我今天為什麼要在這兒和妳碰面嗎？」

「不知道。我沒多想。我只是想說，自然而然時候就到了吧……」

「自然而然。我在報上看到我爸死了，我很自然而然就想，欸，那錢呢？我就想，嗯，她可以跟我說。」

「錢都歸我。」莎莉說，整個心都涼了，但極力克制住情緒。「現在暫時這樣安排。房子也歸我，如果你想知道的話。」

---

2 Lazarus，《新約聖經》中受盡苦難的乞丐。耶穌讓他於死後四天復活。

「我想也是。那沒關係。」
「等我死了，再交給彼得和他兒子，還有莎瓦娜。」
「那好。」
「他不曉得你是不是還活著……」
「妳以為我是為了自己要錢？妳以為我那麼白痴，只想著自己要錢？不過我確實犯了個錯，我是想過如果有了這筆錢要怎麼用。我動過遺產的腦筋，沒錯，我想說這是個辦法。它是個很大的誘惑。不過現在我很高興，我很高興我拿不到這筆錢。」
「我可以讓……」
「不過，我的問題是，現在這地方狀況很糟……」
「我可以讓你借。」
「借？我們這兒不跟人借的。我們不採行借貸的制度好嗎？不好意思，我得控制一下情緒。妳餓不餓？要不要喝點湯？」
「不了，謝謝。」
他出去的這空檔，她想過乾脆一走了之。只要她能找到後門，從不經過廚房的路線出去就好。可是她不能這麼做，因為這代表她就再也見不到他。而且這個年代的房子，是汽車發明前的產物，後院不通到街上。

他大概過了半小時左右才回來。她沒戴錶，想說他過的這種生活應該不會喜歡錶這種東西。看來沒錯，她最起碼這件事料中了。

他見她還在，有點意外，也有點不解。

「對不起，我剛剛得處理一點事情，後來又跟瑪妮聊了一下，我有什麼事跟她聊聊，感覺就會好很多。」

「你寫過一封信給我們？」莎莉問。「那是我們收到的最後一封信。」

「噢，別提了。」

「別這麼說，那封信寫得很好，有努力把你的想法解釋給我們聽。」

「拜託，別提了。」

「你那時正在摸索自己的生活……」

「我的生活。我的生活，我的進步，我對這麼糟糕的自己所能發掘的一切。我存在的目的。我這一堆屁話。我的性靈。我的聰明才智。一點內在的東西都沒有，莎莉。妳不介意我叫妳莎莉吧？這樣叫比較順。你做的每件事、你生命中的每一刻，都只有表象，沒有內在。我明白這點之後，就一直過得很幸福。」

「真的？你幸福嗎？」

「當然，我已經放棄了那套什麼鬼自我。我想的是，我能幫大家什麼忙？我現在只准自己想這件事。」

「活在當下？」

「妳要是覺得我很乏味，我無所謂。妳可以笑我，我也無所謂。」

「我沒……」

「隨便。聽好了，如果妳覺得我是為了妳的錢，那隨便妳。我是為了妳的錢，同時也是為了妳。妳難道不想過不同的生活？我不是說我愛妳，我不說那種蠢話。或者這麼說吧，我想拉妳一把。你知道人只能拉自己一把。所以這樣做是幹麼？我跟別人談，多半不指望達成什麼目的。我通常是盡力避免人際關係。我說真的。我真的盡量迴避。」

關係。

「妳幹麼憋著笑？」他說。「就因為我說了『關係』這兩個字？那是個行話嗎？我可不講究怎麼用字。」

莎莉開口：「我只是想到耶穌。『母親，我與你有什麼相干[3]？』」

他臉上瞬間浮現近乎凶狠的表情。

「妳不累嗎？莎莉？妳老是裝聰明，不累嗎？我沒辦法這樣講下去了，不好意思，我還有事要忙。」

「我也是。」莎莉接口，當然不是真話。「那我們……」

「別說，千萬別說『我們保持聯絡』。」

「說不定我們真的會保持聯絡。這樣不更好嗎？」

莎莉一開始搞不清楚身在何處，後來就找到了回程的路。她又回到那棟銀行大樓，還是那群四處晃盪的人，也搞不好換了一批新的人。搭地鐵、到停車場、掏鑰匙、上高速公路、陷入車流。然後高速公路漸漸退去，換成一般道路。天黑得早，還沒下雪。光禿禿的樹、逐漸暗下來的田野。

她喜歡這片鄉間，喜歡每年的這個時節。此刻她想必覺得自己一文不值？

貓兒高興地迎上前來。答錄機裡有幾通朋友的留言。她加熱了一人份的義大利千層麵，她現在常買這種個別包裝、煮好後又冷凍的一人餐，味道不錯，以一人吃剛剛好的

3 語出〈約翰福音〉第二章第四節。

份量來說，價錢也不算太貴。在等千層麵加熱的七分鐘空檔，她啜了一口杯中的酒。

約拿。

她氣得發抖。她該怎麼做？要回到那間見鬼的房子，刷洗那已不忍卒睹的亞麻油地磚，煮別人因過期而扔掉的雞雜？然後每天都會有人跟她說她哪裡不如瑪妮，或是不如哪個受苦的生靈？這一切的一切，只是為了有幸在別人（也就是肯特）已經選擇的生活中，扮演一個有用的角色？

他有病。他把自己折磨到這等地步，說不定快死了。他不會為了有乾淨床單、有新鮮食物就感激她。噢，不會。他寧可蓋著燒得坑坑洞洞的毯子，在那張行軍床上死去。

可是，支票，她可以寫張支票什麼的，不用開個誇張的數目。不太大也不太小。他當然不會隨意濫用。當然，也還是會鄙視她。

鄙視。不。這不重要。不用往心裡去。

不管怎麼說，能撐過這一天，沒有以災難收場，已經很不錯了。結局並不壞，不是嗎？她講了「說不定」這三個字。他沒糾正她。

自由基

大家起先常打電話給妮塔，看她是不是太傷心、太寂寞，有沒有食不下嚥，或是喝過了頭（她以前葡萄酒喝得多，很多人都忘了她現在必須滴酒不沾）。她叫他們別再打來，但語氣既未強忍傷痛，也沒故作開朗；既未魂不守舍，也沒六神無主。她說她不需要別人幫忙買菜，她正忙著一一處理手邊的事。醫生開的藥還夠，要寄謝卡用的郵票也還有。

跟她比較親的朋友大概也猜到了——實際的情況是，她根本沒什麼胃口，別人寄來的弔唁卡也全扔了。住得遠一點的人，她連寫信通知都省了，那些人自然不會寄弔唁卡來，像瑞奇住在美國亞歷桑納州的前妻，和那個住在新斯科細亞省、他已經不太往來的弟弟，她一律沒聯絡。雖然這些人應該比她身邊的人更能了解，她為何沒舉辦告別式就直接下葬。

瑞奇當時曾打電話給她，說他要去村裡的五金行一趟。那時是上午十點左右——他已經展開粉刷露臺欄杆的工程，但先得把斑駁的外層刮掉才能上漆，舊刮刀偏巧壞了。她沒時間納悶他為何不見人影。他在五金行門前的人行道招牌（上面寫著割草機有打折）旁忽地彎下身來，就那樣死了，連店門都沒來得及踏進半步。他八十一歲，除了右耳有點聽不見之外身體都好，而且上星期才去醫生那邊做過健康檢查。妮塔在事後才看到一堆相關報導，很多猝死的人，在猝死前都剛做過健檢。她說，機率高得有點嚇人，你會覺得最好別去健檢。

這些事情她本該跟她兩個密友說的——維姬和卡洛，兩人嘴巴都有點壞，兩人都和她差不多歲數（她六十二）。不到這個年紀的人，會覺得聊這種事不妥當，也未必真能體會。起先她們還一副迫她吐露心事的樣子，雖不是真的要她講喪夫之痛的心路歷程，但她真的很怕她們說不定哪天心血來潮就會發難。

她一開始安排瑞奇的後事，想當然耳，很多人都疏遠了她，只剩下可靠的老朋友。她選了最便宜的棺木，而且要求立刻下葬，什麼儀式都沒有。殯葬業者說這樣可能會違法，但她和瑞奇早就都問清楚了。他倆大概一年前就有了準備，那時醫生診斷她的病情已經到了最末期。

「我怎麼料得到，這會兒居然被他搶先一步？」

大家沒指望傳統的告別式，但還是希望多少要有個場合，讓大家歌頌生命的美好、放點他喜歡的音樂、大夥兒一起握著手，輪流說點關於瑞奇的故事，誇讚他多好多好，也免不了用他的小毛病和犯的小錯開點玩笑。

也就是瑞奇說過讓他想吐的那種場景。

所以瑞奇的後事很快就辦妥了。事情剛發生時的不安、層層包圍妮塔的溫情，也逐漸淡去，雖然她知道有些人還是會說很擔心她。維姬和卡洛倒沒這麼講，只說假如她想現在一走了之，就是個自私的混帳婊子。她們說會帶伏特加來給她補一補。

她說沒打算這麼做，雖然她看得出這之中的某種邏輯。

她的癌症目前正在緩解狀態——天知道這是什麼意思，反正不是「撤退」，也不是什麼好事。她的肝是最主要的關鍵，只要她遵守小量進食，應該不會有大問題。問題也只有在她提醒朋友說她不能喝葡萄酒或伏特加時，朋友覺得掃興而已。

去年春天她做的放療還滿有用。現在是仲夏。她覺得她的黃疸現在看來沒那麼嚴重——但也可能只是她習慣了。

她早早起床、洗澡，手邊有什麼衣服就穿什麼。不過她確實有穿衣服、有洗澡，還會刷牙梳頭。她頭髮長回來不少，臉旁的毛髮仍灰白，後腦勺則是黑色，一如以往。她會塗口紅、描眉毛，儘管眉毛現在有點稀疏。她又看了一下自己的腰和臀（誰不愛豐臀纖腰呢），比照之前的模樣，哪怕她心裡明白，現在最適合形容她身體各部分的詞，應該是「骨瘦如柴」吧。

她坐進她習慣坐的大扶手椅，身邊是成堆的書和沒拆封的雜誌。她小心翼翼啜著馬克杯裡沖得很淡的花草茶，這現在成了咖啡的代替品。她一度以為自己少了咖啡就活不下去，結果發現自己真正喜歡的，其實是手裡捧著暖呼呼的大馬克杯的感覺。有杯在手，可以幫助她思考，不管她腦裡想什麼，無論幾小時，或幾天。

這是瑞奇的房子。他和貝蒂還是夫妻的時候買的。原本只是買來週末度假用，冬天就完全封起來。裡面有兩間小臥室、一個有單面斜屋頂的廚房，離村裡半哩路而已。不過他很快便展開改建工程，不僅自己學了木工，還加蓋了兩面側翼，一邊是兩間臥室和浴室，另一邊是他的書房。原本的屋子就這樣搖身一變，成為一個結合客廳、餐廳和廚房的開放式空間。貝蒂的興致也被勾了起來——她一開始還說實在搞不懂他幹麼買間破爛屋，但一點一滴化腐朽為神奇的工程，總讓她興致勃勃，還給兩人買了同花色的木匠圍裙。她之前的幾年一直忙於寫食譜、出書，這些都告一段落之後，她需要投入新的工作。他們沒有孩子。

貝蒂還跟別人說，她覺得當個木匠的好幫手，等於又在生命中找到了位置，她和瑞奇也因此變得比以前更親，但同一時間，瑞奇卻愛上了妮塔。瑞奇在大學裡教中世紀文學，妮塔則是教務主任辦公室的人。他倆頭一次做愛，是在一堆刨木片和鋸斷的木條裡，日後變成了中央的大客廳和挑高天花板。妮塔把她的太陽眼鏡忘在那邊——她不是故意的，但從不丟三落四的貝蒂，自是不會相信。接下來當然是老套而磨人的一哭二鬧三上吊，最後的結局是貝蒂去了加州，後又搬到亞歷桑納州；妮塔則在教務主任的建議下辭了工作；瑞奇因此無法升為文學院院長。他選擇了提前退休，賣掉市區的房子。妮塔沒有接收貝蒂的木匠圍裙，卻在一片混亂中開開心心看她的書，用電熱爐做簡單的晚餐，不時散長長的步，探索周遭的一切，帶回長短不齊的虎百合和野胡蘿蔔花束，放進空油漆罐權充的花器。她和瑞奇安頓好之後，有時想起自己不知怎地一下子就成了那個年輕的新歡、得意的小三，活躍歡笑、蹦蹦跳跳的天真姑娘，不免多少有點汗顏。她個性其實一板一眼，是個笨手笨腳，在別人面前就不自在的女人（她早已不是女孩）。她能一一列出英國所有皇后（記得住國王很不錯，但背得出皇后是本事），對三十年戰爭倒背如流，卻不敢在別人面前跳舞，而且和貝蒂一樣，怎麼都不肯學著上梯子。

他們這屋子的一邊有一排雪松，另一邊則是鐵軌的路堤。這裡火車的流量並不大，現在一個月大概只有兩班車。鐵軌間長滿了綠油油的雜草。她快邁入更年期時，有次曾跟瑞奇開玩笑，說兩人可以到那邊去做愛——當然不是在枕木上，而是枕木旁狹窄的草堤上。於是他們真的爬下路堤，喜不自勝。

每天早晨她坐在自己慣常坐的位子時，總會仔細地把瑞奇不在的地方想過一遍。他不在小浴室，那裡仍擺著他的刮鬍用品，和一些治小病不管大病的處方藥，他始終捨不得扔。他也不在臥室，她剛剛整理好了才走出房門。他也不在大浴室，他只有想泡澡的時候才會踏進這裡。他也不在廚房，去年這裡幾乎成了他的地盤。他當然也不在刮漆刮了一半的露臺，作勢在窗口調皮地偷窺——他們剛同居的時候，她很可能曾在窗前假裝要跳脫衣舞。

他不在書房。這裡是最看得出他已不在人世的地方。起先她覺得有必要走到書房門前，打開門，就那麼站著，掃視那成堆的紙、奄奄一息的電腦、散落四處的檔案、向上或朝下攤開的書、書架上擠得滿滿的書。現在她已經練到只在腦中想像就夠了。

就這陣子，她總會有一天踏進這書房。她一直覺得這是種侵犯，但她總得侵入亡夫已死的心靈。她之前從沒有過這種念頭。她總覺得瑞奇十足俐落能幹，那麼健壯、那麼真實地存在，所以她始終相信（雖然很沒道理）他會比她長壽。結果到了去年，這念頭就一點都不荒謬了，但她覺得，他們倆心裡都清楚這是必然的結局。

她打算先整理地窖。那確實是個地窖，不是地下室。泥土地上鋪著木板做的步道，小小的頂窗布滿骯髒的蜘蛛網。這裡擺的東西，她沒有一樣用得著。只有瑞奇用到一半的油漆罐、存著備用且長度各異的木板、不知是有用還是準備要丟的各種工具。她以前只打開門下來過一次，看看是不是有燈沒關，確定燈的開關都在，而且旁邊都貼了貼紙，寫著哪個開關控制哪盞燈。她上樓後，照例把廚房通往地窖的門閂上。瑞奇以前常笑她這個習慣，說地窖裡是石牆，窗戶又那麼丁點大，問她覺得有什麼東西能進來找麻煩。

儘管如此，地窖還是最容易先動手整理的地方，比書房容易上百倍。

她已經鋪過床，把自己在廚房和浴室製造的小髒亂都整理好，但她完全沒有來個大規模掃除的衝動。她這個人，連弄彎的迴紋針、失去吸力的小磁鐵都捨不得丟，怎麼可能丟得掉她和瑞奇十五年前旅行時買的愛爾蘭硬幣碟？每樣東西似乎都生出了自己特有的分量與親疏。

卡洛或維姬每天打電話來，大多接近晚餐時分，想必她們以為她這個時候最受不了孤獨。她說她很好，不久就會出關，她只是需要一段時間，就是想想事情、看點書。她吃得下、睡得著。

這些都算實話，但看書那部分除外。她置身自己的書堆中，卻一本也沒打開。她一直都愛看書——瑞奇正因如此，說她就是他要的女人，她可以靜靜地坐著看書，不吵他。但現在她連半頁都看不下。

她也不是把書看完一次就不再看的那種人。《卡拉馬助夫兄弟們》、《弗洛斯河上的磨坊》、《慾望之翼》、《魔山》這幾本書，她看了又看。她會拿起一本書，想說就讀某個特別的段落吧——結果發現自己欲罷不能，又把整本書重新讀過。她也看現代小說，而且總是選擇小說。她不喜歡聽人用「消遣」這詞形容小說，搞不好還跟人認真爭論過，說現實生活才是消遣。這觀念太重要了，去吵它反嫌多餘。

而現在，非常詭異的是，這一切都消失了。不單是因為瑞奇的死，也因為她滿腦子都是自己的病。她想過，這改變是一時的，等她停了某種藥，做完折騰人的療程，那種魔力又會回來的。

顯然，沒有回來。

有時她想像自己對面坐了個人對她發問，她努力想說出個所以然來。

「我太忙了。」

「大家都這樣講。妳在忙什麼？」

「我忙著注意。」

「注意什麼？」

「我是指想事情。」

「想什麼事？」

「算了。」

有天早上，她先坐了一會兒，覺得很熱，想說應該起來開風扇。她也可以為環保盡一份力，把前後門都打開，如果有風，就會透過紗窗吹進來。

她先把前門的鎖打開。連半點晨曦都還沒透進來，她就察覺門口一道黑影擋住了光。紗門外站著一個青年。紗門的鉤子是扣上的。

「我不是存心要嚇妳。」他說。「我正在找有沒有門鈴什麼的，還敲了一下門框，可是我猜妳沒聽見。」

「不好意思。」她說。

「我是來檢查妳的保險絲箱。妳跟我說在哪裡就好。」

她往旁挪了一下，讓他進來，又想了一下保險絲箱在哪裡。

「對了，在地窖。」她說。「我待會見把燈打開，你就會看到了。」

他把門帶上，彎身脫鞋。

「沒關係。」她說。「又沒下雨。」

「還是脫鞋好，我習慣了。是會有點灰塵，但不會留下泥巴的痕跡。」

她走進廚房，想說等他走了再坐下。

他從地窖走上來時，她幫他開了門。

「沒問題嗎？」她問。「你找到保險絲箱了嗎？」

「沒問題。」

她帶他往前門走，卻發現背後沒有腳步跟上來，她一轉身，見他站在廚房裡。

「妳會不會剛好有什麼東西，可以弄給我吃？」

他的聲音變了——有點嘶啞，音調高了幾度，讓她想起某個電視喜劇演員模仿鄉下人嘟囔的模樣。廚房天窗射下的光一照，她才發現他不怎麼年輕。她方才開門時，只注意到他很瘦，因為背光，整張臉是黑的。但她現在看到的身子雖瘦卻很憔悴，完全不是年輕男人的樣子，朝她故作親切地欠欠身。臉長而剛硬，淡藍的眼相較之下很突出。表情帶點玩笑，但藏著某種固執，好像他總能為所欲為。

「是這樣的，我有糖尿病。」他說。「我不曉得妳認不認識有糖尿病的人，不過，糖尿病的人餓了就得吃東西，否則身體會出毛病。我來這裡之前就該吃東西的，只是因為趕時間沒來得及吃。妳不介意我坐著吧？」

他其實已經坐在廚房桌邊。

「妳有咖啡嗎？」

「我有茶，花草茶，你想喝的話。」

「當然。當然。」

她量好茶葉，放進杯中，插上電熱壺，打開冰箱。

「我沒什麼東西。」她說。「有幾個蛋，有時我會炒個蛋，澆上番茄醬吃。你想這樣吃嗎？我也可以烤點英式馬芬麵包。」

「英式、愛爾蘭式、阿貓阿狗式，我無所謂。」

她在鍋裡打了兩個蛋，把蛋黃弄散，用叉子攪動，又把馬芬麵包切對半，放進烤麵包機。再從碗櫃裡拿了盤子，放在他面前，又到放餐具的抽屜裡拿了刀叉。

「好漂亮的盤子。」他說，拿起盤子端詳，彷彿上面映著他的臉。她要去看鍋裡的蛋時，聽見盤子落地摔得粉碎的聲音。

「噢請原諒我。」他的聲音又變了，變得尖銳，顯然不懷好意。「看看我幹了什麼好事啊。」

「沒事沒事。」她回道，心裡知道肯定有事。

「一定是我手滑了。」

她把另一個盤子擱在流理臺上，準備放烤好的麵包，加上塗了番茄醬的炒蛋。

他已彎身去撿地上的瓷盤碎片，拿起其中一片帶尖角的。她把麵包和蛋放在桌上的時候，他把那尖角沿著光溜溜的前臂輕輕往下劃。細小的血珠浮現，起先是零星的幾滴，接著便匯聚成一道血流。

「噢，不要緊的。」他說。「只是好玩。我知道怎麼劃著玩兒。要是我玩真的，就用不著番茄醬了，對吧？」

地上仍有些他沒撿的碎片，她轉身想去拿後門櫃子裡的掃帚來，他卻閃電般一把抓住她的手臂。

「妳坐下。我吃東西的時候，妳就坐在這裡。」他又舉起流血的那隻手臂給她看，然後用盤裡的東西堆成一個雞蛋滿福堡，三兩口吞下肚，而且咀嚼的時候還張著嘴。電熱壺裡的水燒開了。「妳杯子裡放的是茶包嗎？」他問。

「嗯，其實是茶葉。」

「妳不要動。我不要妳接近那茶壺，好嗎？」

他把滾水倒進茶杯。

「看起來跟稻草一樣。妳就只有這玩意兒？」

「對不起。是的。」

「別老說對不起好不好。如果妳只有這玩意兒，那也只能這樣啦。妳根本就不相信我來這兒是為了檢查保險絲，對吧？」

「呃，對。」妮塔說。「我本來是相信你的。」

「妳現在不信了。」

「不信。」

「妳怕不怕？」

她決定把這句話當成嚴肅的問題來思考，不去想成他在嘲笑她。

「我不知道。我想我是嚇了一大跳吧，倒不是害怕。不知道。」

「先說一點。有一點妳不用怕。我不會強姦妳。」

「我根本沒想過有這個可能。」

「妳別太鐵齒。」他啜口茶，扮了個鬼臉。「別因為妳是老太太就這麼說喔。外頭什麼樣的人都有，什麼都上。小嬰兒啦、狗啦貓啦、老太太啦，還有老男人喔。這些人不講究的，可我講究。我對不正常的方式沒興趣，我只想跟我喜歡的好女人做，她也要喜歡我才行。所以妳放心吧。」

妮塔說：「我放心了。但謝謝你跟我說這些。」

他聳聳肩，不過看來頗為得意。

「門口那是妳的車？」

「我先生的。」

「妳先生？他人呢？」

「死了。我不開車，想說把它賣了，但還沒賣。」

笨，真是笨啊，她幹麼跟他講這個。

「二〇〇四年的？」

「應該是吧。嗯。」

「剛剛有那麼一下子，我還以為妳騙我妳有先生。反正就算妳騙我也沒用。女人是不是一個人住，我一看就知道。只要一進屋我就知道。女人一開門我就知道。我就是有這種直覺。嗯，這車狀況還好嗎？妳知道他最後一次開是什麼時候？」

「六月十七號。他死的那天。」

「裡面有油嗎？」

「我想有吧。」

「如果他之前正好加滿了，那就太好了。妳有鑰匙吧？」

「我身上沒有。我知道放在哪兒。」

「那好。」他把椅子往後推，壓到地上的某片盤子碎片。他起身，有點吃驚地搖搖頭，又坐回去。

「我累斃了，得坐一會兒。我以為吃了東西以後會好一點兒。剛剛說我有糖尿病，是騙妳的。」

她推了一下椅子，他立刻站起來。

「妳就待在那兒別動。我累歸累，還是抓得到妳。只是我走了一整夜的路。」

「我只是要去拿鑰匙。」

「等我說拿妳再去拿。我沿著鐵軌走，一班火車也沒瞧見。我一路走到這邊來，一班火車也沒有。」

「這裡火車本來就不多。」

「噢，那好。我下了水溝，沿著它走過幾個醜不拉嘰的小鎮，然後天亮了，我人也還好好的，只是已經到了水溝和馬路的交界，我就趕緊溜開。然後我看到這邊，有房子，有車，我就跟自己說，就這家。我是可以開我老爸的車，不過我這人還有點頭腦。」

她明知他要她問，他之前到底做了什麼？不過她也清楚，她知道的愈少愈好。之後，打從他進屋以來，她頭一次想起自己的癌症。想到這病反而救了她，讓她免於凶險。

「妳笑個什麼勁兒？」

「不知道。我有在笑嗎？」

「我猜妳喜歡聽故事。要我跟妳講個故事嗎？」

「也許我還寧願你走了比較好。」

「我會走。不過我先跟妳講個故事。」

他伸手到背後褲袋。「呶，要不要看照片？妳看。」

那是一張三人合照，在客廳裡拍的，背景是拉上的窗簾，上面有花朵圖樣。一個大約六十幾歲、不算太老的老男人，和一個差不多歲數的女人，一起坐在沙發上。還有個塊頭很大的年輕女子，坐在輪椅上，緊靠沙發一端，占了沙發前方一小塊空間。老男人也是大個子，滿頭白髮，瞇著眼，嘴巴微張，彷彿一口氣上不來的樣子，不過看得出他努力擠出笑容。老婦人個頭小很多，染了黑頭髮，塗了口紅，穿著過去所謂的農婦裝，手腕和頸際都有小小的紅蝴蝶結。她的笑容就篤定得多，甚至笑得有點過頭，嘴唇拉得寬寬的，正好蓋住一口爛牙。

不過照片裡最醒目的，是那個年輕女子。她穿了件鮮豔的夏威夷姆姆裝，樣子實在不像個平常人，而且暴醜。黑髮沿著額頭捲成一排小捲，雙頰垂落頸間。雖然一身橫肉，她倒一副很滿足的神情，帶點狡黠。

「那是我媽，那是我爸。那是我姊瑪德琳。坐輪椅的那個。

「她生下來就有問題，醫生救不了她，也沒人救得了她。她食量超恐怖，而且打從我有記憶以來，我和她就是不對頭。她比我大五歲，生來就是存心整我的。拿到東西就朝我扔，把我打趴就算了，還想用他媽的輪椅來壓我。對不起，我說髒話。」

「你這樣太苦了。你爸媽看著一定很難受。」

「哼。他們就當沒看見。他們去教會，牧師說她是上帝的恩賜。他們帶她上教會，她去他媽的嚎得跟後院裡他媽的貓一樣。他們居然還說，噢，她想奏出音樂，噢，上帝他媽的祝福她。對不起，我又說髒話了。

「所以我從不喜歡待在家，就自己出去討生活。那也沒關係，我跟自己說，我才不要待在這裡忍受這堆鳥事。我有自己的生活。我找了工作，而且幾乎都找得到事做。我才不會一屁股坐著，只知道拿政府的錢喝酒。噢，我是說臀部啦。我從沒跟我老爸伸手要錢。九十度的大熱天裡，我照樣起床給屋頂上柏油。我在又臭又舊的餐廳擦過地板，也在專門騙錢的爛修車廠當過黑手。有活我就幹。可是有時候我又不吃他們那套，所以都做不久。就是一般人拿來對付我這種人的那一套，我受不了。我家是正正當當的家庭。我爸做工做了一輩子，做到病了做不動為止，他是開公車的。我生來不是要忍受這些鳥事的。好——先不講這個。我老爸老媽常跟我說，房子是你的。房子貸款都付清了，狀況也好，是給你的。他們話是這麼說喔。我們曉得你小時候吃了不少苦，要不是這樣，你大可以好好上學，所以我們想盡力補償你一點。所以不久前，我打電話給我爸，他說，當然嘍，你知道我們約好了嘛。我說約好什麼？他說，就是約好，你簽字同意照顧你姊姊一輩子。你要答應這房子也是她家，才能分一份，他說。

「我老天啊，這是哪門子說法？我從來沒聽過這種約定好嗎？我一直都以為我們講好，等他們死了，她會去安養院。結果現在房子不是我的。

「所以我跟我老頭說，我的想法不是這樣，他說，所有文件都弄好了，只等你簽名，要是你不想簽也沒關係。你蕾妮阿姨會盯著，等我們走了，她會看你有沒有遵守約定。

「哼，我蕾妮阿姨。她是我媽的小妹，天下第一賤人。

「總之一聽他說你蕾妮阿姨會盯著你，我突然就改了主意。我說，那好吧，我想就這麼辦吧，也算公道。就這樣吧。好，我這個星期天過去和你們吃晚飯，好嗎？

「當然好，他說。很高興你變得這麼懂事。你老是動不動就發火，他說，你都長這麼大了，應該懂點道理。

「你這麼說還真妙啊，我對自己說。

「所以星期天我就去了。我媽已經烤了雞，我一進屋子就聞到那個香味。然後我就聞到瑪德琳那個噁心的老味道，我不曉得那是什麼味道，可是就算我媽每天幫她洗澡，那味道還是洗不掉。不過我對他們都很好。我說，機會難得，我應該幫他們拍張照。我說我買了這個超棒的新相機，照片一下子就洗出來，馬上可以看喔。拍好就能看，怎麼樣，很讚吧？我安排他們都坐在客廳，就像妳看的那張照片那樣。我媽說能不能快一點，我還要回廚房幹活。我說很快就好，然後我就拍了。她說，來吧，看看拍得怎樣。

我說，等等，再等一下，一分鐘就好。他們等照片的時候，我拿出我那把很棒的小槍，砰砰砰，把他們全幹掉了。然後我又拍了一張照片，再去廚房吃了點雞肉，看都沒看他們一眼。我原本以為蕾妮阿姨也會在，可是我媽說她去忙教會的事。如果她在，我也會輕而易舉幹掉她。妳看，這是之前，這是之後。」

老男人的頭往旁倒，老婦人的頭往後仰。表情已被槍轟得稀爛。他姊姊往前仆，所以看不到臉，只見她被花朵圖樣洋裝包住的膝；黑髮編成精美而過時的髮型。

「我是可以坐在那兒自爽一整個禮拜，感覺超輕鬆的，不過我沒過夜就走了。我確定自己把東西全清乾淨、把雞吃光，就想說該走了。我原本想等蕾妮阿姨進來的，可是之前的那種情緒已經沒了，真的要做掉她，我還得培養那種情緒，但我已經沒感覺了。而且，我吃得好撐，都是那隻超大的烤雞害的。我得吃掉它，沒辦法帶走，因為我怕狗會聞到味道，如果我照計畫走後巷出去，怕會打草驚蛇。我想吃了這一大隻雞，應該夠我撐一個禮拜吧，結果妳看，我找上妳的時候，餓得跟什麼一樣。」

他四下打量廚房。「我猜妳沒別的東西可喝了？這茶有夠難喝。」

「可能有些葡萄酒。」她說。「不曉得，我不喝酒了……」

「妳匿名戒酒會的啊？」

「不是。就是喝著不舒服。」

她起身，發現自己雙腿都在抖。想當然耳。

「我進來之前，就把電話線剪了。」他說。「我想應該跟妳說一聲。」

如果他喝了酒，是否會稍稍放鬆戒備？會不會比較好講話？還是反而會變得更凶更狠？她要怎麼看出來？結果她不必走出廚房就找到了酒。以前她和瑞奇習慣每天喝一點兒紅酒，據說對心臟有益，或是可以殺掉對心臟有害的什麼東西。她這會兒心裡害怕又六神無主，根本想不起那東西叫什麼。

因為她嚇壞了。這也難怪。她罹癌，對眼下這種狀況一點幫助也沒有，完全沒有。她活不過一年，絲毫動搖不了她現在就可能一命嗚呼的事實。

他又說了：「欸，這是好酒，不是用轉的那種瓶蓋。妳有軟木塞開瓶器嗎？」

她走向抽屜，但他隨即起身把她推到一邊，還好力道不重。

「別別別，我來就好。妳離抽屜遠一點。噢天啊，這裡還真有不少好東西咧。」

他把刀子全放在自己位子上，她搆不到的地方。然後用開瓶器開了酒。她察覺開瓶器在他手裡也可以是種利器，但她自忖能用上它的機率並不高。

「我只是要拿玻璃杯。」她說，但他回絕了。不要玻璃的，他說，有沒有塑膠的？

「沒有。」

「那就拿一般的杯子。我看得到妳在幹麼。」

她放下兩個杯子，說：「給我一點點就好。」

「我也只要一點點。」他一本正經地說。「我還得開車。」可是他還是把酒一直加到杯口。「我可不希望警察把頭伸進車來，看我喝酒沒。」

「自由基。」她說。

「什麼意思？」

「是紅酒裡面的東西。紅酒會破壞它，因為它有害；還是會培養它，因為它有益？我記不得了。」

她啜了一小口酒，倒沒有她想的不舒服。他也喝了，但人仍站著。她說：「你坐下的時候，小心那些刀子。」

「別跟我開玩笑。」

他把刀子收一收，放回抽屜，坐了下來。

「妳以為我很笨？以為我緊張了？」

她決定豁出去，說：「我只是覺得你以前沒幹過這種事。」

「當然沒。妳以為我是什麼殺人犯？是啦，我是把他們幹掉了，但我不是殺人犯。」

「還是有差。」她說。

「那當然。」

「我知道那種感覺。我知道把傷害你的人幹掉，是什麼感覺。」

「是喔？」

「我也幹了跟你一樣的事。」

「少來。」他把椅子往後推，但沒站起來。

「你用不著相信我。」她說。「不過我做過就是了。」

「才怪。妳怎麼做的？」

「下毒。」

「妳是說怎樣？妳讓他們喝什麼鬼茶還是怎樣？」

「不是『他們』，是『她』。茶好得很，茶能延年益壽。」

「如果我得喝這種鬼東西，我才不要長壽咧。人死之後，毒可以驗出來啊。」

「我不知道蔬菜的毒是不是真的，反正沒人想得到要去查。這女的小時候得了風濕熱，後來就一直拖著這病，什麼運動都沒法做，別的事也做不了，老是得坐著休息。說她快死了也不意外。」

「她哪裡惹到妳啦？」

「我先生愛上她，而且想甩了我娶她。他跟我說了。我為他真是做牛做馬，我和他一起改建這間房子，他是我的一切。我們倆沒有小孩，因為他不想要。我學了木工，而且我明明很怕上梯子，為了他我還是上去了。他是我的命啊。結果呢？他一腳把我踢開，要去找教務主任辦公室那隻沒用的病貓。我們努力打造的一切，結果只是方便他去找她。這公平嗎？」

「要去哪裡弄毒藥？」

「我不用弄，後院就有。你看，那裡有一片大黃，幾年前就種了。大黃葉子的葉脈裡就有毒，正好合用。不是大黃的莖，莖是我們平常吃的，那沒問題。不過你看大黃的大葉片，裡面細細紅紅的葉脈就是有毒的地方。這件事我早就知道，可是我得老實說，我還真不知道那毒怎樣才會發作，所以我想說那就實驗一下。這中間有幾件事我還真走運。首先，我先生出差去明尼亞波里斯開會，當然他也可能帶她一起去，不過那時是暑假，她在辦公室資歷最淺，必須留守，休不了假。還有我也得想到，她好像不是一直都一個人，說不定會有人在她旁邊走來走去。此外，她也可能對我起疑心。我得假定她不曉得我知情，還是把我當朋友。我家辦派對的時候她來過，我們處得還不錯。我先生做什麼都拖拖拉拉，所以我得假設，他跟我承認他在外面有人，好看我的反應，卻還沒跟她說他已經告訴我了。也許你會說，幹麼把她做了？說不定他兩邊都在考慮？

「不會。他跟她應該不會斷。就算他放棄她，我們的生活也被她毀了。她毀了我，所以我也要毀了她。

「我烤了兩個大黃塔，一個裡面放了毒葉脈，一個沒有。當然我已經把沒毒的做好記號。我開車去大學，買了兩杯咖啡，走到她辦公室。那裡只有她一個人。我跟她說，我去城裡辦點事情，路過大學的時候，看到我先生提過的一間小麵包店，他說那邊的咖啡和點心都很不錯，我就進去買了兩個塔和兩杯咖啡。我想說大家都放假去了，她一個人當班應該很孤單吧，我先生去出差，所以我們倆是同病相憐嘛。她人很好，看我這樣做，她很感動，說她一個人無聊得很，學生餐廳放假又不開，所以咖啡要老遠跑去理學院大樓買，但那邊的咖啡又加了鹽酸。哈哈。所以我們倆就喝起下午茶了。」

「我不喜歡大黃。」他說。「對我沒用。」

「可對她有用啊。我得賭它效果夠快，得在她發現不對勁、跑去洗胃之前就發作，可是又不能快得讓她想到跟我有關。我得盡快脫身，所以我就走了。大樓裡面沒什麼人，就我所知，我進來、出去，都沒人看到。當然，我知道後面有小路可以出去。」

「妳自以為聰明。妳可以逍遙法外。」

「可是你也是啊。」

「我可不像妳那樣偷偷摸摸。」

「你非這樣做不可。」

「一點沒錯。」

「我也非這樣做不可。我保住了我的婚姻。他後來也明白，和她在一起不會有好下場。她最後肯定會病倒，他會落得要照顧她。她就是這種人，對他只是負擔。他看到了這點。」

「妳給我的蛋裡最好沒放東西。」他說。「妳要是放了，妳就倒大楣了。」

「當然沒放啦。我也不想。你哪會三不五時就做這種事。我也不是真的懂下毒，只是碰巧知道這一點而已。」

他猛然站起身，碰倒了他坐的那張椅子。她注意到酒瓶裡的酒所剩無幾。

「我要拿車鑰匙。」

她一時反應不過來。

「車鑰匙。妳放在哪兒？」

那一刻或許就會來臨。她一旦把鑰匙給他，那一刻或許就會來臨。如果她告訴他，她得了癌症，就快死了，能救她一命嗎？真夠蠢的，講了也一點用都沒有。就算她日後因癌而死，今天這件事照樣會發生。

「我今天跟你說的事，我從沒跟別人說過。」她說。「你是唯一一個聽過的人。」這句話可能很有用。她做了一個把柄給他，他卻似乎當耳邊風。

「還沒有人知道呢。」他回道。她心想，感謝上帝，他滿上道的，他懂的吧。他真懂嗎？

感謝上帝，說不定他懂了。

「車鑰匙在藍茶壺裡。」

「哪兒？什麼鬼藍茶壺？」

「在流理臺那一頭——它蓋子裂了，所以我們拿來裝東西……」

「妳給我閉嘴。閉嘴！否則我就叫妳永遠閉嘴。」他把拳頭伸進藍茶壺裡，卻伸不進去。「幹，幹，幹。」他大吼，把茶壺倒過來，往流理臺上砸。結果除了車鑰匙之外，家的鑰匙、一堆硬幣，外加一捲加拿大輪胎公司印的折價券，統統掉到地上，藍茶壺也碎了一地。

「上面纏著紅線。」她有氣無力地說。

他把地上的東西踢了一陣，才拿起她說的車鑰匙。

「所以妳會怎麼跟別人說車的事？」他問。「妳賣給不認識的人了，對吧？」

她一時沒想到這句話的含意，等她會意過來，覺得房間都顫抖了。「謝謝你。」她說，但嘴巴太乾，她不知發出聲音沒有。不過想必她有，因為他回道：「先別謝我。「我記性很好的。」他說。「很久以前的事情，我都記得很清楚。妳別把那個不認識的人說得像我，妳總不希望他們去墓園把屍體挖出來吧。妳只要記住，要是妳漏一個字，我也會漏一個字。」

她只是一直低頭看地上。沒有情緒，也沒說話，只是望著地上的一片狼藉。

人走了。門關上了。她還是動也沒動。她想鎖門，卻動不了。她聽見引擎發動又熄火的聲音。發生什麼事？他這人很暴躁，發動的程序很可能完全不對。接著又是發動的聲音，發動、發動，車子轉出去的聲音。輪胎摩擦碎石路面的聲音。她顫抖著走到電話旁，發現他說的是實話，電話線被剪了。

電話旁邊有個書櫃（他們家書櫃很多），裡面放的大多是很舊的書，好幾年沒打開了。有《驕傲之塔》[1]。有亞伯特・史畢爾[2]的書。瑞奇的書。

《常見蔬果大驚奇：豐盛優雅的餐點與新鮮的驚喜》。調製、測試、創作的人，都是——貝蒂・昂德希爾。

她和瑞奇剛把廚房蓋好的那陣子，她曾試過模仿貝蒂做菜的風味，不過終究是白忙一場，而且沒多久就放棄了。一來瑞奇無意重溫在廚房費事張羅的苦頭，二來她自己也沒耐性花那麼多時間，又切又剁又要小火慢熬。不過她確實學到不少讓她意外的知識，比方說，某些大致無害的常見植物，有些部分居然有毒。

她應該寫信給貝蒂的。

親愛的貝蒂，瑞奇死了，我因為扮成妳，救了我自己一命。

貝蒂哪在乎她救了自己一命？她只想跟一個人說這件事。

瑞奇。瑞奇。她現在終於曉得真正思念他的滋味。就像天空中的空氣全被抽走一樣。

她應該走到村裡。行政中心後面有間警察局。

---

1 *The Proud Tower: A Portrait of the World Before the War, 1890-1914*，芭芭拉・塔克曼（Barbara W. Tuchman）著。

2 Albert Speer，二戰時希特勒的首席建築師，後被任命為軍備部長。

她應該辦支手機。

她飽受驚嚇，筋疲力竭，連腳都沒法動。她得先歇一下。

一陣敲門聲把她吵醒。門仍然沒上鎖。門口是個警察，不是村裡那個，而是該省的交警。他問她是否知道她車的下落。

她望著之前停車處的那塊碎石地。

「車不見了。」她說。「原本停在那兒的。」

「妳不知道妳的車被偷了？妳上次看到它停在窗外是什麼時候？」

「一定是昨晚吧。」

「鑰匙留在車裡是嗎？」

「我想一定是吧。」

「我得跟妳說，出了一場很嚴重的車禍，就在瓦倫史坦這邊，只有一輛車的車禍。駕駛連人帶車滾進涵洞，整個撞爛了。不過還有戲咧。這個人因為三屍命案被通緝呢，我們聽到的最新消息是這樣。在米契爾斯頓的謀殺案。妳沒碰到他，真是走運。」

「他有受傷嗎？」

「死了。當場死亡。算他罪有應得。」

之後，警察好心地正色訓了她一頓。鑰匙留在車裡，又是獨居女性。現在這年頭，妳永遠不曉得會發生什麼事。

永遠不曉得。

臉

我深信我父親只望著我、瞪著我、看過我那麼一次。此後，他便可把他所見之物當成空氣。

那個年代，做父親的既不准踏進強光罩頂的產房，也不能進入待產室（產婦強忍呻吟或痛得狂嚎的地方）。只有在母親產後清理乾淨、恢復意識，回到病房（或半私人房與私人套房）躺好，蓋上淡粉色的毯子後，新手爸爸才能見到孩子的媽。我母親有一間私人病房，足以顯示她在鎮上的地位。坦白說，照事情後來的發展來看，所幸當時是這樣安排。

我不知父親站在嬰兒房窗外看我的第一眼，是在他去探望我母親之前或之後的事。我毋寧想成是在他去看母親之後。她聽見他的腳步聲在病房門外響起、進得病房，她聽出腳步聲裡的憤怒，卻不知是什麼招惹了他。不管怎麼說，她給他生了個兒子，全天下男人的渴望。

我知道他當時講的話。至少她是這麼跟我說的。

「簡直是塊剁碎的肝。」

接著是「妳別想帶那玩意兒進屋子。」

我的臉當時有一邊是——正常的（現在亦然），全身從頭到腳也都正常。出生時身長二十一吋，體重八磅五盎司，又白又結實的男寶寶，只是可能因為才剛像大夥兒一樣來到世間，還是紅通通的。

我的胎記倒不紅，而是紫色，在我嬰幼兒時期都是深紫，我長大後顏色就淡了些，只是當然不可能淡到看不見。別人和我面對面時，最先注意到的始終是那塊胎記，萬一又最先看到我左邊（沒胎記的那邊）的話，震撼更大。那胎記活像有人朝我倒葡萄汁或紫色油漆，潑出一大片紫色色塊，而且一直延伸到頸間，才化為紫色的小水滴。妙的是它幫我一隻眼皮染色之後，還正好沿著鼻子勾邊。

「有了胎記，那隻眼睛的眼白，變得更漂亮更清澈耶。」我媽為了讓我喜歡自己的長相，講了一堆情有可原的白痴話。怪的是，備受呵護的我，居然差點相信她。

父親自然無法擋著不讓我回家，而我的出現、我的存在，也自然在我父母之間畫下巨大的裂痕，但從他倆相處的樣子，不難看出他們之間始終有著嫌隙，對彼此寒心失望，最起碼也缺乏互相了解。

爺爺沒受過什麼教育，開了間製革廠，後來又開了手套工廠。時代邁入二十世紀後，生意沒以前那麼好，但家裡的大宅院還在，一樣有廚師和園丁。父親上了大學、加入兄弟會，好好享受了一段所謂的歡樂時光。家裡的手套工廠倒閉後，他進入保險業，在我們鎮上就和以前在大學一樣吃得開，高爾夫球打得好，駕船技術精良（我忘了說，我們家是我爺爺蓋的維多利亞式大宅院，就在休倫湖畔的懸崖上，面向日落。）

父親在家表現得最明顯的特質，就是「嫌惡」與「痛恨」，這兩個動詞其實也往往合為一體。他嫌惡痛恨某些食物、車款、音樂、談吐、穿著，連廣播喜劇演員也不例外，後來就換成電視演員，還有他那年代大家常嫌惡痛恨的某些種族與階級（雖然大家嫌惡痛恨的程度可能不及他）。老實說，他這套想法只要出了家門，一同駕帆船的朋友也好，兄弟會的夥伴也好，鎮上不會有人跟他爭。我覺得他就是因為火氣這麼大，才讓身邊的人對他又敬又畏。

有什麼說什麼。大家都這麼形容他。

他會製造出我這麼個怪物，自然成了他每回打開家門就得面對的羞辱。早餐他自己吃，午餐他不回家。母親這兩餐都跟我一起吃，晚餐則先陪我吃一會兒，再和父親一起吃。我想他們後來應該為這件事吵過，之後變成她看著我吃晚餐，但跟他一起吃。

你也可以說，我只會壞了美滿姻緣。

但這兩人一開始怎麼可能在一起？她沒上過大學，得借錢才能去讀師範學校。她怕航海，高爾夫球也打得彆腳，而且就算她真如某些人說的那麼美（你很難評斷自己母親），也不會是我父親喜歡的型。他曾形容某些女的「閉月羞花」，晚年則改口為「甜姐兒」。我母親不塗口紅，胸罩鬆垮無彈性，頭髮緊緊綁成幾綹辮子箍在頭上，露出白而寬的額頭。衣服也跟不上流行，或可說是寬鬆中有貴氣——她是那種你想像中會戴高檔珍珠項鍊的女人，只是我想她從沒戴過。

我想說的應該是，也許我是個藉口，甚至是種恩賜，有了我，他們才有現成的架可吵，才有無解的難題，這讓他們又回到了兩人最根本的差異，老實說，他們在這種狀況裡說不定還比較自在。我住在鎮上的那些年，沒看過有人離婚，所以或許大家覺得夫妻在同一屋簷下各過各的很正常，有些夫妻則默許了有些歧異永遠不必挽回，講的話做的事永遠不需原諒，有些隔閡永遠不用抹去。

想當然耳，接下來的發展變成我父親菸酒無度——儘管他很多朋友無論婚姻和睦與否，照樣縱情菸酒。他才五十幾歲就中風，臥病數月後去世。想當然耳，我母親始終隨侍在側，讓他在家裡休養。他非但沒有溫言軟語，感謝她做的一切，反而用很不堪的話罵她，雖然因為他病，聽不太出來他在罵什麼，但她總是聽得懂，而他似乎頗為欣慰。

葬禮上有個女的跟我說：「你母親是聖人。」這女人的長相我記得很清楚，名字倒記不得了。成捲的白髮、通紅的雙頰、精緻的五官。含淚的低語。我當下就不喜歡她，眉頭一蹙。當時我大二，沒加入父親的兄弟會，也沒人邀我加入。我成天跟一群想當作家、演員的人混，他們頭腦都很好，成天游手好閒、批評社會，才剛變成無神論者。我對行聖人之舉的人毫無敬意，而且說老實話，我母親照顧父親，也不是想當聖人。她根本沒什麼高尚的想法。我每次回家，她沒有一次要我去父親的房間看看，或要我說些什麼跟父親和好。我也從來沒進過父親房間。沒有和解也沒有祝福。我母親明理得很。

到我九歲之前，母親可說把自己整個「奉獻」給我——我們倆都不會用這個詞，但我覺得很貼切。她親自教我讀書，再把我送去寄宿學校，這成了災難的開始。媽媽細心呵護的紫臉小傢伙，忽地給丟到一群小野蠻人之中，任他們輪番欺侮。可是我過得並不壞，至今我仍不解其因。我比同齡的孩子塊頭大些，或許多少有點關係，不過我覺得是因為我家早就一屋子怒氣沖天，我惹人嫌是家常便飯（即使這些都來自幾乎缺席的父親），所以別的地方相形之下都過得去，甚至可以接受，儘管是負面的忍受。沒人刻意對我好。他們還給我取了個綽號：葡萄堅果[1]。不過幾乎人人都有個不雅的綽號。有個腳特別臭、每天洗澡也沒用的男生，開開心心接受了「阿臭」這綽號。我泰然處之，寫給我母親的信都在搞笑。她的回信則以略帶嘲諷的溫和語氣，跟我敘述鎮上和教會的大小事。我記得有次她寫的是大家為了怎麼幫下午茶小三明治切邊而爭執。她甚至會用幽默卻不刻薄的方式形容我父親，稱他為「大人」。

目前為止，我都把我父親說得像頭野獸，把我母親說成救星和守護神，我相信我說的是事實，但他們不是我這故事中唯二的主角，我家的氣氛也不是我唯一熟悉的氣氛（我指的是我上學前那段時間）。我覺得我這一生中最精采的戲，已經在我家之外的地方演過了。

最精采的戲。這樣寫我自己都不好意思，不知這種挖苦法會不會很俗濫。可後來我又想，如果你知道我後來在做哪行，我這樣看自己的生活，用這種方式來形容，不是很自然的事嗎？

---

1 Grape-Nuts。取笑主角的紫色胎記，兼罵他是瘋子（nuts）。

我成了演員。意外嗎？我大學時常和搞舞臺劇的人混，大四那年還導了一齣戲。戲裡有個常備笑料是用我自己當素材，說我演戲時可以一直把沒胎記的那一側對著觀眾，必要的時候還能倒著走到舞臺另一端，但當然是不用搞得這麼誇張。

那時國家廣播電臺會固定播戲劇，每週日傍晚的某個節目尤其很有想法，播的都是改編文學作品，莎士比亞、易卜生等等。我的聲音原本就能變換自如，經過一點訓練之後就更上手了。他們找我參與演出，一開始先演些小角色，但在電視時代來臨、廣播劇式微之前，我幾乎每週都有演出，也有一小群忠實聽眾。我雖收過聽眾來信，抗議用詞不雅或近親相姦的劇情（我們演過幾齣古希臘劇），但整體來說沒什麼人對我有意見，我母親原本還很擔心。她自己也是每週日傍晚迫不及待，準時坐在收音機旁當我的忠實聽友。

電視普及，表演生涯告終，當然，對我而言是結束了。但我的聲音還是很吃香，就這麼找到了播報員的工作，一開始在溫尼伯，之後又回到多倫多。我職業生涯的這最後二十年，都是主持週間下午的某個音樂集錦節目，不過選這些音樂的人不是我（大家常以為是我）。我其實不怎麼懂音樂，卻成了人見人愛又有點個性的廣播長青樹。很多人寫信到節目來，從老人安養院、盲人院，到開車通勤族；從中午一人在家忙著烤東西、燙衣服的家庭主婦，到在田裡開拖曳機翻土耕田的農夫，不一而足，遍布全國。

我終於退休時，讚美之辭如雪片般飛來。聽眾紛紛說自己難抑傷痛，宛如失去至親好友。言下之意，他們一週五天某段固定的時間，有我幫他們填滿。那個時段便安心愉快而充實，他們不至於無所適從，也為此真的很感謝我（雖然有點不好意思）。意外的是，我也感染了他們的情緒。我得小心控制自己的聲音，免得在節目中讀他們來信時哽咽語塞。

然而關於節目的記憶，連同我自己的記憶，很快就淡去了。我有了新的投入目標，與過去一刀兩斷，回絕了主持慈善義賣及回顧廣播生涯的演講機會。我母親高齡過世，但我沒把房子賣掉，只是租了出去。現在我打算出售，也通知了租客。我計畫自己先住在那邊一陣，把房子徹底整理一番，尤其是花園。

我這幾年並不寂寞。除了聽眾以外，我還有朋友，也有幾個女人。有的女人會覺得男人需要女人在一旁打氣加油，自然也精通此道，且樂於帶著你在人前招搖，顯示自己的博愛。我很提防這種女人。這些年和我最親的是電臺的櫃檯小姐，人很好，腦袋清楚，單親媽媽帶四個小孩。我們那時有種默契，等她最小的孩子獨立了就同居。結果她的么女居然懷了孕又不願離家，我和她原本對未來的規畫，還有我們的感情，不知何故也就漸漸褪色。我退休搬回老家後，和她仍用電子郵件保持聯絡，我還邀她來看我。結果她突然宣布說要結婚，搬去愛爾蘭。我著實大吃一驚，也或許因為覺得被狠狠將了一軍，竟然忘了問她，那她的么女和外孫女要不要一起搬去。

花園一團糟，可是我在花園比在屋子裡舒坦。我們家外觀雖然看來沒變，但裡面簡直整個大改造。我母親把後面的小客廳改成臥室，小廚房改成有全套衛浴設備的浴室。後來為了租客，又把天花板壓低，換上比較便宜的門，貼上鮮豔的幾何圖案壁紙。花園就沒這麼大興土木，只是一大片長久乏人照料的地。多年生植物在雜草叢中依然長得茂密。有六、七十年歷史的一整片大黃，蓬亂的葉片比傘還大。六顆蘋果樹都在，長著被蟲蛀的小蘋果，品種名稱我記不得。我已經清過的區域相形之下小得可憐，但清出來的雜草和枝葉堆得如山高，我還得自己掏腰包找人來拖走。鎮上現在不准在空地生火了。

這一大片花園以前是園丁彼得管的，我忘了他姓什麼。他總是拖著一條腿，頭歪一邊，不曉得是不是以前出過意外或中過風。他動作慢但很勤快，就是脾氣不太好。我母親跟他說話總是把聲音放得很柔和，不擺架子，提議的卻是把花床改成他不怎麼喜歡的樣子，最後倒也如願以償。他不喜歡我，因為我老是去不該去的地方騎小三輪車，還老是躲在蘋果樹下，也因為他八成知道我偷偷叫他「鬼祟的彼得」。不曉得我從哪兒學來這詞，是漫畫裡的嗎？

他為什麼看到我總是一肚子火唸個不停？我剛剛突然想到有個原因，怪了，之前怎麼沒想到呢。我和他都有缺陷，都是身體傷殘的受害者。你以為這種人會同病相憐，事實往往正好相反。每個人都可能讓你想起寧願趕快忘掉的事。

但我不確定是不是這樣。我母親總是把一切打點妥當，所以我大多時候不會意識到自己的情況。她說要在家教我讀書，表面上說是因為外面流行支氣管的病，怕我染上新生頭兩年最易感染的細菌。別人信不信她我不知道。至於我父親，他看什麼都不順眼，家裡上下無一倖免，我實在不相信他只會找我碴。

這裡我得舊話重提——我想我母親做得沒錯。太過強調某個明顯的缺陷、旁人挑釁與聯手欺侮，會在我還很小的時候造成創傷，而我無處可躲。現在時代不同了，對我這種情況的孩子造成的創傷，不是嘲弄與排擠，反而是過分關愛、刻意做給別人看的親切。至少我自己覺得是這樣。我母親可能早就知道，那個年代的生命力、事蹟與民間傳說，都源自人根本的劣根性。

直到二十年前，也可能更久以前，我們家這塊地上還有間房子。我印象中是間小穀倉，也可說是較大的木造工具間，彼得都把他的工具放在那邊，我們家用過一陣但後來不用的東西，也暫時擱在那裡，看要怎麼處理。只是這房子在我們換掉彼得、新人上任不久便給拆了。新人叫吉妮和法蘭茲，是對很活潑的年輕夫妻，兩人開著自己的卡車，載來自己買的先進設備。後來他倆因為投入小農事業，就沒在我們家做了，但會叫他們家十幾歲的孩子過來幫我們剪草，況且我母親那時對什麼事都提不起勁。

「我已經放手不管了。」她說。「真神奇，說不管就不管，好簡單。」

講回那房子吧——我還真會東拉西扯，都沒講到重點嘛。在那房子變成儲藏室和工具間之前，裡面有段時間是住了人的。我爺爺奶奶雇用了貝爾斯夫妻，他倆同時身兼廚師、管家、園丁、司機等職。爺爺有一輛佩卡德豪華房車，卻從來沒學過怎麼開。到我那時候，貝爾斯夫妻和那輛佩卡德都消失了，但大家還是管那間屋子叫「貝爾斯小屋」。

我小時候，「貝爾斯小屋」有幾年租給一個叫雪倫·薩托斯的女子，她和女兒南西同住。她原本和丈夫一起搬到這個鎮，他是醫生，想在這裡找地方首次開業，結果不到一年，他就因血液中毒而死。她帶著小寶寶留在這裡，卻沒有錢，據說也沒有人——沒人能伸出援手，也沒人願意收容她們母女。後來她在我父親的保險公司裡找到事，就搬進「貝爾斯小屋」了。我不確定這是怎麼安排的，她們搬進、搬出，我毫無記憶。當時「貝爾斯小屋」漆成灰灰的粉紅色，我一直以為那是薩托斯太太選的顏色，彷彿別的顏色的房子她都沒法住。

我當然得叫她薩托斯太太，但我知道她的名字，別的太太的名字我就不怎麼清楚了。那時候「雪倫」這名字並不常見，而且我週日主日學唱的詩歌裡也有這個字。我母親讓我去上主日學，因為一直會有老師在旁盯著，又沒有下課時間，比較安全。我們一起唱詩歌，歌詞打在布幕上。我們其實大多都還沒學會認字，但光從字母一字排開的形狀，多少能猜到意思。

西羅亞小河清涼樹蔭旁
百合長得真甜美
山下氣息多芬芳
是沙崙[2]沾著露水的玫瑰

---

2 Sharon在〈雅歌〉2:1中譯為「沙崙」（「我是沙崙的玫瑰花，是谷中的百合花。」）。

我不敢相信布幕的一角居然有朵玫瑰，但我當時真的看到一朵，現在也看得到。褪色的粉紅，那種氣息化為「雪倫」這名字。

倒不是說我愛上了雪倫．薩托斯。我愛人的經驗，可說從還包著尿布學走時就開始，對象是我們家的年輕女傭貝西，很男孩氣的女生。她用嬰兒車推著我出去散步，還把我放在公園的鞦韆上盪得老高，高得差點過頂。後來我又愛上母親的朋友，她外套有絲絨領子，嗓音也柔滑如絲絨。雪倫．薩托斯不是這一類愛戀的對象。她沒有絲絨般的聲音，也沒討好我的興致。她個子高又這麼瘦，當誰的媽看來都不太對勁——她身上半點曲線也無，秀髮如太妃糖般褐色滾金邊，在二戰那個年代，她仍留著帶劉海的短直髮；唇膏豔紅，搽得老厚，像海報上的電影明星。她在家多半穿和服，上面有些白鳥（鸛？）的圖案，那鳥腿會讓我想到她的腿。她常躺在沙發上抽菸，不時把雙腿輪流打直踢向空中，輕巧的室內拖鞋就這麼跟著飛了出去，不知這招是為了讓我們開心還是自娛。碰上她不生我們氣的時候，她聲音就低沉下來，帶點惱，不是兇，但也絕無明理或溫柔或責備的意味。圓潤的嗓音裡藏了一絲憂傷，我知道做母親的常會這樣。

你們這些小呆瓜，她這麼叫我們。

「滾出去，讓我靜一靜，你們這些小呆瓜。」

我們拿來南西的玩具車，把地板當賽車場時，她多半已經躺在沙發上，肚子上擺個菸灰缸。她到底要多靜才能「靜一靜」？

她和南西吃飯的時間很不固定，而且吃的是某些特定的食物。她進廚房給自己弄點心，出來也不會幫我們端上熱可可或全麥餅乾。不過換個角度想，她倒是讓南西自己去罐頭裡舀蔬菜湯喝（那湯稠得跟布丁一樣）、從盒子裡抓早餐米果吃，她不會說什麼。

難道雪倫・薩托斯是我父親的情婦？他給她工作，讓她免租金住在粉紅小屋裡？

我母親講起她的語氣總是和藹，還常提到她丈夫年紀輕輕就過世真是苦命。無論那時我們家雇的是哪個女傭，她常跑的腿就是送東西到她們家——蔓越莓、剛收成的馬鈴薯、帶豆莢的新鮮豌豆，全是我們家園子種的。我最記得的是豌豆，也記得雪倫・薩托斯，人還躺在沙發上，用食指一邊翻動豌豆莢，一邊問：「這些豌豆要拿來幹麼啊？」

「妳把豌豆加水放在爐子上煮。」我好心地說。

「真的假的？」

我從沒看過我父親和她在一起。他很晚下班，到了家早早上床，這樣才有精神做他那些運動。有幾個週末，雪倫會搭火車去多倫多，但總是帶著南西。南西回來時，會跟我說一堆她的奇遇，還有看到的好東西，像是聖誕老人遊行之類。

當然也有某些時候，南西的媽媽不在家，也沒有穿著和服躺在沙發上。所以或許可以說，她沒在抽菸、發懶的時候，就是在我父親的辦公室上班——那個我從未得見的傳奇之地，當然那兒也不歡迎我去。

南西的媽媽去上班，而南西又得在家的時候，有個壞脾氣的卡德太太會坐著聽廣播肥皀劇，她會在廚房找東西吃，我們一進廚房就會被她趕走。我倒是從沒想過，既然我和南西常玩在一起，我母親其實可以幫忙看著我們倆，或是叫我們的女傭幫忙也可以，這樣就不必雇卡德太太了。

現在想來，那時我和南西只要醒著都玩在一塊兒。那應該是我大概五歲到八歲半的時候，南西比我小半歲。我們多半在戶外玩——那時一定是雨天，因為我印象裡，只要我們在屋裡玩，就會惹南西的媽媽不高興。我們不可以進菜園，也要很小心不踩到花，但我們還是不斷在莓果田裡跑進跑出、鑽到蘋果樹下、在小屋後一片髒亂的空地玩耍。我們家把防空洞和躲德國人的藏身處都蓋在那邊。

我們這個鎮的北邊還真有個訓練基地，貨真價實的飛機不斷掠過我們頭頂。有一回還發生墜機事件，只是飛機直接栽進湖裡，我們都很失望。因為戰時大家講的都是打仗的事，我們也連帶把彼得當成當地的敵人或納粹，把他的剪草機當坦克。有時我倆會從掩護軍營的蘋果樹上摘蘋果丟他。他有次受不了，跟我母親告狀，我們原本要去的海灘之旅便泡了湯。

我母親常帶南西跟我們去海灘玩，不過不是去我家懸崖下面有水滑梯的那個，而是一處比較小的海灘，還得開車過去，但那邊就沒有吵鬧的泳客。其實我們倆游泳都是她教的。南西膽子比我大又好動，這點我就是看不順眼，所以有次我趁著浪來，把她拖進水裡，坐在她頭上。她奮力踢水，憋著氣，居然掙脫了我。

「南西還小。」我母親罵我。「她是小女生，你應該把她當小妹妹。」

我確實是這麼做啊。我並不覺得她比我弱，她個頭比我小沒錯，但有時個頭小也有好處。她爬樹時可以像猴子在樹枝間吊來盪去，但那樹枝卻承受不了我的重量。某次我們打架（至於我們為什麼打架，我一次都記不得），她咬了我護著自己的手臂，害我流血。那次的結果是我們被判分開一週，但我們隔窗恨恨瞪著對方沒多久，就變成用渴盼與懇求的眼神互望，禁令於是解除。

冬天整個家都是我們的遊戲場。我們築起雪堡，搭起柴薪裝飾，還備妥充足的雪球彈藥庫，誰來就朝誰丟。不過這條街是死巷，沒什麼人經過，我們只好堆了個雪人，予以連番砲轟。

碰上暴風雨害我們出不了門，我母親就是當家。萬一我父親頭痛在家臥床，我們就得整天輕聲細語，由母親唸故事給我們聽。《愛麗絲夢遊仙境》，我記得。愛麗絲喝下讓她長大的藥水，害她卡在兔子洞裡，我倆聽得好心焦。

你可能會納悶：那我們有玩過性遊戲嗎？答案是「有」，我們當然也玩過。我還記得有天熱得要命，小屋後有個帳棚不知怎地丟在那邊沒人管，我們為此爬進去，探索彼此的身體。帆布泛著某種撩人卻青澀的味兒，如我們脫去的內衣。我們用各種方式互相搔癢，玩得雖然開心，但沒多久就搞得一肚子氣，滿身大汗又癢不說，羞愧也隨之而來。等我們爬出帳棚，感覺比平日更生疏，怪的是，也更加提防對方。我不記得兩人是否故技重施，且得到一樣的結果，但就算事實如此，我也不會意外。

我現在反而記不得南西的長相，她媽媽的樣子我還記得比較清楚。我想她的髮色應該和她媽差不多吧，或者假以時日也會變得很像，她的金髮原本會自然轉為褐色，但因為太陽曬太久，髮色都曬淡了。皮膚則是近乎紅色的玫瑰紅。沒錯，我可以想見她紅通通的雙頰，簡直像蠟筆塗上去的，當然這也是夏天老在戶外玩的結果，何況她精力十足攔都攔不住。

不用說，我家各個房間都是禁地，只有幾間我們可以進去。我和南西做夢也不敢上樓或下地窖，或去前面的小客廳或飯廳。但換成小屋，哪兒我們都可以去，唯二的例外是南西的媽媽想「靜一靜」的地方，和卡德小姐聽廣播時霸占的地盤。若碰上午後連我們都吃不消的酷熱，地窖就是避暑的好去處。地窖的樓梯沒有扶手，所以我們得一階一階勇敢往下跳，跳到硬泥土地上。跳膩了就爬上舊行軍床，在床上跳上跳下，幻想自己鞭打想像中的馬。有次我們還偷了南西媽媽菸盒裡的菸，兩人合力偷抽一根（我們不敢多拿）。南西已經練過很多次，比我還會抽。

地窖裡還有個木頭五斗櫃，櫃子上擺了幾罐快乾掉的油漆和亮光漆，有各式各樣硬得像石頭的油漆刷、攪拌棒，還有拿來試調顏色或試刷子的板子。幾罐油漆的蓋子還緊閉著，我們費了點勁兒打開，發現罐內的油漆還攪得動，也可以刷。於是我們花了點時間，先把硬梆梆的油漆刷泡進罐內，再朝五斗櫃使勁敲，希望可以把刷子弄鬆，結果不但搞得一團糟，刷子也還是一樣硬。但後來我們在某個罐裡找到松節油，終於有點效果，刷子可以用了。那時因為母親在家教我，我的閱讀和拼字大概有個程度，南西也差不多，她已經讀完二年級。

「我寫完妳才可以看喔。」我對她說，把她輕輕推開。我已經想到可以寫什麼。她自己手上也沒閒著，正拿著刷子在一罐紅油漆裡猛攪。

我寫下「納粹到此地告一遊」[3]。

「妳現在可以看了。」我說。

她背對我，但同樣揮動著刷子。

她回我：「我在忙。」

等她轉過臉來，她已經在自己臉上塗了一大片紅漆。

「我現在長得跟你一樣了。」她說，把刷子刷向頸間。「我現在長得跟你一樣了。」

她講得眉飛色舞，我以為她在嘲笑我，但她聲音裡掩不住的卻是大功告成的滿足，彷彿這是她畢生奮鬥的目標。

現在我得好好解釋接下來幾分鐘發生的事。

首先，我覺得她的樣子好恐怖。

我不信我臉上有哪個地方是紅的，其實當然也沒有。我的胎記有一半是胎記常見的紫色，而且我想我前面說過了，我長大後，胎記的顏色就淡了些。

但我心裡想的胎記卻不是這個模樣。我覺得我的胎記應該是淡褐色，像老鼠的毛皮。

我母親是明理人，不會誇張到不准家裡有鏡子。但鏡子有時對小小孩來說還是掛得太高，照不到自己，尤其是浴室裡那面。我唯一照得到的是客廳的鏡子，白天顯得昏暗，晚上發著微光。想必如此，我才以為我有半邊臉是略淡的暗色，毛茸茸的陰影。

我一直這麼以為，所以南西把自己的臉刷上紅油漆，簡直就是侮辱，一種挑釁的玩笑。我使盡全身力氣把她推向五斗櫃，撇下她一口氣跑上樓。我猜我是想跑去找面鏡子，或是找個人問問南西是不是搞錯了。萬一結果證明是她錯，我便可以恨她入骨。我會好好懲罰她，但那一刻，我沒空想該怎麼罰。

我穿過小屋——雖然那天是星期六，卻不見南西媽媽的人影。我狠狠摔上小屋的紗門，跑過碎石路，再跑過層層劍蘭之間的石板路。母親原本在後院涼棚下坐著看書，我見她從籐椅上起身。

「不是紅的。」我邊喊邊抽噎，淌下憤怒的淚。「我不是紅的。」她一臉詫異，走下臺階，但還是不知發生了什麼事。追著我跑出小屋的南西隨即趕到，塗了油漆的臉滿是愕然。

我母親剎時懂了。

---

3 原文是「NAZI WAS IN THIS SELLER」，SELLER 應為 CELLAR，主角的筆誤。

「妳這可惡的畜生。」她朝南西大喊，我從沒聽過她這種聲音。高亢、放肆、顫抖的聲音。

「妳不准再接近我們，妳敢妳就試試看。妳這個壞胚子，還有沒有人性哪？沒人教過妳……」

南西的媽媽走出小屋，溼漉漉的頭髮垂在眼前，手裡還拿著毛巾。

「我的老天爺，我連在這裡洗個頭也……」

我母親一樣朝她尖叫。

「妳不准在我和我兒子面前用這種字眼……」

「噢，就會唸唸唸，」南西的媽媽立時回嘴：「妳自己聽聽妳，鬼喊鬼叫個什麼勁兒……」

我母親深吸一口氣。

「我——沒——鬼——喊——鬼——叫。我只是要跟妳那個沒人性的小鬼說，我們家永遠不歡迎她。她怎麼這麼惡毒，居然取笑我兒子的長相，他長這樣，難道他願意啦？妳怎麼教她的？連一點規矩都不懂。我帶她跟我們一起去海灘，她連謝都沒謝一聲，也不懂得說『請』說『謝謝』。這也難怪，有個披件睡袍就大搖大擺出來的娘……」

這堆話從我母親口中傾瀉而出，宛如混著暴怒、痛楚與荒謬的滾滾洪流，即使我正扯著她的衣角，說：「別這樣，別這樣。」

雪上加霜。我母親的淚奪眶而出，她想說的話哽在喉頭，全身發抖。

南西的媽媽一把撩開溼髮，只是站在那兒看。

「我跟妳說，」她開口：「妳要是一直這副德性，肯定有人會來把妳送進瘋人院。妳老公嫌妳，妳又有個花了臉的小鬼，我有什麼辦法？」

我母親把臉埋在掌心裡痛哭起來：「噢——噢。」彷彿痛苦正大口吞噬她。當時在我們家幫傭的薇瑪也走出涼棚勸她：「太太，別這樣，太太。」然後提高音量朝南西的媽媽喊。

「妳回去。妳回屋裡去。妳快走。」

「噢我會回去的，別擔心，我會。妳以為妳是哪顆蔥，指使我做這做那？妳還得幫個瘋子老巫婆做事，很開心吧？」之後她轉向南西。

「我的主耶穌啊，這下要怎樣才能把妳洗乾淨？」

接著她提高音量，故意讓我聽見。

「他這跟屁蟲。妳看他巴著他老媽媽的樣子。妳不准再跟他玩了。老媽媽身邊的跟屁蟲。」

薇瑪和我一邊一個扶著我母親，想帶她回屋裡去。她止住了方才那陣叫囂，整理了自己，刻意裝出開心的語氣，高聲說給小屋的人聽。

「幫我去拿園藝剪刀好嗎，薇瑪？我人在外面，正好順便修剪一下劍蘭。有些都枯掉了。」

可是等她弄完，劍蘭卻灑遍了整條石板路，沒有一株是站著的，也沒有一株枯萎或盛放。

這些想必是星期六發生的事，我說過，南西的媽媽在家，薇瑪也在。薇瑪星期天不過來。隔週一，或者更早一點吧，我很肯定小屋就空了。也許是薇瑪在俱樂部會所找到我父親，也可能是在高爾夫球場，反正不管是哪兒，總之他回家後，先是很不耐煩，凶巴巴的，但很快就讓步了。也就是，在叫南西和她媽走路這件事上，我爸讓步了。我不曉得她們母女去了哪裡，說不定他幫她們先找了旅館暫住，等找到下個住處再說。我覺得南西的媽媽應該不會對搬家小題大作。

我為什麼再也沒見過南西？原因我逐漸想起來了。起先我很氣她，她搬走我根本不在意。後來我問過她的下落，但我母親只是敷衍兩句打發我，不願再回想對她、對我都痛苦的那一幕，那想必就是她認真考慮要送我去寄宿學校的時候。老實說，我想應該就是那年秋天，他們把我送進雷克菲爾德學校。我母親打的算盤可能是：我一旦在男校適應了，跟女生玩的那段記憶應該就會慢慢淡去，而且或許會變得無足輕重，甚至荒唐。

父親葬禮後隔天，母親問我是否願意帶她出去晚餐（當然是她帶我出去），我還真嚇了一跳。地點是沿湖幾哩路之外的某餐廳，她想那邊應該沒有人認得我們。

「我只是覺得在那屋裡關了一輩子了。」她說。「總得出來透透氣。」

她很謹慎地打量餐廳，說確實沒有我們認識的人在場。

「一起喝杯葡萄酒吧？」

我們開了這麼一段路，就是為了讓她在大庭廣眾下喝酒？

等酒端上來，我們也點好菜，她開口：「我想有件事應該讓你知道。」

有些話就是這樣，聽著不舒服，又不得不聽。所謂你應該知道的事，很可能是個重擔，而且這句話還暗示：別人不得已背著這重擔如此之久，你卻無事一身輕。

「我爹不是我親爹？」我說。「好耶。」

「別鬧了。你還記得你那個小朋友南西？」

我其實有一會兒真的不記得了。我說：「不太記得了。」

這時我和母親的所有對話都要用上應對策略。我必須維持一貫的輕鬆幽默、無動於衷，她的聲音與臉龐則暗藏哀戚。她從不埋怨自己受的苦，但她告訴我的故事裡，總有那麼多無辜受折磨的人，那麼多的不義。這讓我在回到朋友身邊、回到我的幸福生活時，心情總是很沉重。

我不想配合。她想要的或許只是我流露一絲同情，也可能是溫柔的動作。而我不想給。她是要求很多的女人，年老在此時對她還不是影響，但我不想靠她太近，生怕她帶來揮之不去的陰霾、會傳染的黴菌。我尤其避談我的缺陷，感覺起來她卻似乎特別珍惜這一點——我必須坦承，這是打從我在她子宮裡，就把我和她繫在一起的枷鎖，我掙脫不了。

「你如果常在家，大概就會聽說這件事。」她說。「但這是在我們送你去學校之前沒多久的事。」

南西和她媽媽住進我父親名下位於廣場的公寓。某個明朗的秋日清晨，南西的媽媽發現，女兒在浴室用刮鬍刀刮了自己臉頰一道。地板和水槽都有血，南西身上也是血跡斑斑。但南西不曾放棄自己的目標，連哼都沒哼一聲。

我母親怎麼會知道這件事？我只能猜這件事應該傳遍了鎮上，本來是不該說的，但內容太血腥（這裡確實是字面的意思），又非講細節不可。

南西的媽媽幫她裹上毛巾，想辦法送她去了醫院。當時沒有救護車，所以很可能是在廣場上招了車。她為什麼沒打電話給我父親？無所謂了——反正她沒打。這一刀割得不深，雖然血濺四處，但沒切到主要血管，失血不算太多。南西的媽媽一直痛罵她，問她腦子是不是壞了。

「妳是我的寶貝啊，」她不住說著：「妳這樣的孩子。」

「要是當時現場有社工人員，」我母親道：「這可憐的孩子一定會被兒童救助協會帶走。」

「那是同一邊臉頰，」她又說：「和你一樣。」

我忍著不語，假裝不曉得她的意思，卻又非接話不可。

「那時她整張臉都是油漆。」我說。

「沒錯，可是她這次小心多了，她只割那一邊臉頰，想盡辦法就是要變得像你。」

這回我著實得費點力氣才能一聲不吭。

「假如她是男生，那就不同，可是女生碰上這種事，實在太慘了。」

「現在整形手術很發達。」

「噢，也許吧。」

過了半晌，她說：「好深啊。小孩的這種感情。」

「總會過去的。」

她說不曉得那母女倆後來怎樣了，又說很高興我之前從沒問過，因為她狠不下心在我還小的時候，跟我說這麼慘的事。

我不知這件事對別的事有沒有影響，但我得說，我母親活到一大把歲數，完全變了個人，講話沒個正經，又老異想天開。她說我父親一直是個很棒的愛人，她自己則是個「滿壞的女孩」，還說我早該娶那個「往自己臉上劃一刀的女孩」，因為我們倆都無法在對方面前吹噓自己是大好人。她尖笑道，我們倆半斤八兩，都是一團糟。

我有同感。當年我還滿喜歡她的。

前幾天我在某顆老樹下清理爛掉的蘋果，結果給黃蜂螫了，而且正好螫在眼皮上，馬上腫得我什麼都看不見。我只好用單眼開車去醫院（腫的那隻眼睛在我臉上「好」的那一邊），結果院方要我留院一晚，我還真嚇了一跳。他們說是因為我打針後，兩隻眼睛都得包起來，免得那隻正常的眼睛太勞累。於是我有了所謂的無眠夜，動不動就醒過來。當然，醫院本來就沒一刻安寧，而且因為我眼睛看不見，雖然時間不長，聽覺卻似乎靈敏許多。某種腳步聲踏進我房門時，我立時曉得那是女人的腳步聲，而且我有感覺，她不是護士。

不過她開口說：「太好了，你醒了。我是來幫你讀東西的。」我以為我想錯了，她還真的是護士。我隨即伸出一隻手臂，想說她一定是來讀所謂的生命徵象之類。

「不是，不是。」她回道，聲音輕而篤定。「我是來唸書給你聽的，如果你有興趣的話。有人覺得閉眼睛躺著很無聊，喜歡有人來唸點東西給他們聽。」

「他們會挑自己要聽什麼嗎？還是妳挑？」

「他們挑，不過我偶爾會請他們回想自己念過的東西。像有時我會想辦法讓他們回想《聖經》的故事，看他們記不記得念過《聖經》哪些段落。要不然就是他們小時候讀過的故事。我身邊帶著一大堆材料呢。」

「我喜歡詩。」我說。

「你好像沒有很愛的樣子。」

我自己清楚，她說的沒錯，我也曉得為什麼。我以前在廣播電臺有大聲讀詩的經驗，也曾聽受過訓的播音員讀詩。某些人朗誦的風格我聽著很順耳，有些我就很不喜歡。

「那我們可以來玩個遊戲。」她說，像是我已經跟她講了緣由，但其實我一個字也沒說。「我可以先唸一、兩句給你聽，然後我不唸，看你能不能接下一句，好不好？」

我想到，她可能相當年輕吧，很想在工作上好好表現，急著找人配合她。

我說好。可是不要古英文的，我對她說。

「『國王坐在當佛林鎮上[4]……』」她開了頭，尾音拖著問號。

「『飲著血紅的酒……』」我接下去，兩人就這樣你來我往，玩得很開心。她朗誦的速度雖聽得出稚氣的炫技，但唸得很不錯。我逐漸喜歡起自己的聲音，偶爾不覺加進點演戲的誇張語氣。

「真不錯。」她說。

「『還要帶你去看百合生長的地方／在義大利的河岸[5]……』」

「是『生長』（grow）還是『吹動』（blow）？」她問。「我手邊其實沒有收這首歌的書，我應該記得住的。沒關係。很不錯嘛。我一直很喜歡你廣播的聲音。」

「真的？妳有聽啊？」

「當然啦，很多人都有聽啊。」

她不幫我起頭了，讓我自己滔滔不絕背下去。你可以想像那一幕吧。〈多佛海灘〉[6]、〈忽必烈汗〉[7]、〈西風〉[8]、〈野天鵝〉[9]、〈悼青春〉[10]。嗯，搞不好沒這麼多首，或許我沒背完也說不定。

「你快喘不過氣啦。」她說，靈巧的小手掩著我的嘴，然後把她的臉（或說臉側）貼上我的臉。「我得走了，不過走前我再出一題，而且要難一點，我不幫你起頭。

「『無人為你哀悼良久／為你祈禱，懷念你／你的位置空留……』」

「我沒聽過這首。」我說。

---

4 出自蘇格蘭歌謠〈派翠克．史奔斯爵士〉（Sir Patrick Spens）。

5 出自蘇格蘭歌謠〈惡魔情人〉（The Demon Lover）。

6 *Dover Beach*。英國詩人馬修．阿諾德（Matthew Arnold, 1882-1888）作。

7 *Kubla Khan*。英國詩人柯立芝（Samuel Taylor Coleridge, 1772-1834）作。

8 *TheWest Wind*。英國詩人梅斯菲德（John Masefield, 1878-1967）作。

9 主角應是指 *The Wild Swansat Coole*（〈庫爾的野天鵝〉）。愛爾蘭詩人葉慈（William Butler Yeats, 1865-1939）作。

10 主角應是指 *Anthem forDoomed Youth*（〈青春輓歌〉）。英國詩人歐文（Wilfred Owen, 1893-1918）作。

「真的？」

「真的。妳贏了。」

這時我覺得有什麼不對勁。她似乎心不在焉，有點氣惱。我聽見雁群飛過醫院上空的叫聲。牠們總是在每年這時候練飛，逐漸拉長練飛的距離，然後某天就會整群飛走。我逐漸醒轉，既詫異又氣憤，原來那夢境如此真實。我好想回去那夢裡，讓她把臉貼著我的臉。她的臉頰，貼著我的臉頰。但夢卻無法說來就來。

我眼睛回復正常後，便出院回家。我四處找她在夢裡留給我的那幾句。翻了幾本詩集，沒找到。我開始懷疑那幾句並非出自真的詩，而是夢裡想出來的，來把我搞得一頭霧水。

是誰想出來的呢？

但那年秋天我整理出一堆舊書，準備捐給慈善義賣會，一張發黃的紙掉了出來，上面有幾行鉛筆字。那不是我母親的筆跡，更不可能出自我父親之手。那會是誰的？不管是誰，反正最下方寫著作者的名字。華特・德・拉・梅爾[11]。沒有詩題，我也不認得這個作家。但我肯定在什麼時候看過這首詩，或許不是在這本書裡，而是在課本裡。想必我是把這些字深埋心底，為什麼？就為了讓這些字嘲弄我？或是讓一個很有主見的小女生幽靈，在夢裡嘲弄我？

沒有時間治不好的傷口
沒有挽不回的背叛失落
那就讓靈魂得慰藉
儘管愛人者與被愛者
與他們共享的所有
總會天人永隔

豔陽燦爛細雨歇
繁花迎風理秀顏
此日美好無限

11 Walter de la Mare, 1873-1956，英國詩人、小說家。

莫為愛與責任愁
早已遺忘的朋友
或將在生死關頭等候
無人為你哀悼良久
為你祈禱，懷念你
你的位置空留
不見你人影

這詩並沒害我心情盪到谷底。奇怪的是，它像是支持了我那時已想好的決定——這房子不賣了，我要留下來。

這裡有事發生過。你的一生中總會有些地方，也說不定只有一個地方，有些什麼發生過，之後還會有別的地方。

當然，我知道，如果我在路上看到南西（好比說在多倫多的地鐵上），我們臉上有可以相認的標記，我們很可能會想辦法講些手足無措、言不由衷的話，匆匆列舉幾件自己這些年來發生的事（都是沒意義的事）。我或許會注意到動過手術、幾乎完好如初的臉頰，或一道明顯的傷口，但我們大概根本不會提起這回事。也許我們會講到孩子。這不是沒可能，無論她的臉整過沒有。也或者聊聊孫兒、工作。我應該用不著跟她說我的情況。我們也許都會大吃一驚，真情流露，迫不及待想溜。

你以為碰個面就會改變什麼？

答案是，當然，一陣子吧，永遠不會。

某些女人

有時想到我有多老，自己也不免驚異。我還記得以前我住的鎮上，到了夏天街上總會灑水，不讓灰塵滿天飛；女子總是緊繫肚帶、穿著撐起裙子的圈環（這些配件硬到擺著也不會倒）。我也記得那個時候，有些事情你完全無能為力，就像小兒麻痺和白血病。有些小兒麻痺的患者，無論最後腳有沒有跛，仍會逐漸康復。但白血病患者就只能臥病在床，熬個幾星期、幾個月，在哀傷的氣氛中一步步走向生命盡頭，然後死去。

也正因此，我十三歲那年暑假，找到了生平第一份工作。少主人柯羅舍先生（名布魯斯）大戰時是轟炸機飛行員，戰後安全返鄉，進大學念歷史，畢了業、結了婚，現在卻得了白血病，和妻子搬回來跟繼母（也就是柯羅舍家的老夫人）一起住。少夫人席薇雅每星期有兩天下午會去約四十哩外的大學教暑期班，那也是他們夫妻倆相識的地方。她去上班的時候，就由我來負責照顧少主人。他睡在樓上前排邊間的臥室，不過還是可以自己起身上廁所。我的工作只是幫他倒水、拉放窗簾，在他搖床頭小鈴的時候，去看看他需要什麼。

通常他搖鈴只是想要挪開電風扇。他喜歡電風扇的風，但不喜歡風扇的聲音。所以他想先把風扇拿到房裡吹一陣子，再拿到門外，但把門敞開，讓風扇靠門近一點。

我媽聽了這種安排，很納悶他們幹麼不讓他住到樓下的臥室。樓下的天花板是挑高的，房裡比較涼。

我跟我媽說，樓下沒有臥室。

「唉喲我老天，他們難道不能做一間？暫時的也好？」

這代表她不怎麼了解柯羅舍這家人，也不懂柯羅舍家老夫人的規矩。老夫人拄枴杖。我上班日的下午，她會一步一步敲著手杖上樓去看她繼子，那聲音令人發毛。我想我不上班的下午，她也不會上樓去看他。還有一種時候她非上樓不可，那就是夜裡就寢時。無奈在樓下設臥室，等於要在小客廳裡裝廁所，必會惹她勃然大怒。所幸樓下的廚房後面就有廁所，但我很肯定，假如全家唯一的廁所設在樓上，她寧可吃力地爬上樓如廁，也不肯在樓下大興土木蓋廁所，搞得她緊張兮兮。

我媽想從事骨董業，所以對柯羅舍家裡的陳設很感興趣。她還真的進來過一次，就在我第一天上工的那個下午。我當時人在廚房，聽她喊了聲「呦—呼」，還親熱地喚我的名字，我整個人驚得呆若木雞。她隨手敲了兩下門，便踏上廚房的階梯，接著是老夫人咚咚咚敲著手杖走出日光室的聲音。

我媽說她只是過來看看她女兒第一天上班上得怎樣。

「她還不錯。」老夫人說，站在通往客廳的門口，擋住能看到骨董的視線。

我媽沒能得逞，講了幾句我聽了都覺得丟臉的話就走了。當晚她說柯羅舍老夫人真是一點禮貌都沒有——那女的不過就是柯羅舍的第二任太太，柯羅舍先生去底特律出差時搭上她，底特律咧！難怪她會抽菸，頭髮染得跟焦油一樣黑，口紅塗得跟拿果醬抹嘴似的。她甚至不是樓上那個廢人的娘！她才沒那個腦袋。

（當時我跟我媽又吵了，這次是吵她不該跑去我上班的地方，不過那不重要了。）

在柯羅舍老夫人眼裡，我肯定和我媽一樣，是個貿貿然闖進來的外人，只顧自己高興。我上班的第一天下午，到後面的小客廳打開書櫃，審視那一整排排得整整齊齊的「哈佛經典叢書」。很多看起來都很艱深，我不敢碰，不過我倒是拿起一本貌似小說的書，書名是外文，*I Promessi Sposi*[1]。結果確實是小說沒錯，而且還是英文的。

我那時想必是覺得，不管你在哪兒發現了書，它們都是免費的，就像公共水龍頭的水一樣。

老夫人發現我拿著書，問我是從那兒拿的、拿來幹麼。我說我是從書櫃拿的，想帶到樓上去看。她不解的似乎是我在樓下拿了書，卻要去樓上看。「讀書」這事兒她倒沒多問，好像這活動遠遠超出她的理解範圍。最後她才說，我要是想看書，應該自己從家裡帶來。

反正 *I Promessi Sposi* 滿難讀的，我放回書櫃也無所謂。

病人的房間裡當然有很多書，「讀書」在那邊應該是獲准的行為。只是書大多面朝下攤開放著，或許是柯羅舍先生一會兒看這本，一會兒看那本，然後就擱一邊了。而且那些書的書名，我看著都沒什麼興趣。《文明經受著考驗》[2]、《反蘇大陰謀》[3]。

我外婆還叮囑我，盡量不要碰病人摸過的東西，免得染上細菌，而且我端水給他的

1《約婚夫婦》。義大利小說家曼佐尼（Alessandro Manzoni, 1785-1873）著。

2 *Civilization on Trial*。英國史學家湯恩比（Arnold J. Toynbee, 1889-1975）著，一九九〇年曾有繁體中文版。本篇女主角拿此書當和少夫人攀談的話題。

3 *The Great Conspiracy Against Russia*，賽耶斯（Michael Sayers, 1911-2010）與卡恩（Albert E. Kahn, 1912-1979）合著。一九八〇年曾有簡體中文版。

時候，要記得用一塊布隔開手。

我媽說白血病不是細菌傳染的。

「那是哪兒來的？」我外婆問。

「醫生也不知道。」

「哼。」

負責接我上班、送我回家的，是柯羅舍家的少夫人，儘管只是短程，從鎮上這頭到那頭的距離都不到，她還是開車載我。她高高瘦瘦，披著金髮，而且臉上的膚色還會變。有時她雙頰會長出塊塊紅斑，像抓過臉一樣。外面都在傳，說她年紀比她先生大，他是她學生之類的。我媽說居然沒人想到她先生是退伍軍人，念大學的時候，當然很有可能歲數比她大，但還是她學生。大家只因為她受過教育，就看她不順眼。

此外大家也說，她實在應該待在家照顧他，不該出去教書，她婚禮上不是答應要照顧對方一輩子嗎？我媽這時又來幫她說話，說她教書也不過一星期兩個下午，而且眼看不久後就得自食其力，不繼續工作怎麼行？再說，要是她沒法三不五時離開那個老太婆出去透透氣，你不覺得她會瘋掉嗎？我媽總是幫自食其力的女人說話，而我外婆總是挑她這點毛病。

某天我試著主動和少夫人（或說席薇雅）聊。我認識的大學畢業生就她一個，更何況她還是老師。當然，扣掉她丈夫不算，他來日無多了。

「湯恩比是寫歷史書的？」

「對不起妳說什麼？噢，對。」

我們對她都不重要。我、批評她的人、幫她講話的人。燈罩上的小蟲也不過如此。

老夫人真正在乎的是她那個花園。她請一個男的來幫她整理，這人和她差不多歲數，但手腳比她靈活。他就住在我們這條街上，而且坦白說，也就是透過他牽線，老夫人才雇我來幫忙。他在自己家裡專講別人的八卦，任院子雜草叢生，但到了柯羅舍家，可是剪枝蓋草、忙上忙下，老夫人則跟在他後面走來走去，倚著手杖，戴頂大草帽遮陽。偶爾她也會坐在長椅上，邊唸叨邊叫他做這做那，抽著菸。我剛上班的時候，居然有膽子走到修得整整齊齊的矮樹籬間，問她和那男人要不要喝杯水，她總是先大喊「小心我那排植物」，才對我說不要。

卻沒有人想到把花帶進屋裡。有好些罌粟花種子散了出去，在樹籬後長了好大一叢，都快長到路上了。我問可不可以摘一把放在病房裡裝飾一下。

「反正最後還不是死。」她回道，似乎沒意識到這句話在他們家的情況下，別有一層含意。

她聽到某些建議、某些想法，那張清瘦多斑的臉上便有肌肉顫抖，眼神倏地變得銳利凶狠，嘴蠕動著，像是裡面有什麼噁心的味道。她會在妳走著的時候忽地把妳攔下，像一叢怒放的荊棘。

我在那邊的上班日並不是連續兩天，就說是每週二和週四吧。頭一天只有我和病人與老夫人。第二天來了個人，之前沒人跟我說還有別人。我聽到車在車道上的聲音，然後有人迅速跑上後門階梯，沒敲門就進了廚房。接著有人喊「桃樂絲」，我不曉得那是老夫人的名字。那聲音是女人或女孩發出的，毫無顧忌、帶著調笑，感覺簡直就像那個講話的人正在搔你癢。

我跑下屋後的階梯，說：「我想她是在日光室。」

「乖乖隆的咚。妳是什麼人呀？」

我向她自我介紹了一番，也說了我在這兒的工作。這個年輕女子說她叫羅珊。

「我是女按摩師[4]。」

出現了一個我不懂的詞兒，我不太開心。我沒說什麼，她卻看出了端倪。

「把妳搞糊塗啦？嗯？我是幫人按摩的。妳聽過這種工作嗎？」

她開始打開袋子，把東西拿出來。各式各樣的墊子、布巾、罩著絲絨的扁刷。

「我需要一點熱水，把這些東西暖一暖。」她說。「妳可以幫我燒點水。」

這是座大宅，但水龍頭只有冷水，和我家一樣。

她顯然已經把我估量過了，覺得我願意聽她的話做事——尤其如果是她用哄的話。她沒想錯，不過她可能想不到，我之所以願意這麼做，主要是因為我自己好奇，不是被她籠絡。

才入夏沒多久，她已經曬黑了。過耳的直髮散發紅銅色的光澤——這年頭只要買瓶染髮劑就辦得到，但這種顏色不常見，而且在當時頗受歡迎。那對褐色的雙瞳、單邊臉頰上的酒窩，邊笑邊講邊幽你一默的姿態，讓你很難看清楚她到底漂不漂亮，多大歲數。

她的臀部渾圓高翹，一點兒沒有往兩邊長的贅肉。

4 原文為 masseuse，源自法文，女主角當時十三歲，還聽不懂。

她馬上便跟我說了，她剛搬到鎮上，丈夫在埃索加油站做修車技師，有兩個兒子，一個四歲一個三歲。「我花了一點工夫才曉得他們兩個是怎麼來的。」她說著，眼裡又閃著那種狡黠的光。

她們之前住在漢米頓，她在那兒學會了當按摩師，結果發現她頗有這方面的天份。

「『桃兒絲』呢？」

「她在日光室。」我又說了一遍。

「我曉得，我只是說著玩兒。妳現在可能還不曉得有人幫妳按摩是怎麼回事，不過按摩的時候，全身衣服都要脫掉。妳年輕的時候這還不是什麼問題，不過等妳老了就知道，還滿害羞的哩。」

她說錯了一件事，至少就我來看是一件事。你年輕的時候，全身衣服脫光光，也不太對勁呀。

「妳還是快溜的好。」

這次我坐在前面的樓梯間，她則忙著用水暖東西。我從這裡可以透過日光室敞開的門瞄一下——嚴格說來它已經不是日光室了，因為三面窗都被肥大的梓樹葉蓋得滿滿。

我就這樣看見柯羅舍老夫人伸展四肢，俯臥在長沙發上，頭轉到背對我的那面，渾身光溜溜的。一小攤蒼白的瘦肉。和她平日露出的身體部位（滿布褐點與紫筋的手和前臂，還有長著褐斑的雙頰）相比，這堆肉反而沒那麼老。這片經常蓋住的區域呈黃白色，像剛剝了皮的木頭。

我坐在樓梯頂階上，聽著按摩發出的聲響。重壓與呻吟。羅珊的語氣這會兒變得高高在上，雖說活潑，卻也充滿威嚇的意味。

「這裡有僵硬的結。噢真是的，我真得狠狠修理妳一頓。開玩笑的啦。噢，拜託，幫幫忙，放鬆一點好不好？妳知道嗎，妳皮膚好好喔。妳腰背這一塊，他們怎麼說來著？噢對了，像寶寶的小屁屁。現在我得用力嘍，妳這裡會感覺得到。把壓力推開喔，乖女孩。」

老夫人不時微微叫喊，有埋怨也有感謝。這樣進行了好一會兒之後，我開始覺得煩了，便回去翻我在大廳碗櫃裡找到的《加拿大家居雜誌》，看裡面的食譜和古代時尚。最後我聽見羅珊說：「現在我把這裡的東西收一收，我們照妳說的上樓去。」

樓上。我連忙把雜誌塞回原處（我媽必定會覬覦這碗櫃），走進柯羅舍先生的房間。他正在睡，至少眼睛閉著。我把電風扇挪遠了點，順了順他的床單，走到窗邊撥弄著百葉窗。

後方樓梯想當然耳傳來人聲。老夫人拄著杖緩緩拾級而上，來勢洶洶。羅珊搶過她跑在前面，一邊喊著：「小心嘍、小心嘍，不管你在哪兒。不管你在哪兒，我們都找得到喔。」

柯羅舍先生這下子睜開了眼。在一貫的虛弱神情之外，還多了那麼點警醒。不過他還來不及裝睡，羅珊便衝進他房間。

「原來你躲在這兒啊。我才剛跟你後娘說，也該把我介紹給你認識認識了吧。」

柯羅舍先生開口：「妳好啊，羅珊。」

「你怎麼知道我名字？」

「話傳得很快。」

「妳這小子不錯嘛。」羅珊對才剛敲著手杖走進臥室的老夫人說。

「別去弄那個百葉窗。」老夫人朝我喊。「妳要找事做的話，就去幫我拿杯涼水來。不要冷水，涼水就好。」

「你樣子真糟糕。」羅珊轉對柯羅舍先生說。「誰給你刮鬍子刮成這樣？什麼時候刮的？」

「昨天。」他說。「我能刮就自己刮。」

「我想也是。」羅珊應道，又對我說：「妳去幫她倒水的時候，順便幫我燒點熱水，讓我幫他好好刮個鬍子，好不好？」

於是羅珊又接了新的差事，每週一次，按摩之後就開始。她在頭一天就要柯羅舍先生別擔心。

「你想必也聽過我們在樓下的聲音，不過我不會像我按小桃桃那樣搥你啦。我在學當按摩師之前是護士。嗯，護士助理啦。事情都是我們這種人做，護士只會進來指使你做這做那。總之呢，我有練過啦，我知道怎樣讓人舒舒服服的。」

小桃桃？柯羅舍先生咧嘴笑了。奇的是，老夫人也笑了。

羅珊熟練地幫他刮鬍子。先拿海綿蘸水幫他擦臉、脖子、上身、雙臂、雙手。她需要擦不同部位時，便用拖床單的方式來找方便下手的角度，省了讓他翻來翻去的麻煩。然後她又把他的枕頭拍鬆放好。這整個過程中，她嘴完全沒停過，一直講些無厘頭的玩笑話。

「桃樂絲，妳騙人，妳說妳樓上有個男的生著病，可我走進來一看，哪兒來的病人？我可沒看到什麼病人啊？」

柯羅舍先生說了：「那我是什麼人？」

「我會說，你是『康復中的人』。我可不是說你應該起來四處跑，我腦袋還算清楚喲。我知道你需要躺著休息，不過我會說你正在慢慢好起來。生病的人，哪個像你這麼傻哪。」

這種打情罵俏的閒扯淡，我聽著實在刺耳。柯羅舍先生的病容其實很恐怖。他個子高，她幫他擦澡時，他根根肋骨畢顯，和餓到皮包骨的難民沒兩樣。他的頭已經禿了，皮膚像拔過毛的雞，頸間像老人般皺摺層層。我照顧他的時候盡量不看他，倒不是嫌他又病又醜，而是因為他快死了。就算他是絕世美男，我也會同樣迴避。我可以感到這屋裡瀰漫死亡的氣息，愈走近這房間就愈明顯，而他是這氛圍的核心，像天主教放在盒中、法力無邊的聖體。只剩半條命的他素來與大家畫清界線，羅珊卻一路肆無忌憚、插科打諢，就這麼大剌剌侵入了他的地盤。

就好比，她開口問這屋裡有沒有叫「跳棋」的遊戲。

這大概是她第二次過來時的事。她問他平常都做些什麼。

「有時候看書。睡覺。」

那晚上怎麼睡得著？

「睡不著的話，我就醒著躺在床上。想事情。有時看看書。」

「這樣不會吵到你太太？」

「她睡在後面的臥室。」

「啊哈。你需要點娛樂。」

「妳是要唱歌跳舞給我看？」

我見柯羅舍老夫人眼睛往旁邊看，臉上卻不禁露出怪異的微笑。

「你這貧嘴。」羅珊說。「你玩不玩牌？」

「我討厭玩牌。」

「好吧，那妳家裡有沒有跳棋？」

羅珊這句是朝著老夫人問的。老夫人起先說她不曉得，後來想想，好像在飯廳櫃子抽屜裡有個棋盤。

於是他們差我下樓去找，我帶著棋盤與彈珠罐子回來。

羅珊把棋盤架在柯羅舍先生雙腿上方，她、我、柯羅舍先生一起玩。老夫人說她從來就搞不懂怎麼玩，也理不清那些個彈珠（我很訝異她這麼講的時候，好像是在講笑話）。羅珊挪動自己的彈珠時，偶爾會叫個一、兩聲，要不就是在有人跳過她的彈珠時哼哼唧唧的，不過她始終小心地不吵到病人，身子一動不動，放彈珠的動作輕如羽毛，而且要是我不比照辦理，她便對我杏眼圓睜，放出警告的訊號，我只得乖乖照辦。奇的是，她做這一切動作的時候，臉上始終掛著酒窩。

我記得少夫人席薇雅在車裡對我說過，她丈夫不喜歡和人交談，他會變得很累，而他一累脾氣就差。所以我猜，要是他真會發脾氣，那八成是現在，明明臥病在床都快死了（光是坐在他床上，你就能感到被褥傳來他發燒的熱度），還得被迫玩什麼鬼遊戲。

不過席薇雅或許說錯了，或許他比她想得更有耐性與風度。他和比較下層的人相處時（羅珊自然是下層的人），態度十分包容而親切，但他真正想做的，肯定是躺在床上，沉思自己的人生軌跡，展望未來。

羅珊輕按去他額頭的汗，叮嚀道：「別太高興，你還沒贏呢。」

「羅珊，」他問：「羅珊。妳知道這是誰的名字嗎？羅珊？」

「唔？」她不解，我出手了。我實在忍不住。

「亞歷山大大帝的夫人。」

我的頭是喜鵲巢，這種知識就像破銅爛鐵的碎片，在巢裡閃閃發光。

「噢是嗎？」羅珊問：「那這人是誰？了不起的亞歷山大[5]？」

那一刻我望向柯羅舍先生，恍然明白了一件事。驚人而悲哀的事。

他就是喜歡她沒知識。我看得出來。他就是喜歡她沒知識。她的無知喚醒一種在他舌尖融化的快感，像舔一口太妃糖。

羅珊頭一天上班和我一樣是穿短褲，但後來她便一直穿洋裝，料子偏硬，顏色是亮眼的淡綠色。她上樓時那洋裝還簌簌作響。她幫柯羅舍先生帶了刷毛質料的軟墊，免得他長褥瘡。她對他床罩被子的位置總是不滿意，會一一幫他歸位。不過不管她怎麼唸叨，她的動作絕不會惹他不快，而且她居然還要他坦承，做完按摩舒服多了。

她總是有備而來，從不見她手足無措。有時她準備了一堆謎語或笑話來。有些笑話是我媽嫌低級，不准我們在家說的那種。但我爸親戚在我家說的不算數，他們除了這種笑話，就沒別的話講了。

這種笑話的開頭通常十分正經，卻是個很怪的疑問句。

你有沒有聽過修女上街買絞肉機？

5 亞歷山大大帝的原文是Alexander the Great。羅珊說的是Great Alexander，沒有意識到那個the Great是尊稱。

你有沒有聽過新郎新娘在新婚之夜叫甜點來吃？

這些問題的答案總有雙重意義，不管誰來講，都大可裝得很吃驚的模樣，說明明言者無心，是聽者自己想歪。

羅珊等大家都聽慣她說笑話後，端出來的黃笑話總會扯上綿羊、母雞、擠奶器等等，我相信我媽可能連聽都沒聽過。

「好糟糕喔，是不是？」她最後總是這樣結尾，說要不是她老公從修車廠聽來這一堆，她也不曉得有這麼多笑話。

令我震驚的除了這類笑話之外，還有老夫人的反應——她居然一邊聽一邊竊笑。我想老夫人未必真的抓到笑點，但不管羅珊說什麼她都很樂。她端坐著、抿著嘴，掛著心不在焉的微笑，那神情就像收到一個包好的禮物，包裝還沒拆開，但她已經知道是她喜歡的東西。

柯羅舍先生沒有笑，但反正他從來不笑，真的。他眉一挑，假裝要罵羅珊，覺得她不成體統卻討人喜歡。或許因為他有度量，也可能是他感激她做的一切，無論那「一切」是什麼。

我自己當然肯定是笑啦，省得羅珊損我，說我是個假道學。

她讓這屋子熱鬧起來的法寶還有一個，就是講她的人生故事。她老家在北安大略的某個破落小鎮，她來多倫多看姊姊，結果在伊頓百貨找到差事。一開始只是打掃員工餐廳，但她手腳俐落，又總是笑臉迎人，一個經理注意到她，於是她忽地就成了手套部門的銷售員（她講這事的語氣就像被華納兄弟影業的星探發掘一樣）。結果猜怎麼著？有一回溜冰天后芭芭拉．安．史考特，就來買了雙小孩用的及肘白手套呢。

那時羅珊的姊姊有好多男友，多到每晚得擲銅板才能決定跟哪個人出去。姊姊便拿羅珊當擋箭牌，叫她去前門婉拒落選的男士，自己則和當晚挑中的對象從後門溜出去。羅珊說或許正因如此，她練出了健談的好本事。沒多久，某些落選男生會來找她出去，反而不找她姊姊。這些人完全不知她幾歲。

「我玩得可開心哩。」她說。

我漸漸了解有人特別喜歡聽某些人（某些女生）講話，原因不是講話的內容，而是這些人（這些女生）講得興高采烈的神情。她們完全樂在其中，整張臉都亮起來，深信自己講的事情棒得不得了，忍不住要把這樂趣跟大家分享。當然也有人不買帳（就像我），但那就是他們自己的損失啦。反正這種女生也不會找我當聽眾。

柯羅舍先生靠著枕頭坐直身子，一副開心的模樣。像是只要閉眼，任她滔滔不絕，再睜開眼，發現她人還在，就是件開心事，宛如在復活節早晨找到巧克力兔子。他雙眼緊盯著她掀動的芳唇，左搖右晃的豐臀，每個動作都不放過。

老夫人則在搖椅上前搖後晃，帶著某種奇特的滿足。

羅珊在樓上待的時間和在樓下按摩一樣久。我不由得納悶她到底有沒有酬勞？要是她沒拿錢，怎麼會有這麼多時間待在這兒？除了老夫人以外，還有誰會付她錢？

為什麼？

為了讓她繼子開心舒服？我懷疑。

為了讓她自己以某種耐人尋味的方式開心？

某天下午羅珊走出柯羅舍先生的房間後，柯羅舍先生說他反常地口渴，我便下樓幫他倒水。冰箱裡固定有只冷水壺，我倒了水。羅珊正在收拾東西準備回家。

「我從來沒打算待這麼久。」她說。「我不想碰到那個老師。」

我有半晌沒聽懂她的意思。

「妳知道嘛，席—薇—雅呀。她也不怎麼喜歡我，是嗎？她開車送妳回家的時候，有跟妳提過我嗎？」

我說，我坐席薇雅的車時，從沒聽她提過羅珊的名字。不過她幹麼提呢？

「桃樂絲說，席薇雅不曉得怎麼照顧他。她說比起席薇雅來，我讓他開心得多。這可是桃樂絲說的喲。要是她當著席薇雅的面這麼講，我也不意外就是了。」

我想起席薇雅每次回到家，總是先跑上樓，去她丈夫的房間，然後才跟我或她婆婆說話，臉上總是因急切與絕望而泛紅。我很想說點什麼——我想多少幫她講講話，卻不知該說什麼。像羅珊這種自我感覺良好的人，似乎往往知道怎麼吃定我，哪怕只是對我的話充耳不聞。

「妳確定她從沒講過我的事？」

我又說了一次沒有。「她回家之後都很累了。」

「是啦，大家都很累好嗎。有些人只是學會裝得不累而已。」

結果我倒是說了一句話，想殺殺她的銳氣。「我滿喜歡她的。」

「妳『媽』喜歡她的？」羅珊存心鬧我。

她玩笑似地猛扯了一撮我剛給自己剪的劉海。

「妳應該好好整理妳那頭頭髮。」

這是桃樂絲說的喲。

假如羅珊是想邀功（她個性就是這樣），那桃樂絲圖的是什麼？我感覺有什麼不對勁，卻無法斷言是怎麼回事。或許桃樂絲只是很想有羅珊在家，讓她的活力感染這裡的人，讓她花兩倍的時間。

仲夏過去。井裡的水位低了許多。灑水車不來了。某些商店在窗上貼著黃色玻璃紙似的東西，免得商品給太陽曬得褪色。樹葉起了斑點，草很乾。

老夫人請那個園丁來翻土，日復一日。氣候乾燥的時候，不斷翻土能把地下的溼氣盡量帶到表面。

大學的暑期班在八月第二週之後就告一段落。那時席薇雅．柯羅舍就會每天在家了。

柯羅舍先生看到羅珊來仍舊很高興，卻常常中途就睡著了。他可以在她講笑話說故事的中途，保持原來的姿勢，就這麼睡著了，連頭都沒往後仰。然後過了一會兒，他會自己醒來，問他人在哪裡。

「就在這裡，你這瞌睡蟲。你應該一直注意我才對呀。真該打你一頓，還是乾脆搔你一頓癢算了？」

誰都看得出他狀況愈來愈差。他的雙頰如老人深陷，耳朵尖端閃著光，彷彿他長的是塑膠耳朵，不是人的血肉（不過那時我們不說「塑膠」，而是「賽璐珞」）。

我上班的最後一天，也是席薇雅教暑期班的最後一天，正好是按摩日。席薇雅為了結業儀式之類的，得提早出門去學校，所以我用走的穿過小鎮去上班。我到的時候，羅珊已經在了。柯羅舍老夫人也在廚房，兩人望著我的表情，像是完全忘了我今天會來，這會兒反而打擾了她們。

「這是我特別訂購的。」老夫人說。

她想必是指桌上那裝在糕餅店紙盒裡的馬卡龍。

「是噢，可是我跟妳說過，」羅珊說：「我沒法吃那玩意兒。萬萬不可，萬萬不可。」

「我叫哈維去糕餅店買的。」

哈維是鄰居的名字，就是她那個園丁。

「好啦，那讓哈維吃吧。我不是開玩笑。我吃了會長奇怪的東西。」

「我想說我們可以吃點點心，就當來點特別的。」老夫人說。「既然今天是最後一天……」

「在她把屁股永遠釘在這兒之前的最後一天，對啦，我瞭。但要是我出疹子，搞得跟隻土狼一樣，也沒什麼意思吧。」

誰的屁股會永遠釘在這兒？

席薇雅。席薇雅。

老夫人穿著美麗的絲質黑長袍，上面有睡蓮和雁的圖案。她說：「有她在，就不能做點特別的事啦。妳等著瞧。」

「那我們就趕緊把今天的事做一做，找個空檔出來。別費心搞這些東西了，不是妳的錯，我知道妳買這來是一番好意。」

「我知道妳買這來是一番好意。」老夫人學她講話，語氣卻十分刻薄，接著兩人一起望著我，羅珊發話了：「水壺在老地方。」

我把柯羅舍先生的水壺拿出冰箱，忽地想到她們大可以拿盒中的金色馬卡龍出來，問我要不要吃，但顯然她們沒想到這點。

我以為柯羅舍先生會枕著枕頭閉眼平躺，沒想到他清醒得很。

「我一直在等，」他說著吸了口氣：「等妳過來。」接著道：「我想請妳——幫我做件事，好嗎？」

我說當然好。

「幫我保守祕密？」

我原本擔心他會要我幫他起身去便桶，這是最近才放到他房間的，但那當然不會是什麼祕密。

好。

他要我去他床對面的書桌，打開左邊的小抽屜，看能否找到一把鑰匙。

我照辦了。我找到一把又大又重的老式鑰匙。

他要我離開房間，把門關上、鎖好，再把鑰匙藏在安全的地方，或許我短褲口袋裡就好。

我不可以跟別人說我做過的事。

在他太太回來之前，我不可以讓別人知道我拿了鑰匙，因為鑰匙稍後是要給她的。

聽懂了嗎？

懂。

他謝了我。

好。

他跟我說話的時候，臉上蒙著一層薄薄的汗，雙眼清亮，像是發著高燒。

「誰都不許進來。」

「誰都不許進來。」我跟著他說。

「我繼母，或——羅珊，都不行。只有我太太可以。」

我從門外鎖上門，把鑰匙放在短褲口袋裡。但棉質短褲料子很薄，我怕從外面看得見，所以下樓去後面的小客廳，把鑰匙夾在那本《約婚夫婦》裡。我曉得羅珊和老夫人不會聽見我的聲音，因為羅珊正在幫老夫人按摩，還是那副專業的語氣。

「今天幫妳把這些結推開，真是最適合我的工作啦。」

我聽見老夫人的聲音，滿是她剛累積的不悅。

「……比妳平常再用力點搥。」

「呃我非得用力搥呀。」

我上樓時，又有了些想法。

假如鎖門的是他而不是我（他顯然要讓大家這麼以為），我又照例坐在樓梯頂階，那我一定會聽見動靜，喊叫一番，這樣屋裡的人就知道了。所以我又下樓，坐到前面樓梯最底下那階，這樣我就聽不到樓上的聲音。

今天的按摩療程似乎很快也很制式，顯然少了她倆的互相說笑。我不久便聽到羅珊跑上後面樓梯的聲音。

她停步，喊道：「嘿，布魯斯。」

布魯斯。

她扭動門把。

「布魯斯。」

她接著想必是把嘴湊近鑰匙孔，希望除了他誰都聽不見。我看不出她說什麼，不過可以想見她在求他。先是逗他，然後求他。有那麼一會兒，她聽來像在禱告。講話也沒用。她開始上下搥起門來，力道不大，但搥得很急。

搥了一會兒，她也停手了。

「拜託。」她語氣重了點。「你要是有力氣來鎖門，一定也能來打開。」

沒有動靜。她望向樓梯柵欄，看到了我。

「妳有把水送到柯羅舍先生房間去嗎？」

我說有。

「所以那時他的門沒鎖？沒怎樣？」

沒。

「他有跟妳說什麼嗎？」

「他只說了謝謝。」

「唔。他把門鎖了，我沒法叫他開門。」

我聽見老夫人的手杖敲地，一路敲到後面樓梯頂。

「上面是在吵什麼？」

「他把自己鎖起來，我沒法子叫他開門。」

「他把自己鎖起來是什麼意思？搞不好是門卡住了。風把門吹得關起來，卡住了。」

那天沒有風。

「妳自己試試看。」羅珊說。「是鎖上了。」

「我不曉得這門有鑰匙。」老夫人說，彷彿她不知情，這門就不會鎖一樣。她隨便轉了一下門把，便說：「嗯，看來是鎖上了。」

他一定也料到這點，我想。他早料到她們不會懷疑我，以為都是他主導。事實也是如此。

「我們得進去才行。」羅珊說，還踢了一下門。

「別踢好不好。」老夫人說。「妳想拆了門不成？反正妳怎麼踢也進不去，這是很結實的橡木。這屋子裡每扇門都是實心橡木做的。」

「那我們報警吧。」

現場一陣沉默。

「他們可以爬梯子上去搆到窗子。」羅珊說。

老夫人吸了一口氣，以果斷的語氣開口。

「不知道不要亂講話。我不許警察進這屋子來，也不准他們像毛蟲一樣爬我的牆。」

「我們不曉得他在裡面會幹麼。」

「嗯，那，也是他的事，不是嗎？」

又一陣沉默。

然後是腳步聲——羅珊走向後方階梯的聲音。

「好，這樣最好。」老夫人說。「在妳忘了這是誰的房子之前，最好趕緊走人。」

羅珊往樓下走，她背後傳來兩聲手杖敲地聲，忽地又停住了。

「妳別想背著我去找警察。他不會聽妳的。這裡到底是誰當家作主？絕對不是妳，妳聽到了沒有？」

我沒多久就聽見廚房門轟然關上，羅珊發動車的引擎。

我和老夫人不同，我一點也不擔心警察。我們這鎮上的警察，就是麥克拉提警官了。他會到學校來，叫我們冬天不要用雪橇在街上滑，夏天不要在磨坊的引水槽裡游泳，不過我們還是照玩不誤。想到他架個梯子爬到柯羅舍先生的房間，或隔著上鎖的門對柯羅舍先生訓話，我都覺得很誇張。

他會跟羅珊說，管好妳自己的事吧，讓柯羅舍家管他們自己的事。

不過，想到一切由老夫人發號施令，並不誇張。現在羅珊走了（她顯然已經失寵），老夫人更可以為所欲為。老夫人也很可能找我開刀，逼問我是否知情。

但她連門把都沒轉，只是站在上鎖的門前，說了一句話。

「比你想得還強悍啊。」她喃喃道。

之後她便下樓去了，照例是那聽了讓人心驚膽跳，規律的手杖敲地聲。

我等了一下子，才走到廚房去。老夫人不在那兒，小客廳、餐廳、日光室也都沒有她的人影。我鼓起勇氣敲了廁所的門，再把門打開，也不在。我又望向廚房水槽上方的窗外，只見她的草帽沿著雪松剪成的樹籬緩緩移動。她在這樣的大熱天跑到戶外，在她的花床間緩緩拄杖走著。

羅珊之前擔心的事情，我反倒覺得還好。我沒朝那個方向想，因為我相信一個來日無多的人，要自殺也太荒謬了。不可能的。

不過我和她們一樣緊張。我吃了兩個擺在廚房桌上的馬卡龍，期盼美食入口的愉悅能讓一切回復正常，只是我根本嚐不出它的滋味。我把整盒馬卡龍塞進冰箱，以免我為求心安，吃得更多。

席薇雅回家的時候，老夫人還在外面，也沒要進來的意思。

我聽到席薇雅的車聲，連忙把夾在書頁裡的鑰匙拿出來，她一進門便遞給她。我很快跟她講了事情的經過，略過中間那堆無謂的細節，反正她也不會有那個耐心聽。她隨即跑上樓去。

我站在樓梯底，看能聽到什麼。

什麼都沒有。什麼都沒有。

然後是席薇雅的聲音，很意外，很激動，但聽來並不急切。她聲音放得很低，我聽不見她說什麼。不到五分鐘，她便下樓來，說要載我回家，臉上紅通通的一片，彷彿雙頰的紅點一下子爬得滿臉都是。她有點受了驚嚇的表情，卻難掩歡喜。

然後她才想到：「噢，老夫人呢？」

「在花園吧，我想。」

「嗯，我想我最好先跟她說一聲，等我一下。」

她去報備過之後，神情就沒那麼開心了。

「我想妳也知道，」席薇雅邊倒車，邊對我說：「妳可以想像老夫人很生氣吧。我不是怪妳，妳能照柯羅舍先生的意思去做，表示妳人很好，很聽話。妳難道不怕柯羅舍先生會出什麼事？妳怕嗎？」

我說不會。

之後我才說：「我想羅珊嚇到了。」

「霍伊太太？噢是啊，真糟糕。」

我們開下柯羅舍丘時，她說：「我想他不是有意要凶她們、嚇她們。妳知道，妳如果生了病，又病了很長一段時間，妳會漸漸感受不到別人的心情。就算別人真的是一番好意，想盡全力來幫妳，妳也會排斥他們。老夫人和霍伊太太當然是付出很多，可是柯羅舍先生就是不想再看到她們了。他受夠了。這樣妳懂嗎？」

她似乎沒察覺自己講這些話的時候帶著笑意。

霍伊太太。
我之前聽過這名字嗎？
她講到這名字時的語氣十分溫柔有禮，但充滿了以上對下的蔑視。
我相信席薇雅的話嗎？
我相信那是他對她的說法。
那天我確實又見到了羅珊。席薇雅每次對我提到「霍伊太太」這個新名字時，我就會看見她。
她——羅珊，就在她的車裡，停在下了柯羅舍丘的第一個十字路口，看著我們駛過。我沒轉頭看她，因為席薇雅同時在跟我說話，場面太混亂了。
席薇雅當然知道那是誰的車。她沒料到羅珊一定會回來弄清楚到底怎麼回事。或者，羅珊出門後就一直繞著街區兜圈圈（她有可能這麼做嗎？）
羅珊應該認得席薇雅的車，也許吧。她應該發現我在車裡，也應該從席薇雅對我說話時，溫和嚴肅的態度與隱約的笑意，看得出應該沒事。

她沒轉過街角，上坡開回柯羅舍家。噢，沒有。她反而橫過街（我從後照鏡看到），朝東邊的戰時住宅區駛去，那是她回家的方向。

「吹一下風吧。」席薇雅說。「外面有雲，搞不好快下雨了。」

雲層既高且白，閃閃發光，不像雨雲。有風，是因為我們正在往前開，車窗又搖了下來。

我很清楚席薇雅與羅珊之間這場戰爭的輸贏，但想到兩事不免奇怪，一是那幾近全毀的最後獎賞——柯羅舍先生，二是想到他在生命的盡頭，竟有那麼強的意志力做出決定，甚至不惜犧牲自己。死神門前的這橫流肉慾（或者說真愛），冷冷地沿著我的背脊往下竄，我得拚命甩掉。

席薇雅帶柯羅舍先生去了他們在湖邊租的小屋。那年落葉之前，他在小屋裡過世。霍伊家繼續過日子，修車技師的家大多如此。

我媽和病魔奮戰，她的發財夢到此為止。

桃樂絲．柯羅舍中了風，不過後來好了。她差一些孩子幫她跑腿做事，萬聖節時，還買了糖果請他們的弟弟妹妹吃，這讓她成了鎮上的名人。

我長大了，也變老了。

童戲

我想家裡應該有人討論過，在事發之後。

太可憐了，好慘啊。（我媽說。）

實在應該有人在現場看著的。輔導員人呢？（我爸說。）

只要我們有機會經過那棟黃屋，我媽就可能來這麼一句：「記得嗎？記不記得妳以前好怕她？可憐的孩子。」

我媽有個習慣，老是抓著（甚至可說珍惜著）八百年前我孩提時代的弱點不放。

你還是孩子的時候，每一年都會變了個人。這變化大多在秋季，你重回學校、升到更高的年級，把暑假的懵懂與慵懶拋在腦後。這也是你最明顯看得出變化的時候。之後，你分不清哪月哪年，但變化照樣繼續發生。長久下來，過去一點一滴輕快流逝，彷彿自然而然、理當如此，只是記憶中的景象仍多少藕斷絲連，不會徹底消失。接下來，偶爾又會出現大逆轉，早已結束埋葬的種種再次如新芽竄出，要你看著它，甚至要你採取行動，儘管實在已經沒有什麼可做的了。

瑪琳與夏琳。大家都以為我們肯定是雙胞胎。那年頭很流行給雙胞胎取押同韻的名字，像邦妮與康妮、隆納與唐納，當然還有我們——我和夏琳。我們倆有一模一樣的帽子，人稱「苦力帽」，是寬寬扁扁的錐形草編帽，有一條繫帶或鬆緊帶之類的，可以套在下巴底下。後來電視上關於越戰的鏡頭一多，大家對這帽子就漸漸看得熟了。西貢街上騎腳踏車的男人，或走過被炸毀村落的女人，都戴著這種帽子。

那時很可能——我是指我和夏琳在夏令營的時候，很可能在完全沒有惡意的情況下，說了「苦力」這詞兒，或「老黑」，或講到要怎麼怎麼「學猶太人殺價」。我那時才十來歲，我想，還不懂得那動詞和名詞之間的關連[1]。

1 此處講到殺價的原文是jewing a price down。名詞jew（猶太人）在此成了動詞，有「猶太人愛斤斤計較、討價還價」的貶意。

我們就這樣，有這種名字、戴這種帽子。輔導員第一輪點名的時候（點名的是風趣的梅薇斯，我們都喜歡她，不過我們更喜歡漂亮的寶琳），指著我們兩個大喊：「嘿，雙胞胎。」我們還來不及，她就繼續點別人的名去了。

不過在點名之前，我們肯定已經注意到對方也戴著同樣的帽子，而且看對方還順眼，否則我們倆（或其中一人）一定會把身上全新的配件抓下來，打算塞到行軍床底下，怪媽媽硬要我們穿，我們其實一點都不喜歡，等等等。

我或許覺得夏琳還不錯，但不確定要怎麼跟她交朋友。九、十歲的女孩（夏令營多半都是這個年紀的女孩，外加幾個比較年長的）要挑朋友或找人一組，不像六、七歲那麼容易。我索性跟著我同鄉的幾個女生（她們不算是我朋友），走進一間小屋，裡面有幾張還空著的行軍床，我便把行李往鋪在床上的褐色毯子一扔。接著我聽到背後一個聲音：「拜託妳，我可不可以睡在我雙胞胎姊妹的隔壁？」

是夏琳，她在跟一個我不認識的人說話。這小屋大概睡得下二十來個女生。她拜託的那女孩說：「好啊。」很大方地換了位置。

夏琳當時用一種很特別的聲音說話。有刻意的討好，加上一點挑逗、一點自嘲，帶著撩人的興味，像一串清脆的銀鈴。那一刻高下立判——她比我有自信得多。那種自信，不是光叫那女孩乖乖換位置、不回嘴說「是我先到的」就了事（假如那女生童年環境不太好，完全沒法靠父母，只能靠獅子會或教會之類的組織接濟，她回夏琳的很可能是：「吃屎吧妳，老娘不搬就是不搬。」）不是。夏琳的自信，是相信誰都衷心願意照她的話做，不僅是答應去做而已。她同樣在我身上賭了一把，賭我不會說「我不想當雙胞胎」，再背過身去整理東西。只是我當然沒這麼做，而是如她所料，自覺受寵若驚，望著如願以償的她，開心地把自己行李箱裡的東西都倒出來，有些東西還掉到地上。

我當下只想到一句話可講：「妳已經曬黑了啊。」

「我很容易曬黑。」她回道。

這是我倆諸多差異之中的第一個。我們認真地去了解彼此不同的特點。她容易曬黑，我容易長雀斑。我們都是褐髮，但她髮色較深。她頭髮捲如波浪，我則是一頭蓬鬆。我比她高半吋，她手腕和腳踝比較粗。她雙眸偏綠，我比較偏藍。我們甚至互相檢查身體、列表對照，連彼此背上的痣、明顯的斑、腳的二拇趾的長度都不放過（我的二拇趾比大拇趾長，她的則比大拇趾短），又或細細回顧自己生過的病、出過的意外，身上哪裡有縫過的傷口、哪裡整個割掉過，真箇是怎麼都玩不倦也談不膩。我倆都割過扁桃腺（那年頭很常見的預防措施），也都長過麻疹、咳個半死，但同樣沒得過腮腺炎。

我的上犬齒拔掉了，因為它壓到另一顆牙。她則是有個大拇指的月牙沒長好，因為那拇指之前被落下的窗子砸到過。

我們講完了身體的特徵和經歷之後，就聊起家裡的事——重大的事件、次要的事件、特殊的事件。她是家裡的老么，也是唯一的女兒；我家就我這麼一個小孩。我有個阿姨高中時死於小兒痲痺。她（夏琳）則有個哥哥在海軍服役。當時在打仗，碰上在營火邊唱歌時，我們會唱〈英格蘭永存〉2、〈橡樹之心〉3、〈大不列顛第一〉4，有時則唱〈永恆的楓葉〉5。空襲轟炸、戰役、沉艦是那時的家常便飯，儘管發生在遠方，卻是我們生活的基調。偶爾也會有近距離的空襲，雖把我們嚇得魂飛魄散，倒也有它莊嚴而刺激的一面，因為要是我們這個鎮或這條街的哪個男生送了命，他住的房子就算沒掛什麼特別的花環或黑布條，屋裡卻突然間像有了特別的重量，命運終結了，房子也跟著陪葬。儘管屋裡沒什麼特別的，或許只是一輛停在路邊、根本不屬於他家的車，代表有親人或牧師來探望，陪伴喪家。

我們營裡有個輔導員的未婚夫在大戰中陣亡，她把他的錶（我們深信那是他的錶）別在自己衣服上。我們很想與她同聲一哭，無奈她聲音很尖、個性強勢，連名字也不好聽——阿爾娃。

我們生活的另一種基調（也是夏令營強調的主旨）便是宗教。不過夏令營的主辦單位是加拿大聯合教會，對這點倒不怎麼囉嗦，要是換成浸信會或聖經基督教派，肯定嘮叨個沒完。這裡也不像羅馬天主教派或聖公會，有一堆敬拜性質的儀式活動。來這裡的小孩，爸媽大多是聯合教會的（不過也有一些環境不太好的女生，很可能不屬於任何教會），很習慣聯合教會溫馨入世的作風，我們甚至沒發現，我們只需晚禱、唱謝飯歌，外加早餐後半小時的特別談話（稱之為「早談」），就好了。而且連早談時，都沒有刻意要求一定要提到上帝或耶穌，談的多半是誠實、慈愛、日常生活中的純淨思想等等，而且還要我們保證長大以後絕不喝酒抽菸。我們對這種安排毫無意見，也沒打算蹺過課，因為一來我們習慣了，二來，坐在湖邊享受溫煦的陽光還滿舒服的。那時天氣有點涼，我們還不想下水。

成年女人做的事和我與夏琳差不多，或許不是數彼此背上的痣、比誰的腳趾長，但

---

2 There'll Always Be an England。英國的愛國歌曲，寫於一九三九年，在二戰時極為流行。

3 Hearts of Oak。英國皇家海軍與加拿大皇家海軍軍歌。

4 Rule Britannia。英國皇家海軍軍歌。

5 The Maple Leaf Forever。加拿大的愛國歌曲，寫於一八六七年，為非正式的加拿大國歌。

她們若覺得彼此特別投契，便會覺得有必要端出重要的情報，也就是生命中公開或私密的重大事件，再補充事件與事件之間的種種細節。要是兩人能因此感到溫暖與渴望，和對方相處就不太可能覺得膩。她們會為了彼此講的一點小事或愚行就笑個不停，對對方透露的自私、欺瞞、刻薄、劣根性等等，也會一笑置之。

當然，這代表兩人之間必有極大的信任，但這種信任也可以在一瞬間立刻發生。

我可是親眼觀察過。這種交流的起點，應是發生在女人圍著營火而坐、攪動木薯粥的漫長時光中；男人則去林間狩獵，無法交談，免得野生動物聞聲而逃（我是受過正統訓練的人類學家，不過有點混就是了。）我呢，觀察歸觀察，卻從不參與這種女性交流。應該說，有時看情勢所需，我會假裝一下，但和我互動的女人，卻好像總看得出我不是真心的，既然搞不懂我想幹麼，自然也比較有戒心。

我對男人的戒心通常沒那麼重。不過男人倒沒想到我會有這種態度，也很少真的有和我往來的興致。

我講的這種親密關係（女人之間的），無涉情色，也不暗示情色。我在青春期之前就親身經歷過。那時我們會交換祕密，也或許扯點謊，之後就變成試探的遊戲。不管摸不摸生殖器，都會激動得一時沖昏了頭，繼之而來的是不適、否認、噁心的感覺。

夏琳跟我講過她哥哥（就是去海軍服役那個），但講的時候滿臉嫌惡。她有次跑進他房間找貓，結果發現他和他女友在做那檔事。他倆完全不知道她撞見了。

她說在他上下動作的時候，他們倆發出「啪啪」的聲音。

妳是說他們把床弄得啪啪響？我問。

不是啦，她說。他的那玩意兒進進出出，發出啪啪的聲音。噁心死了，要命。

而且他光著白白的屁股，上面還長了青春痘，噁死了。

我跟她說了薇娜的事。

我七歲之前，我們全家住的是一棟雙拼屋。「聯屋」這詞當時應該還沒有人用，反正這屋子並不算隔得很平均。薇娜的奶奶租了後面的幾間房間，我們租前面。屋子蓋得很高，外牆又醜又禿，上著黃漆。我們住的那個鎮很小，沒有特別規劃什麼住宅區，不過我想就算有分區的話，我們住的這棟也一定是在「好區」與「超爛區」之間。我這會兒講的是二戰前沒多久，也就是「經濟大蕭條」快結束時的狀況（我相信那時沒人知道什麼是「經濟大蕭條」）。

我爸是老師，工作穩定，但錢很少。我們家再過去，逐漸看不見的街道那一頭，住的則是既沒工作也沒錢的人。薇娜的奶奶想必是攢了點錢，因為她講起領救濟金的人就一臉不屑。我猜我媽為此跟她吵過領救濟金的人有什麼錯，結果也沒吵贏。這兩個女人算不上朋友，但商量起兩家人各用哪幾條晾衣繩曬衣服，倒是一團和氣。

這老奶奶人稱荷姆太太。有個男人偶爾會來看她。我媽稱他是荷姆太太的朋友。

妳不許跟荷姆太太的朋友說話。

老實說，這男的出現時，他們根本不准我在外面玩，所以我沒什麼機會跟他講到話。我連他的長相都不記得，可我記得他的車，深藍色的福特V-8。可能是因為我們家沒車的緣故吧，我對車特別感興趣。

然後薇娜來了。

荷姆太太說薇娜是她孫女，我們也沒有理由懷疑，按理說來她們祖孫之間應該還有一輩的，我們卻從沒看過什麼人出現。我不知道是荷姆太太出門去把她接回來呢？還是那個開V-8的男人送她過來？反正她是在我上學前的那個夏天出現的。我不記得她有跟我說她的名字——她溝通的方式和別人不一樣，我也不覺得自己會想問她。我打從一開始就不喜歡她，之前我對誰都沒有這麼強烈的反感。我說我討厭她，我媽問，妳怎麼可以討厭她呢？她對妳做了什麼啦？

可憐的孩子。

小孩用「討厭」這詞形容很多事，可能是形容自己害怕，但不是覺得有人可能會傷害自己的那種怕（我的怕是屬於這種），比方說你走在路上，會有年紀較大的男生，把腳踏車一下子突然騎到你前面，裝出嚇人的聲音，對你大喊大叫。小孩沒那麼怕身體上的傷害（但我怕薇娜是因為這點），比較怕的是詭異的氣氛或有人使壞心眼。就像你很小的時候，對屋子門窗拼成的臉，或樹幹，或長黴的地窖、很深的衣櫃，會生出某種感覺——就是這種感覺。

薇娜長得比我高很多，不曉得她比我大幾歲——兩歲？三歲？她瘦得像紙片人，骨架單薄，頭又小，總讓我想到蛇。柔細的黑髮平貼著頭，額上搭著劉海。她臉上的皮膚好暗沉，跟我家舊帆布帳棚的門簾沒兩樣，而且連雙頰鼓鼓的樣子，都活像那門簾迎風鼓起的模樣。兩眼總是瞇著。

但我相信大家都覺得她長相沒什麼特別可嫌的。況且我媽確實說過薇娜漂亮，或者「算漂亮」（意思是說，唉真可惜，她可以是個美人胚子的。）薇娜的舉止也沒什麼可議之處，至少我媽這麼覺得。以她這年紀，她還小呢。這等於是拐著彎說薇娜還沒學讀書、寫字、跳繩、玩球，也等於嫌她聲音粗、大嗓門，講話斷句又怪，彷彿她喉頭哽了一堆字。

不過她來煩我、擾亂我一人遊戲的手法，一點都不像小妹妹，而是個大姐頭。只是這個大姐頭既無能力也無權利，只有不屈不撓的決心，渾然不覺其實沒有人歡迎她。

小孩總是古板得可怕，只要一看到不正常、不對勁、控制不了的東西，即刻予以排斥。我是家裡唯一的小孩，自然很受寵（當然也少不了挨罵）。我笨手笨腳，既早熟又膽小，有自己的一堆規矩和痛恨的東西。我連薇娜頭上老是滑落的賽璐珞髮夾都討厭，也討厭她動不動就拿給我的紅綠條紋薄荷糖。坦白說，她也不是「拿給我」，而是努力追上我，把糖一股腦兒塞進我嘴裡，一邊沒頭沒腦地吃吃笑著，害我到今天都不喜歡薄荷的味道。還有，「薇娜」這個名字——也惹我厭，我覺得一點都沒有春天的感覺[6]，無法讓人聯想到青草地或花環或穿著飄逸洋裝的女孩。聽到這字我只想到一道薄荷綠黏液的痕跡，怎麼擦也擦不掉。

我也不覺得我媽真的喜歡薇娜。可是在我看來，一方面是她個性裡原本就有那麼點偽善的成分，二方面是她已打定主意要跟我唱反調，才裝得很同情薇娜的樣子，還要我對她好一點。我媽起先說薇娜不會在這兒住太久，等暑假結束，她從哪兒來就回哪兒去。等誰都看得出薇娜根本無處可去之後，我媽哄我的說詞就變成「反正我們也快搬家了」，我只要再當一下下好人就好（事實證明結果我們過了整整一年才搬家）。最後，我媽的耐性磨光了，說對我很失望，想不到我原來這麼刻薄。

「妳怎麼可以因為一個人天生的樣子就嫌她？她哪裡有錯了？」

我覺得這話根本沒道理。要是我口才更好些，或許會回她說，我哪有嫌薇娜，我只是不希望她接近我。但話又說回來，我當然嫌她，我也不會懷疑她當然多多少少有問題。不管我媽怎麼說，我當時那個大環境，大家都有種心照不宣的成見，和我的想法其實算是不謀而合。連大人們的笑都別有含意，講起某些人「頭腦簡單」或「腦袋裡就是少根筋」的時候，我看得出他們臉上掩不住的得意，和理所當然的優越感。我相信我媽骨子裡肯定也是一樣。

那年我正式開始上學，薇娜亦然。她上的是某棟特別大樓裡面的特教班，位於校園某一角。那棟大樓其實原本是鎮上最初的校舍，只是沒人有那個閒工夫保存當地歷史，沒過幾年大樓就給拆掉了。有個角落四周圍了籬笆，給那棟大樓的學生當下課的遊戲場。他們早晨上學的時間比我們晚半小時，下午比我們早半小時放學，所以下課的時間

6 Verna是拉丁文「春天」之意。

理應不受干擾，但他們老是掛在籬笆上，看我們這一區的校園，難免有學生起鬨叫嚷、揮舞著棍子嚇他們。我從不去那一帶，也很少看到薇娜。回了家，我還得應付她呢。

她起先僅是站在黃屋的一角望著我，我會裝著不知道她就站在那兒。然後她會漫步到前院，在前門的階梯上占好位置（那原本是我的地盤）。要是我想去廁所，或因為外面太冷而得進屋，我就得靠她很近，只怕會碰到她，同時也怕她碰到我。

她可以在原地待很久很久（我認識的人都沒這個本事），只盯著一樣東西看，那通常是我。

我在屋外的楓樹上掛了一副鞦韆，所以要盪鞦韆的時候，不是面向房子，就是對著街上。換句話說，我不是得面向她，就是得承受她盯著我的背看，搞不好她還會出來幫我推鞦韆。她通常看了我一陣子後，就會出來幫我推，只是她老是會把方向推歪；這還不是最慘的，最慘的是她的手指抵著我的背，即使隔著我的外套和幾層衣物，我還是能感覺得到她的手指，像一群冰冷的狗鼻子。我在院子裡也常玩用落葉蓋房子，也就是從綁著鞦韆的那棵楓樹落下的葉子。我會先把落葉掃成一堆，再抱起一把扔在地上，排出房子的平面圖——這裡是客廳、這裡是廚房、這裡一大疊軟軟的落葉當臥室裡的床，依此類推。這遊戲不是我發明的，學校裡的女生每堂下課都會玩，堆的是更豪華的版本，還附帶全套家具，直到校工來把葉子掃走、燒掉為止。

起先薇娜只是瞇眼看我玩，那神情像是顯得她高高在上（她怎麼可以自覺高高在上？）看不懂我這低等的遊戲。之後她終於湊過來，也抱起一把葉子，卻因為不知做得對不對，加上有點笨手笨腳，葉子掉得到處都是。而且她不是去我掃好的落葉堆抱葉子，而是直接拆了我的牆。她把葉子抱起來走了一小段，再任由葉子落地——或說她直接扔到地上，正好落在我蓋得整整齊齊的房間裡。

我朝她大喊，叫她別玩了，她卻彎腰抱了一把稀疏的落葉，但又抓不牢，索性亂揮一陣，把葉子灑得到處都是，再開始踢著葉子玩。我的怒吼沒停過，但她不是當耳邊風，就是把我的抗議當叫好。我氣得把頭放低直朝她衝去，像牛般朝她的胃部一頂。我沒戴帽子，所以頭髮直接碰到了她的羊毛外套，感覺就像我撞上她硬硬的肚子，直接觸到上面的硬毛，噁心透頂。我邊跑上臺階邊吼邊罵，我媽聽完事情經過，居然說：「她只是想玩嘛，她不曉得該怎麼玩而已。」我聽了火氣更大。

隔年秋天，我們家搬到新的獨棟平房，我就再也沒經過那棟黃屋了。那黃屋總讓我想到薇娜，彷彿房子完全感染了她的狡黠、不懷好意瞇著眼的神情。黃色的油漆正像是侮辱的顏色；沒有開在正中央的前門，訴說著缺陷的存在。

我們的新家距那黃屋不過三條街，離學校很近，我卻覺得好像已經徹底擺脫薇娜，只是後來才明白不盡然如此——某天我和一個同學在大街上遇見薇娜，而且直接照了面。我們當時想必是被媽媽差來跑腿辦事。我沒抬頭，卻在我們擦身而過時聽見一聲輕笑，可能是打招呼，也可能代表她知道是我。

我同學講了一句很恐怖的話。

她說：「我之前以為她是妳姊姊。」

「嗄？」

「我知道妳們住同一棟房子，所以想說妳們一定是一家人或親戚之類的。妳們不是親戚啊？」

「才不是。」

特教班的那棟大樓後來成了顧人怨，學生只得轉到聖經教堂去上課，由鎮上租下週一到週五的時段。這教堂正好在我們新家對街轉角。薇娜走去學校有兩條路線，而她偏偏選了可以經過我家的那條。我們新家離人行道幾呎而已，所以要說薇娜的身影映在我家門前階梯並不為過。她大可把路上的小石子踢到我家草地上，要一眼看到我們的客廳和前排的臥室也不難，除非我們一直把百葉窗放下。

特教班的上課時間也改成和一般學校一樣，至少早上是如此——特教班下午仍然比較早放學。想必是有人覺得特教班轉去教堂上課後，就沒必要在上學時特地跟我們一般學生錯開了，這也代表我很有可能在人行道上碰到薇娜。我總是朝她可能走來的方向張望，要是看見她，便馬上縮回屋內，假裝自己忘了東西，或哪隻鞋子磨腳得貼護墊，或髮帶鬆了等等。我這回可放聰明了，不會再說這跟薇娜有關，省得我媽一陣嘮叨：「妳是怎麼回事，到底有什麼好怕的？難不成她會吃了妳？」

怎麼回事？我怕污染？怕感染？薇娜其實整齊清潔又健康，也不太可能欺負我、痛毆我、扯我頭髮之類，但只有大人會笨到以為她孱弱無力，而且那股力量是特別衝著我來。我是她看中的人，我就是這麼覺得。我們之間彷彿有種言語無法形容，也揮之不去的默契。有種東西牢牢抓著我們不放，或許表現出來的形式是愛，但對我來說，這感覺完全是恨。

我想我討厭她，就像有人討厭蛇、毛毛蟲、老鼠、蛞蝓，沒什麼光明正大的理由，也不是因為她可能造成什麼傷害，而是她有本事翻攪你的五臟六腑，讓你厭惡你的生活。

我跟夏琳說這件事的時候，和她已經聊得滿深的——我們成天聊個沒完，只有游泳或睡覺時才喊停。薇娜倒不像夏琳她哥，光著長了青春痘的屁股上下晃動，她沒有那麼不可原諒，也沒那麼噁心。我記得我跟夏琳說，我無法以言語形容薇娜有多討厭。不過我後來還是描述了她是怎樣的人，還有我對她的感覺。我想我形容得應該還算貼切吧，因為我們這雙週夏令營結束的前一天中午，夏琳突然衝進餐廳，臉上閃著驚恐和怪異的欣喜。

「她也來了，她也來了。那個女的。那個討厭的女的來了。薇娜。她也在這裡耶！」

午餐完畢，我們正在收拾桌面，把杯盤放回廚房的架上，讓當天的廚房值日生收去清洗。然後我們會排隊去福利社，那裡開到下午一點。夏琳之前是先跑回宿舍拿錢。她爸是葬儀社的禮儀師，家裡有錢，所以她對錢不怎麼經心，就放在枕頭套裡。我則時時把錢帶在身上，只有游泳時例外。總之我們只要手邊還有點錢，午餐後都會去福利社買點甜食外帶，那甜食我們其實並不喜歡但還是照吃，好看看到底有沒有我們想的那麼糟糕。品項有西米布丁、糊成一團的烤蘋果、黏黏的卡士達奶油。所以我剛看見夏琳的表情時，還以為她的錢被偷了。不過我隨即想到，如果是錢被偷這麼大的事，她臉上不會有那種換了個人的表情，連驚嚇都成了樂事。

薇娜？薇娜怎麼可能會在這裡？一定是搞錯了。

那一定是個星期五，在營地還要再待兩天，只剩兩天。薇娜出現，是因為有一組特教生（他們在這裡也叫「特教生」）也來了營地，和我們共度夏令營結束前的那個週末。他們人不多，大概總共二十個吧，而且成員除了來自我們這個鎮之外，也有別鎮的學生。夏琳跑來跟我通風報信時，輔導員也吹哨了，那個叫阿爾娃的輔導員跳上一張長椅，開始訓話。

她說她曉得我們一定會盡全力讓這些訪客（也就是新來的露營客）感到賓至如歸。他們都帶了自己的帳棚來，也有專屬的輔導員，不過還是會和我們一起用餐、游泳、玩遊戲、參加早談。她還說（語氣帶著我們聽慣了的警告或喝斥）相信我們會把握這個機會交些新朋友。

要等新來的露營客把帳棚搭好、東西安頓好，著實得花點工夫。有些特教生顯然興趣缺缺，自己四處閒晃，果然被輔導員吆喝著抓回來。這段時間既然是我們的空檔（或說休息時間），我們便照例去了福利社，買巧克力棒、甘草軟糖、海綿太妃糖等等，回來躺在雙層床上大快朵頤。

夏琳還在唸：「想想嘛，妳想想看嘛，她人就在這裡耶，太誇張了吧。妳覺得她是一路跟蹤妳嗎？」

「搞不好喔。」我回道。

「妳覺得我能像剛剛那樣一直罩妳嗎？」

我們剛剛在福利社排隊，正好輔導員領著一群特教生進來，我連忙縮頭，拿夏琳當擋箭牌。我偷瞄了一眼，發現前面就是薇娜。她那低垂的蛇頭。

「我們應該想個辦法幫妳變裝。」

夏琳聽了我跟她講的版本之後，好像覺得薇娜是主動來騷擾我。我也相信是這樣沒錯，只是那騷擾更迂迴，更隱晦，言語難以形容。但這會兒我隨便夏琳天馬行空想像，這樣好玩得多。

薇娜沒有立刻發現我，因為我和夏琳處心積慮要躲開她，也或許因為她們特教生初來乍到，還在摸索新環境，一時有些茫茫然。不過不久輔導員就來帶他們去湖邊那端上游泳課了。

晚餐桌上，我們唱歌的時候，他們正好排隊走進來。

當我們同在一起，在一起，在一起，

當我們同在一起，
其快樂無比。

接著這群特教生就給刻意打散，安插坐在我們中間。人人都別著名牌。坐我對面叫瑪麗艾倫什麼的，是外地人。不過我還來不及高興，便發現薇娜坐在隔桌，比她身邊的人都高。感謝上帝，她和我同排，面對同一方向，所以她吃飯時看不到我。

她是這群特教生之中最高的，不過我印象裡也沒有高到鶴立雞群，或許是因為我自己去年忽地竄高不少，而她搞不好已經沒法再長高了也不一定。

飯吃完了，我們起身收碗盤，我始終低著頭，沒往她那邊看，但我知道她認出我了，那雙眼睛緊盯著我不放，明明在笑，卻是皮笑肉不笑，也可說她喉頭再次發出那種詭異的輕笑。

「她看到妳啦。」夏琳說。「別看，別看。我去夾在妳們中間。快走，一直走。」

「她朝這個方向過來嗎？」

「沒，她還站在那兒。她只是一直在看妳。」

「她還在笑嗎？」

「算有吧。」

「我不能看她。我要吐了。」

還剩下一天半，她要糾纏我到什麼地步？其實薇娜根本沒靠近我們一步，但我和夏琳老是講這個詞。「糾纏」。這詞聽來就很大人、很犯法的味兒。我倆時時保持警戒，彷彿被人盯上一樣，或者說，是「我」被盯上。我們設法記錄薇娜的行蹤，夏琳會不時回報薇娜的態度或表情。等夏琳說「好了，她現在沒在看」時，我還冒險偷偷瞄了薇娜兩次。

那兩次偷瞄，薇娜的樣子都有些悶悶不樂，也可說是陰鬱，或是不知所措，好像被放牛吃草似的，不太清楚自己身在何處、該做什麼。幾乎所有的特教生都有這種表情，薇娜也不例外。其中有些人還會四處亂晃（薇娜沒有），走到海灘後方的懸崖上、鑽進雪松和白楊樹的林間，或是一路沿著通往公路的細沙路走。後來輔導員把大家集合起來，說新朋友不像我們那麼熟悉這環境，要我們多留意他們。夏琳聞言戳了我胸骨一下。她自然不會察覺她眼前的這個薇娜有什麼改變，自信是否消逝無蹤，個頭是否變小。她只是不斷跟我回報薇娜狡猾邪惡的表情、不懷好意的模樣。也許夏琳是對的——也許薇娜把夏琳看做我的新朋友、我的保鏢，這個陌生人出現，代表這裡一切都變了，一切都不確定了。所以薇娜才會憂鬱地蹙眉，雖然我沒親眼看見。

「妳沒跟我提過她的手。」夏琳說。

「她的手怎麼了？」

「我還沒看過這麼長的手指。她可以圍著妳的脖子，一把把妳掐死。不是蓋的。晚上和她睡同一個帳棚，不是恐怖死了？」

我說那倒是真的。恐怖死了。

「不過和她同一帳棚的反正夠白痴，不會注意到的。」

最後那個週末，事情不一樣了，營地的氣氛整個不同了，不過不是什麼劇烈的變化。餐廳的鑼照三餐響起，代表吃飯時間到。餐廳的菜也一樣，沒變好也沒變差。休息時間，遊戲時間，游泳時間。福利社照常營業，我們早談的時候也一樣湊在一起，但有種不安與漫不經心的氣氛逐漸生成，連從輔導員身上都看得出來。他們對你的責罵與鼓勵都不像以前那樣脫口而出，而且還會怔怔地望著你，像是努力回想他們通常的說詞。這一切改變好像都是從特教生來了之後才開始的，他們的出現已然改變了這個營隊。在這之前，這裡是個真正的營隊，就像學校或一般人的童年一樣，有一堆規矩，這不准那不准，但也有許多樂趣。後來這一切都從邊緣開始逐漸崩解，我們才發現原來這只是一時的。作戲而已。

難道這是因為，我們看著這些特教生，心想：如果連他們都能當露營客，那應該沒有所謂的正宗露營客吧？或許這是原因之一，但也多少因為一切告終的時刻即將來臨，每日固定的作息就此中斷，我們的爸媽會來把我們帶回之前的生活，輔導員也要回去當平凡老百姓，他們連老師都算不上。我們這個階段的生活，連同這兩週裡滋長的友誼、樹立的敵人、所有的針鋒相對，都注定要在最後瓦解。誰會相信只有兩個禮拜呢？

這種心情沒人知道怎麼明說，但大家紛紛變得無精打采，悶極生怒，連天氣也感染了我們的心情。過去這兩週來或許不是日日晴朗炎熱，但大家最後記得的應該都是如此。而到了星期天早晨，天氣變了。我們正在進行「戶外靈修」（這是我們每週日早上的活動，平日則是早談）時，雲層逐漸暗了下來。氣溫倒是沒變（真要說有什麼不同的話，應該是一天當中最熱的時候感覺更熱了），不過空氣裡有種所謂暴風雨前夕的氣味，一切卻都像停滯了似的。輔導員們和牧師（他每週日都從隔壁鎮上開車過來）不時抬頭，留意天空的動靜。

幾滴雨點落下，但也就停了。靈修告一段落，大雨還沒下。雲層散開了些，雖然一時沒有出太陽的跡象，至少還不用取消我們最後一次的游泳。游完泳也不會有午餐，廚房在早餐後就關了，福利社今天也不開。我們的爸媽大概中午以後不多久就會來接我們回家，特教生則坐巴士回去。我們的行李大都已經整理好，床單全都拆下，料子很粗、蓋起來很不舒服的褐色毯子，也已經折好橫放在床腳。

就連我們擠在宿舍裡邊換泳衣邊聊天的時候，宿舍裡面也一副急就章搭建的簡陋模樣，陰陰暗暗的。

湖邊的沙灘也同樣不對勁，沙好像比平常少，石頭多了，而且沙看起來灰灰的。水一副很冷的樣子，但其實水裡很暖。即使如此，我們想游泳的熱勁兒立時降溫不少，大多只是在水裡漫無目的地走來走去。負責帶我們游泳的輔導員，一個是寶琳，另一個是負責帶特教生的中年女人，兩人看我們這副德性，還得朝我們拍手帶動氣氛。

「快點快點，你們還在磨蹭什麼？這是今年夏天最後一次機會啦。」

我們之中有些游泳好手，通常會立刻下水游向浮臺。至於泳技還過得去的人，像我和夏琳，會至少游到浮臺一趟，然後折返，向大家證明我們至少可以把頭埋到水裡游個兩碼。寶琳多半會馬上游出去，留在水比較深的那端，觀察有沒有人出狀況，也確保要游泳的人都下水游過了。然而這天下水的人比往常少，寶琳自己在趕大家下水的精神喊話（或喝斥）之後，也只是繞著浮臺漂著，和幾個照例游過去的好手嬉笑。我們大部分的人還是待在水淺的地方玩，游個幾呎或幾碼，然後腳踏在水底站起來，互相潑水玩，要不就是翻個身，裝死人浮在水上，好像大家都懶得真的游一趟。負責特教班的那個中年女人站在水深及腰的地方，但特教班的學生只要水過了膝，大多就不再往前。她穿著有花朵圖樣、附裙子的泳裝，但上半身連一點水都沒沾。她只是彎身用手撥起小小的水花，邊笑邊跟學生說，你看好好玩喔。

我和夏琳所在之處，水大概只到我們的胸口，如此而已。我倆在水裡是呆瓜型，只是玩玩漂浮，游個幾下仰式或蛙式，沒有人叫我們停手。我們還比賽可以在水底下張開眼睛多久，也會趁對方不注意，從背後冷不防跳到對方身上。我們身邊的人玩的招數也差不多，現場滿是夾雜笑聲的高喊與尖叫。

大夥兒還在玩水的時候，有些爸媽或長輩已經來接小孩了，而且明擺著不能久留的姿態，所以有些夏令營的小孩就給叫上岸去。當下又多了不少喊叫聲與混亂的場面。

「妳看妳看。」夏琳說。這幾個字也可說是她吐出來的，因為我剛把她壓到水面下，她才抬起頭來，渾身溼淋淋的，忙著把嘴裡的水吐出來。

我朝她說的方向看去，只見薇娜朝我們而來，戴著淺藍色的橡膠泳帽，用她長長的手拍打著水，邊游邊微笑，像是她突然之間重獲可以支配我的權利。

後來我跟夏琳就失聯了。我甚至不記得我們是怎麼道別的——如果我們有道別的話。我記得我們兩家的爸媽差不多同時抵達，我們在混亂中進了各自的車，把自己交給過去的生活（要不然還能怎麼辦？）夏琳爸媽的車自然不像我們家這輛，又破又吵又老出狀況。可是就算她家不是這種大戶，我們也不可能想到要讓兩家人互相認識。每個人，還有我們自己，想必會巴不得趕快走人，把營地那群高嚷失物招領，或誰有人來接、誰還沒人來接、誰上了巴士、誰還沒上巴士等等的大混亂，整個拋在腦後。

多年過去，因緣際會之下，我居然看到夏琳的結婚照。那個年代報上還會登結婚照，小鎮小報或大都市的報紙都會登。我是在多倫多的某份報紙上看到的，當時我在布魯爾街上的某間咖啡館等朋友。

婚禮在歸爾甫[7]舉行，新郎是土生土長的多倫多人，奧斯古德廳法學院畢業，個子很高——要不就是夏琳變得很矮。她頭髮全部盤起來梳高，都還不到他肩膀。這髮型在她頭上像個頭盔，顯得她的臉既扁又不出色，但我倒是記得她眼線畫得很濃，埃及豔

7 Guelph，位於多倫多市西南方的市鎮。

后式的，雙唇反顯得蒼白。這種妝聽起來很詭異，卻肯定是當年大家最喜歡的風格。她下巴有個小巧的、凸起的包，讓我不禁想起她天真的個性。

她——報上的結婚啟事說，新娘畢業於多倫多的聖希爾達學院。

所以說，她想必一直都在多倫多，和我同一個城市，只是她念聖希爾達，我念大學學院。我們很可能在同時四處漫步，走同一條街、同一條小徑，在同一個校園，而我們從未相遇。我想她應該不會看到我卻刻意不跟我說話，至少我不會躲著她。當然，我一發現她念的是聖希爾達之後，便覺得自己是個比較認真的學生。我和我朋友都覺得聖希爾達是「新娘學院」。

我這時是人類學研究所的學生，打定主意終生不婚，但不排斥談戀愛。我頭髮留得又長又直——這是我和朋友效法嬉皮的結果。今天看到這消息，我童年的記憶好像應該變得鮮明些，但其實早已十分遙遠而模糊，再也無關緊要。

報上登著夏琳娘家在歸爾甫的地址。我大可寫封信給夏琳，託她父母轉交，可是我沒這麼做。我會覺得無論祝哪個女人新婚快樂，都是偽善到了極點。

但她寫信給我了，大概是十五年後。她寫到我的出版社，請他們轉交給我。

「我的老友瑪琳，」她寫道：「我在《麥克林雜誌》[8]上看到妳的名字，真是喜出望外，又知道妳已經出了書，更是欽佩不已。書我還沒買，因為我們之前度假去了，不過我打算一有空就去買——當然還要拜讀。我只是剛剛在翻看度假期間堆積的雜誌，發現妳那張漂亮的照片和有趣的書評。我就想一定要寫信向妳道賀。

「也許妳已婚，但用妳的娘家姓發表文章？或許妳有孩子了？一定要寫信給我，跟我說說妳的事。我呢，很遺憾，沒有小孩，但忙著當志工、做園藝、和基特（我丈夫）一起出海，好像總有一堆事要做。我目前是圖書館董事會的一員，要是他們還沒訂妳的書，我一定要給他們好看。

「再次說聲恭喜。我得說，看到妳的名字，我很意外，卻也不盡然，因為我總覺得妳會做些特別的事。」

收到信的當時，我也沒跟她聯絡，聯絡好像沒什麼意義。起先我沒注意到她信末寫的那個「特別」，但後來想到這個詞，卻讓我心底微微一震。然而我對自己說（心裡也這麼覺得），她寫那個詞沒什麼別的意思。

8 *Maclean's*，加拿大唯一全國發行的時事週刊，報導時事、政治、商業、文化等議題。

她信中提到的那本書，是我從論文發展出來的，當時大家都勸我別寫，但我還是寫了，也寫了另一篇論文，但後來又回頭寫原來那篇，就當我有閒時的一個小嗜好。那之後我還跟別人合寫了幾本書，善盡我的職責，不過我獨力完成的那本書，卻是唯一讓外界略略注意到我的作品（想當然耳，我的同僚不以為然）。書現在已經絕版，書名是《白痴與偶像》——至今我還是擺脫不掉這書名帶來的後遺症，而且當時我的出版社雖然坦承書名很響亮，但他們其實很緊張。

我在書中試圖探討不同文化背景的人的態度（大家不敢直接用「原始」來形容這類文化），也就是他們對「身心有特殊狀況的人」的態度。「缺陷」、「殘障」、「弱智」這些詞，現在我們自然已棄之不用，而且或許自有其道理——一來是這些字眼顯示自以為高人一等的態度、暴露習以為常的刻薄，二來也無法正確形容實際的狀況。這種字眼抹煞了這種人身上優秀，甚至超凡（或不管怎麼說都極為有力）的特質。有趣的是發掘大家對這些特質的反應，例如懷抱某種程度的敬意，也有人會去騷擾他們，還有人把這些能力分門別類（也不能說完全不對），歸為神聖的、有魔力的、危險的、珍貴的力量。我盡力鑽研過去與當代的研究，也參考詩和小說的敘述，當然更沒忘了宗教習俗。只是我這一圈的人難免批評我的研究太流於文獻探討，資料都是從書而來，但我又不能環遊世界。我申請不到獎助金。

我當然看得出這之間的關聯，我想夏琳可能也看得出來。那段回憶似乎變得遙遠而渺小，多奇怪啊，那不過是個起點，一如我童年經歷的一切。我從那裡一路走來，長大成人後才有了這些成績。安定。

「娘家姓」，夏琳這麼寫著。我好久沒聽到這個詞了，和「老小姐」只有一字之別[9]。「老小姐」，聽著多麼純潔與悲哀啊，而且，以我的情況來說也極不貼切。我望著夏琳結婚照的時候，早已非處子之身——雖然我覺得她應該也不是。倒不是說我有一大票情人——或甚至有想稱他們為「情人」的念頭。我這個年齡又還沒有走進一夫一妻制婚姻的女人，對那數字大多心裡有數，我當然也不例外。十六。我很肯定，年輕一點的女人，三十歲不到或很可能二十歲不到，應該就已經達成這個數字了（我收到夏琳的信時，這個數字當然還要再低一點。現在的我根本懶得去算有多少了，真的。）這其中有三個人意義重大，而且依照先後順序，他們都落在前六名。我所謂的「意義重大」，是指和這三位——不對，只有兩位，第三位對我的意義遠大於我對他的意義。當年和這兩

---

9 娘家姓是 maiden name；老小姐是 maiden lady。

位，我都曾經歷過一種時刻。妳知道當那一刻來臨，妳會甘願掏心挖肺，心理比身體更徹底投降，把妳的一生連同他的一生，安穩地丟進同一個籃子裡。

我一直不讓自己走到這一步，能堅守防線的時候卻不多。

看來我好像並不全然相信這種安全感。

不久前我又收到一封信，這次是從我退休前任教的大學轉來的。我剛從巴塔哥尼亞回來（我已變成身經百戰的旅人），發現信早就躺在那邊，都一個多月了。

信是用打字的，但寫信的人馬上為此致歉。

「我字寫得十分拙劣。」他寫道，並介紹自己是「妳童年老友夏琳的丈夫」。他說很遺憾，非常遺憾，要告訴我壞消息。夏琳住在多倫多的瑪格麗特公主醫院，癌症從肺開始，已經擴散至肝。很不幸，她這輩子菸沒離手，現已來日無多。她不常提到我，但這些年來只要講到我，總是欣喜地誇讚我傑出的成就。他知道她很重視我，也似乎很想在離開人世前見我一面。她請他想辦法找到我。或許童年回憶意義最深，他說。童年的感情，比什麼都堅定。

嗯，她現在搞不好已經死了，我想。

但是如果她真死了（我是這麼想的）——要是她真死了，我跑醫院一趟問問也無妨，這樣我的良心（隨便你叫它什麼）也就安了。我也可以回信給他，說很不巧我出門遠遊去了，但一有空就會過去。

不，還是別寫信比較好。他可能會出現在我的生命中，感謝我。「老友」那字眼讓我不太舒服，「傑出的成就」亦然，只是理由不同。

瑪格麗特公主醫院離我住的公寓只有幾條街。某個豔陽高照的春日，我索性直接走去。我不知我為何不打通電話就算了，或許我想留下自己確實盡了全力的印象。

我先到大廳櫃檯問，發現夏琳還活著。他們問我要不要看她，我想不出理由拒絕。我搭電梯上樓，走到夏琳那層樓的護士站之前，腦裡都在想我大可轉身走人。或者我乾脆就直接掉頭，搭下一班電梯下樓算了。樓下櫃檯的接待人員絕不會注意到我走了。坦白說，她去招呼下一個排隊的人的那瞬間，便根本不會注意我的去向。就算她注意到，又有啥大不了的？

我會覺得很丟臉吧，我猜。不是因為我沒感覺，而是因為我不夠堅強。

我在護士站停步，她們跟我說了病房號碼。

那是一人病房，房間很小，沒有漂亮的設備、花束、氣球。起先我看不到夏琳，有個護士朝著床俯身，床上一堆被子毯子，我根本看不見人。腫大的肝，我想著，真想趁還來得及時一走了之。

護士站直了，回身對我一笑。豐滿型、褐色皮膚，講話聲音很柔很好聽，說不定來自西印度群島。

「妳是那個瑪玲。」她說。

「瑪玲」這名字不知何故讓她很開心。

「她一直盼著妳來。妳可以靠近一點。」

我照她的話做了，低頭只見一具浮腫的身軀、已經被折騰得不成人形的臉、雞般的脖子，醫院給病人穿的袍子相形之下大得誇張。一撮髮絲（仍是褐色的），大約四分之一吋吧，稀疏地搭在她頭上。全無夏琳的影子。

我看過垂死之人的臉。我爸媽的臉，甚至是我害怕去愛的男人的臉。我並不意外。

「她睡了。」護士說。「她真的好希望妳能來。」

「她不是昏迷？」

「不是。但她會睡覺。」

好，我現在看出來了，是有那麼點夏琳的樣子。那是什麼？也許是小小的抽筋，她嘴角自信而調皮地抬了抬。

護士的聲調柔和又愉悅。「我不曉得她會不會認得妳，」她說：「不過她一直盼著妳來，她有東西要給妳。」

「她會醒過來嗎？」

護士聳聳肩。「我們得經常幫她打止痛針。」

她拉開床邊桌的抽屜。

「吶，就是這個。她怕萬一來不及，要我把這個給妳。她不希望她先生交給妳。現在妳既然來了，她應該會很開心。」

是一只已經封口的信封，上面用顫抖的大寫字母，寫著我的名字。

「不要透過她先生。」護士說，眨眨眼，露出大大的微笑。她是嗅到什麼出軌的訊息嗎？女人的祕密？某個舊情人？

「明天再來吧。」她說。「誰曉得？要是有機會，我會轉告她的。」

我一到大廳，就忍不住看了信。夏琳顯然很費力才能盡量把字寫得工整，不像信封上的字跡那樣歪歪扭扭。當然她也很可能先把信寫好、放進信封，然後才封口，擱在一邊，想說可以親手交給我，後來才覺得有必要寫上我的名字。

瑪琳。我怕我會病到連話都講不了，所以寫這封信。我要請妳做件事，請務必幫我辦到。請妳去歸爾甫，到大教堂找一位霍夫史塔德神父。永援聖母大教堂。它很大，妳不用講它全名也找得到。霍夫史塔德神父。他會知道怎麼做。這件事我沒法請C幫忙，也永遠不想讓他知道。霍神父曉得，我已經問過他，他說或許可以幫我的忙。瑪琳請妳幫幫忙，拜託妳。這件事和妳無關。

C。這一定是指她丈夫。他毫不知情。當然他不知情。

霍夫史塔德神父。

和我無關。

我大可到了街上就把這信揉成一團丟了。我也真這麼做了，我把信封一丟，讓風把它掃進大學大道的下水道。然後我才發現，信封裡面沒有信，信還在我口袋裡。

我再也不會去那間醫院。而且我絕不去歸爾甫。

她丈夫叫基特，現在我想起來了。他們一起去航海。克里斯多福[10]。基特。克里斯多福。C。

我回到公寓，只是居然搭了電梯下樓到車庫，沒有上樓回家。就這麼穿著原來去醫院的衣服，鑽進車裡，一路開上街，往嘉迪納快速道路駛去。

先上嘉迪納快速道路，轉四二七號高速公路，再轉四〇一號高速公路。正逢尖峰時間，這時段出城最頭痛。我很不喜歡在這種時候開車，也不常這麼做，所以沒什麼把握。車子油箱裡的油不到一半，更糟的是我很想上廁所。我想可以等開到米爾頓的時候，先下高速公路，加滿油、上廁所，再想該怎麼辦。眼下除了我把車往北開再往西開之外，實在也無計可施。

結果我沒下車。我駛過密西沙加的出口，又駛過米爾頓的出口。我看到高速公路上有「到歸爾甫多少公里」的標誌，照例在腦袋裡大致換算成英里數，想說油應該還夠。我給自己沒停車找的藉口是，這會兒我們正駛離籠罩市區上空的煙霧（就算天氣再好，仍有煙霧罩頂），太陽快下山了，中途停下來反而更麻煩。

下了歸爾甫交流道之後，我在第一個加油站下了車，雙腿又僵又發抖，勉強走去洗

10 基特（Kit）是克里斯多福（Christopher）的暱稱之一。

手間。然後我加滿了油，趁付賬時問了去大教堂的路。店員講的方向還是不太清楚，但他說那教堂在一個大山丘上，只要我人在市中心，不管哪裡都看得到。

這話當然還是有些出入，因為我不管人在哪裡都看得到它。有四座美麗的高塔，塔頂聳立著雕工精美的尖錐。我以為它會是棟宏偉的建築，不過當然還是很美，以這麼小的城市而言，算是相當氣派的大教堂（不過後來有人跟我說，它不算是真的大教堂）。

這難道是夏琳當年結婚的地方？

不會，當然不是。她都給送去聯合教會的夏令營了，營地裡沒有一個女孩信天主教，反倒有一堆新教徒。還有，別忘了C並不知情。

她搞不好默默改信別的教了。在那之後。

我及時找到教堂的停車場，停好車，坐在車裡想接下來該做什麼。我穿著長褲加外套，但我覺得上天主教教會（或天主教大教堂）好像都得穿得很老派，不曉得自己這樣穿恰不恰當？我努力回想在歐洲去過的那些知名的宏偉教堂。是不是手臂都要遮住？要有頭巾？要穿裙子？

山丘上十分安靜，四月，枝頭還沒長出新葉，豔陽卻依然高掛天空。地上仍有一層不算高的積雪，灰得像停車場的路面。

我身上的外套不夠暖，擋不住傍晚的寒意，也可能是這裡比多倫多冷，風也較大。這時候，教堂搞不好已經鎖門了吧，門鎖了，空蕩蕩。

宏偉的正門像是鎖上了，我也懶得爬上臺階去試試有沒有鎖，因為我打算跟著兩個老婦人（差不多我這年紀）。她們剛從街上爬了很長的樓梯上來，繞過正門前的臺階，直接從側邊的入口進去，這裡比較好走。

教堂裡人就多些，大約二、三十人吧，但應該不是為了什麼禮拜。大夥兒四散分坐各處，有人跪著，有人交談。我前面的那兩個老婦人，把手放進大理石做的洗禮池沾了一下，眼睛卻看著一個在桌上擺設籃子的男人，跟他說哈囉，完全沒有降低音量。

「看外面的天氣好像很暖，其實一點都不暖啊。」其中一個婦人說，男人回答，風會把你的鼻子咬下來。

我看到有告解室，很像一間間獨棟鄉間小屋或小孩的大型遊戲屋，只是變成了哥德式建築。深色的木頭雕著許多花紋，垂著深褐色的布簾。教堂的其他地方則閃耀著鮮豔的五顏六色，令人目眩神迷。挑高的弧形天花板，藍得宛如晴空；與四壁相接、較低的弧形天花板，滿是上了金漆的圓形雕飾，刻著宗教圖樣。彩繪玻璃窗映著此時的陽光，化為串串晶瑩的寶石。我默默地沿著走道向前，想看一眼聖壇，但西面的牆是唱詩班的高壇，反光強得令我無法直視。不過在玻璃窗上方，我看到一些天使畫。一群群宛如光的天使，鮮明、飄逸而純潔。

這是最能看出這教堂用心的地方，但好像沒人為這用心而感動。聊天的婦人仍在輕聲交談，但音量也沒有低到耳語的地步。其他人在制式的點頭、劃十字之後，跪下來進行他們慣常的儀式。

我也該做我該做的事了。我打量四周想找位神父，但一個也沒看見。想必神父跟一般人一樣，也有上班時間，也會開車回家，走進客廳或辦公室或起居間，打開電視、鬆開衣領、拿杯飲料、想著晚餐要吃什麼。他們若要去教堂，那就是正式去工作，穿著正式的袍子，準備主持什麼儀式。是彌撒嗎？

或者聽別人告解。可是這樣你就永遠搞不清楚他們何時會在。他們不是用私人小門進出那些柵欄隔間嗎？

我得找個人問。那個分送籃子的男人，看來不完全是為自己而來，好像是在這裡做事，不過他顯然不是帶位員。沒人需要幫忙帶位，大家都會選自己想坐想跪的地方，有時還會起來換個位置，或許是嫌彩繪玻璃透著的陽光太刺眼。我對那男人只用氣音低聲講話，這是我在教堂的老習慣——他只好請我再說一遍。他聽了之後，或許還是一頭霧水，也或許是窘迫，朝某間告解室顫巍巍地點了一下頭。我只得再把事情講具體一點，讓他相信我。

「不，不。我只是想找一位神父。有人請我來跟神父談談。一位霍夫史塔德神父。」

拿籃子的男人消失在走道遙遠的另一端，不久後又回來，帶了一位腳步輕快，身材粗短的年輕神父，穿著普通的黑袍。

他示意要我進某間房間，我之前沒有留意——那其實也不算房間，而是穿過一道拱門（不是門），進入教堂後方。

「我們在這裡談好了。」他說，幫我拉了一張椅子。

「霍夫史塔德神父……」

「噢，不是，我得跟妳說，我不是霍夫史塔德神父。他人不在，休假去了。」

我有一會兒不知該怎麼接話。

「我會盡力幫妳。」

「有位女士，」我說：「有位女士，她住在多倫多的瑪格麗特公主醫院，她快死了……」

「是，是，我們知道那家醫院。」

「她請我……我這裡有一封她寫的信，她要見霍夫史塔德神父。」
「她是這個教區的嗎？」
「我不知道。我不知道她是不是天主教徒。她是這裡人，歸爾甫人。她是我多年沒見的朋友。」
「妳是什麼時候跟她談過？」
我只得跟他解釋，我沒有真的跟她講到話，她人在睡，但給我留了信。
「但妳不曉得她是不是天主教徒？」
他嘴角破了一塊，講話一定很痛。
「我想她是，但她先生不是，他不曉得她是天主教徒。她不希望他知道。」
我這麼說，只是希望把事情講清楚，但其實我也不曉得自己講的對不對。我有預感，這神父八成馬上就會失去和我談話的興致。「霍夫史塔德神父想必知道是怎麼回事。」我說。
「妳沒跟她講到話？」
我說她一直在吃藥，但不是隨時需要服藥，我肯定她也會有清醒的時刻，我也強調了這點，想說應該有必要。

「要是她想告解，妳知道，瑪格麗特公主醫院也有神父。」

我想不出還有什麼可說的。我拿出信來攤平了，遞給他。我發現信上的筆跡不似我想得工整，和信封上的筆跡一比，也只能說勉強可辨而已。

他露出困惑的表情。

「這C是誰？」

「她先生。」我怕這神父會問C的名字，然後去聯絡他之類的，但神父問的卻是夏琳。這位女士叫什麼名字？他問。

「夏琳．蘇立文。」我居然記得她的姓，真是神奇。神父說應該沒錯，這姓氏聽來是天主教徒，當然，這也代表她先生應該不是。但神父很可能會說，這丈夫偏離正道，無怪乎夏琳想要守密，她要傳達的訊息更為迫切。

「為什麼她會想見霍夫史塔德神父？」

「我想可能是為了特別的事。」

「所有的告解都很特別。」

他作勢起身，但我仍坐著不動，於是他又坐下。

「霍夫史塔德神父現在在休假，但人還在這裡。我是可以打電話問他，如果妳非這麼做不可的話。」

「好，拜託你了。」

「我不想打擾他。他這陣子身體不太好。」

我說要是他身體不好，不能自己開車，我願意開車載他去多倫多。

「必要的話，我們可以幫他安排交通工具。」

他環視四周，沒看到他想要的東西，於是從口袋拿出了筆，決定用信紙的空白面來寫字。

「妳幫我看一下我名字寫對沒有。夏綠蒂……」

「是夏琳。」

我在這番無意義的談話之間，難道不曾動過念？難道一次都沒有？你可能以為我搞不好會和盤托出，明智地坦白一切，略略感受那寬大卻脆弱的寬恕？可是，沒有。我不幹這種事。覆水難收。儘管天使成群，淚血已流。

我坐在車裡，雖然冷得要命，卻完全不想發動引擎。我不知接下來該怎麼辦。我其實知道我可以做什麼。我可以開回高速公路，開進駛往多倫多那閃亮綿延的車流。要是我自忖沒體力開車的話，找個地方過夜也行。很多地方都會供應牙刷，或跟妳說哪兒有販賣機賣牙刷。我知道什麼事情非做不可，也有可能發生，但我當下實在沒力氣去做。

湖上的汽船理應跟岸邊保持一段相當的距離，尤其應該跟我們營區保持距離，這樣汽船激起的浪就不會影響我們游泳。但最後一天早晨，那個星期天早晨，有兩艘船開始競賽，愈繞愈近，雖然還不到浮臺，激起的浪卻干擾了我們。浮臺被浪撞得晃來晃去，寶琳嚇到了，提高了音量破口大罵。船的聲音太大，駕駛聽不到她講話，總之他們激起一波大浪，直朝岸上捲來，我們這些在淺灘玩耍的人，要不是跟著浪頭一起跳，就是被打得捲進浪裡。

我和夏琳都被浪打得漂了起來，而且我們因為當時在看薇娜朝這裡游，都站在水裡、背對著浮臺，水深差不多到腋下。我倆聽到寶琳破口大罵的同時，都被浪捲起來往外扔。現場一片大呼小叫，我們倆也不例外，起先是怕得大叫，再來因為發現又可以站穩了，波浪又在我們前方翻滾，就變成了歡呼。後來的幾波浪都沒有那麼猛，我們還擋得住。

我們被浪打得翻滾的同時，薇娜已經朝這裡游來。待我倆探出頭來，滿臉淌著水，不斷拍動雙臂，薇娜卻四肢張成大字形，漂在水面下。四周的人仍因方才的大浪尖叫高呼亂成一片，一看後來的浪小了許多，叫得就更起勁了，而且居然有不知何故錯過第一波大浪的人，趁這時裝得被浪擊倒的樣子，玩得不亦樂乎。薇娜的頭一直沒抬起來，但她並非一動不動，而是一副很自在的樣子，像水母一樣輕飄飄地漂在水裡。夏琳和我的手都抓著她，抓著她的橡膠泳帽。

這可以是一樁意外，可以說是我倆為了要在水裡站穩，就近抓住身邊的一個大型橡膠物，而完全不知那是啥東西，也不知自己做了什麼。我已經都想好了，想說大家會原諒我們。小孩還小嘛，又嚇成這樣。

是啊，是啊。她們根本不知道自己在幹麼。

事情真的是這樣嗎？如果說我們一開始並沒有打定主意要幹麼，那是真的沒錯。我倆並未互望一眼，然後決定做出我們隨後在意識清楚的情況下做的事。我說「意識清楚」，因為薇娜努力要把頭抬出水面時，我和夏琳的眼神確實曾交會過。薇娜使勁抬頭，像沸水鍋裡的餃子。她身體的其他部位都在水下微弱地擺動，但她的頭很清楚該怎麼做。

要不是因為那橡膠泳帽上有凸起的花紋，摸起來不那麼滑，我們很可能根本抓不牢薇娜那顆橡膠頭。我還清楚記得那泳帽的顏色，很淡很淺的藍，但我一直看不懂那花紋——是魚？是人魚？還是花？總之那凸起的花紋深深壓進我的掌心。

我和夏琳一直望著對方，沒有低頭看我們的手在幹麼。她雙眼圓睜，滿是喜悅，我想我的眼神應該也一樣。我們都不覺得自己很邪惡，反而為這種邪惡得意洋洋。那更像是在執行理應完成的偉大任務，彷彿這是我們一生中的最高點，成就自我的最顛峰。

你可能會說，我們做得太過火，已經回不了頭。我們別無選擇。但我發誓，我們不曾想過那種選擇，當時也沒想到那種選擇。

這整個過程大概不到兩分鐘吧，還是三分鐘？還是一分半？

誇張的是，烏雲居然在這時散開了，但在某個時刻——或許是在兩艘船來鬧事的時候，或是寶琳尖叫時，或第一波大浪打來時，或伏在我們掌下的那橡膠物體不再有自己的意志時——陽光四射，湖邊來了更多的家長，紛紛叫小孩別玩了，到岸上來。游泳時間結束了。這個夏天的游泳時間到此結束，尤其是對住得離湖很遠，或離市立游泳池很遠的孩子而言。私人游泳池，只出現在電影雜誌裡。

我之前說了，我對怎麼和夏琳道別、鑽進爸媽的車裡，已經沒有印象。因為這也無所謂了。那個年齡，事情總會結束。你本來也知道事情會結束。

我很肯定我倆沒有說那種千篇一律、說了覺得侮辱智慧或多此一舉的話，就像「別說出去喔」。

我可以想像事情剛曝光時的不安，但因為還有一堆事件分散了大家的注意力，消息傳得沒那麼快。有個孩子掉了一隻涼鞋。某個小小孩被浪打到，眼裡進了沙子，發出尖叫。幾乎肯定會有某個小孩因為在水裡玩得開心，或因為看到家人太高興，或因為一口氣吃了太多違禁品糖果，開始狂吐。

不是立刻，但不用多久，大家才會發現有人不見了。

「誰？」

「某個特教班的。」

「噢該死。就知道。」

負責特教班的那個女的忙著四處跑，身上還穿著花朵圖案的泳裝，粗壯的胳膊和雙腿上，乳白色的贅肉左搖右晃。語氣激動，帶著哭音。

有人去查看樹林，沿著步道往上跑，高喊她的名字。

「她叫什麼名字？」

「薇娜。」

「等一下。」

「怎麼了？」

「水上是不是有什麼東西？」

但我相信那時我們早已走遠。

木頭

羅伊的工作是專門幫家具裝布套襯墊和整修家具，他也會幫人把斷了腿、少了橫檔，甚至已經沒救的桌子椅子起死回生。現在這種工作早就沒什麼人做了，所以他的生意有點應接不暇，但他也不知如何是好。他一直沒另找幫手，嘴上說是因為懶得應付一堆政府規定的官僚程序，但真正的原因或許是他習慣了一人做事——他打從離開陸軍就一直單打獨鬥，實在很難想像身邊老是有個人打轉會是如何。假如他和他太太莉能生個兒子，兒子或許會對這一行有興趣，長大了就可以幫他的忙，不然有個女兒也行。他曾想訓練他太太的姪女黛安。黛安小時候就喜歡在他的工坊裡玩，看他做事。她十七歲閃電結婚後，因為家裡手頭緊，還來幫過他一陣子。只是後來她大了肚子，要聞那堆去漆劑、著色漆、亞麻仁油、亮光漆，還有燒木頭的味兒，實在吃不消，至少她跟羅伊是這麼說的，不過對他太太倒是說了實情——她丈夫覺得這種工作不適合女人。

於是，黛安現在有四個小孩，在老人安養院的廚房上班。她先生顯然覺得這樣才叫適合。

羅伊的工坊是自宅後面的一間小屋，平日用柴爐來保持溫暖，因此找生火用的柴薪成了他另一興趣，是他私下會做的事，卻也不是祕密。大家都知道他有這嗜好，但沒人曉得他花了多少心思在上面，還有，這嗜好對他有多重要？

砍木頭。

他有輛四輪傳動的卡車，有鏈鋸，還有八磅重的劈木斧。他花在林間砍柴的時間愈來愈多，結果砍的量遠超出家用，於是他乾脆拿柴薪去賣。現代房子的客廳裡多半有壁爐，飯廳裡也有，起居間則擺一只柴爐。而且現代人喜歡爐裡隨時有火──這已經不是開派對或過聖誕節這類場合的專利。

他剛開始往林子裡跑的時候，莉很替他擔心，想說他一個人，萬一在裡面出了什麼事怎麼辦？還有，他原本的家具生意會不會給拖累？她倒不是說他的手藝會變鈍，而是去砍柴會影響他的工作進度。「你總不能對不起客人呀。」她說。「人家希望某個時間之前要弄好，一定有他的原因。」

她認為他這生意是種義務──他出力來幫助他人。所以他後來漲價，還費勁跟別人解釋現在物料成本高，她覺得很不好意思，其實他亦然。

她還在上班時，他要去林子裡並不難，他只要在她出門之後去，趁她回家之前回來就好。她在鎮上一間牙醫診所做櫃檯人員和記帳，這工作很適合她，因為她喜歡和人聊天。有了她，對牙醫也有好處，因為她來自大家庭，家庭向心力又強，她家人都不看別的牙醫，只找她老闆看牙。

她的這些親戚們（波爾家、傑特家、普爾家這三家人），以前常到他們家走動，不然莉也會想去他們家。她這家族的人，雖然彼此未必處得來，卻常常湊在一起。每逢聖誕節或感恩節，二、三十人湊到某一家過節是家常便飯。要不就是一般星期天，十幾個人去某一家看電視、聊天、做飯一起吃。羅伊喜歡看電視，也喜歡聊天，也喜歡吃，卻不喜歡兩件事同時做，當然更不用說三件事擠在一起。所以只要她的那堆親戚星期天到他們家聚會，他便習慣起身、出門，到小屋裡拿鐵木或蘋果木生火——兩種木材他都用，不過蘋果樹燒起來特別有股溫馨甜美的氣味。他在小屋沾著各種污漬油漬的架上，總會大剌剌擺著一瓶裸麥威士忌。他在家裡也有一瓶，也不吝嗇與別人分享，但只有他一人在小屋裡給自己倒的那杯，喝起來滋味特別好。就像壁爐飄出的煙味，唯有沒人在旁說「啊，好美喔」的時候，聞起來才特別香。他做家具和伐木的時候從不喝酒——只在家裡滿滿都是人的星期天喝。

他自己做自己的事，好像完全不會影響到別人。這些親戚們也不覺得受冷落——羅伊是因為娶了莉，才加入這個家庭，既沒幫他們家生個一男半女，和他們又是不同型的人，所以親戚們對羅伊的興趣也不高。他們塊頭又大又胖，話又多；羅伊短小精幹，話特少。他的妻則是個隨和的女人，就喜歡羅伊這個樣子，所以她既不會講他，也不會幫他跟別人說不好意思。

他倆都覺得不知何故，比起成天忙小孩的夫妻來，他們對彼此的意義更為重大。去年冬天莉得了重感冒和支氣管炎。她想應該是牙醫診所人來人往，把病菌都傳給她了，於是她辭掉工作——她說反正這班上得也有點倦了，想要多點時間，做她一直想做的事。

只是羅伊始終不曉得這「一直想做的事」究竟是什麼。她的體力大不如前，一直沒能復原，而且這似乎也大幅改變了她的個性。家裡有客人會讓她緊張——尤其是她的家人。她連講話都覺得累，也不想出門。家裡她還是打理得不錯，但她會在家務的空檔間休息，所以光是簡單的日常家事，就可以耗去一整天。她以前對電視的興趣也淡了許多，不過羅伊開電視時她還是會看。從前討喜的福態身材，現在瘦了下來，變得毫無曲線可言。曾有的溫暖親切、容光煥發——所有曾讓她美麗的因素，都從她的臉龐與褐色眼眸中點滴流失。

醫生給她開了些藥，她卻分不出這些藥對她到底是好是壞。她有個妹妹帶她去找全人療法的醫師，結果光看診就花了三百元。她也不知對她到底有沒有用。

羅伊想念以前那個談笑風生、神采奕奕的妻，他想要她回來，卻無計可施。

他只能對這個不苟言笑、無精打采的女人多所包容。有時她的手會在臉前揮動，彷彿她眼前有蜘蛛網，或是身陷刺藤叢裡，想開出一條路。但若問她是不是看不清楚，她又說沒事沒事。

她再也不開車了，也不再對羅伊去林裡發表任何意見。

她可能哪天就會突然清醒過來，黛安說（黛安大概是現在唯一會來他們家的人）。也可能不會。

醫生也是這麼說，只是醫生的措詞更為謹慎。他說他給她開的藥，會讓她不致陷得太深。羅伊想，要多深才是太深？還有，你什麼時候會看得出來？

偶爾他會找到鋸木廠的人伐過的林子，樹倒後剩的那一小段還長在地上。有時他找到的林地，已經有管理林區的人進去過，還把死的、病的、無法做木料用的樹，全都剝過一圈皮，準備砍掉。好比說鐵木其實並不適合製材，山楂樹和美國梧桐也一樣。要是他發現這種林地，便會和農夫或地主聯絡，你來我往講好價後，他就進去伐木。這種情況多半發生在秋末，就像這時候，大約十一月或十二月初，因為這時正是賣柴薪的好時節，也是把卡車開進林地的好機會。現在的農夫不像從前，自己伐木自己拖運，所以通往林間的車道過去比較暢通，現在就要碰運氣了。你常得一路開過田野入林，一年也大概只有兩次可以這麼做——一次是犁田前，一次是收成後。

收成後這個時間比較理想，因為地上結霜會變硬。而且今年秋天柴薪的需求量比往年大得多，羅伊進出林間的次數，已經變成一週兩、三次。

很多人是看葉子或形狀、大小來辨別樹的種類，但羅伊走在沒有葉子的林間，靠的是看樹皮。鐵木是夠分量又穩定的木柴，粗短的樹幹上有參差斑駁的褐色樹皮，但樹枝尖端光滑呈紅色。櫻桃樹是林中最黑的樹，樹皮上有鱗片般美麗的圖樣。一般人會很意外櫻桃樹可以長得這麼高——和平常在果園裡看到的櫻桃樹完全不同。蘋果樹則和果園的版本差不多，不太高，樹皮不一定像鱗片排列，顏色也沒有櫻桃樹深。梣樹挺拔威武，樹幹有燈芯絨狀的條紋。楓樹有灰色的樹皮，表面凹凹凸凸，形成的陰影就像黑色的紋路，交會處有時形似長方形。這種樹皮讓人覺得自在隨性，很符合楓樹的個性。很多人一講到樹，想到的就是楓樹，有種樸實熟悉的感覺。

山毛櫸和橡樹則又不同了——這兩者雖然不像快絕跡的榆樹有可愛的形狀，卻有些引人矚目、一見難忘的特質。山毛櫸有平滑的灰色樹皮，很像象皮，很多人喜歡在上面刻自己的名字縮寫。隨著時光推移，幾十年過去，原先刻下的細長溝紋逐漸拉寬，最後變成難以辨認的斑塊。

山毛櫸在林間可以長到一百呎高。在開放的空間裡，這樹會長成一大片，擴散的寬度足以與樹高相當。但它們在林子裡則改往上竄，頂端的樹枝會扭個大彎，活像公鹿的角。不過這種看來頗為囂張的樹也有其弱點，就是扭曲的紋理，這從樹皮上的波紋就能看出。有這種紋理的樹，代表風大時可能會折斷或倒下。而橡樹呢，在這國家不算很常見，也不像山毛櫸那樣到處都是，但很好認。人說屋子後院好像都會有棵楓樹，同理，故事書裡好像都會有棵橡樹，彷彿所有的故事開頭都是「從前從前有座森林」，而那林裡種著滿滿的橡樹。它們濃綠、晶亮、凹凸有致的葉子，固然是給人這種印象的主因，但更神奇的是，等橡樹葉全都落光，你便能清晰看見它軟木塞般的灰黑厚樹皮、錯綜複雜的表面，和如魔鬼般張牙舞爪、東捲西扭的樹枝。

羅伊的想法是，只要你自己搞清楚狀況、拿捏好分寸，一個人去砍樹並不算危險。砍樹時的第一要務是評估樹的重心位置，然後在一側鋸一個七十度的三角形，位置約正好在重心的下方。鋸出三角形的那一側，自然就是後來樹倒下的方向。接著從那一側的反面，鋸下讓樹倒下的那一鋸，但不必切穿那個三角形，位置只要和三角形朝內的那一點對齊就好。也就是說，要鋸進樹幹內，但快到樹重心中點的邊緣時，留下一些空間，那也就是樹會倒下的支點。樹倒下時，能不打到別的樹的樹枝是最好，但有時這實在不可能。要是樹倒在周圍的樹上，你就很難把卡車開到定位，用鏈子把樹綁好拖走，你得把樹幹從底部開始慢慢往上鋸，鋸成好幾段，砍到最上面的樹幹失去支撐掉下來為止。要是你砍下的樹正好卡在自己的樹枝間，就得把較大的枝幹先鋸掉，鋸到纏住樹的枝幹為止，這樣就能讓卡住的樹幹落地。這種枝幹承受很大的壓力，很可能彎得像弓。祕訣是鋸下之後，讓樹往朝你相反的方向滾動，讓枝幹不會打到你。等樹幹安全落地之後，你再把它鋸成壁爐柴薪所需的長度，然後用斧頭一一劈開。

偶爾會碰上意想不到的狀況。有些難搞的木塊，用斧頭怎樣都劈不開，只得把它放倒後再用鏈鋸鋸。用這種方式鋸出來的木屑有紋理，是一條條的長條。此外，有些山毛櫸或楓樹一定得放倒後鋸開，再沿著年輪的軌跡，把圓形的木塊鋸成近似方形，這樣接下來要怎麼鋸或劈都比較容易。有時也會碰到已經開始腐爛的木頭，年輪的軌跡間甚至長出了蕈類。不過整體說來，木頭的硬度倒是比較不會有意外——主幹通常比大枝幹要硬。若樹比較粗大，且有部分長在開放空間裡，那主幹就會比林間被迫往上竄的修長型硬得多。

意想不到的狀況。不過你可以防患未然，只要你準備工作做得好就沒有危險。他曾想過要把這一切解釋給他的妻聽。整個工作的程序、難以預料的狀況、辨別樹的種類等等。不過他想不出該怎麼講她才會有興趣聽。有時他還真希望當年能把這堆知識傳給年輕時的黛安，只是黛安現在不會有時間聽了。

他對木頭的心情，某種程度可說是相當私密的——像是覬覦，近乎執迷。他在別的方面都不是貪的人，可他夜裡在床上會睜著眼，想著他盼望弄到手的一棵漂亮山毛櫸，想著它品質是否會如外表一樣好，還是裡面另有玄機。他想著國內有些林地，位於農場後方，前面隔著私人田地，害他根本看不到。碰上他開車穿過林間，總不禁扭頭東張西望，生怕錯過什麼。就連對他沒用的林地，他也一樣興致盎然，好比一片長得太密、太雜，不碰為妙的美國梧桐。他望著淡色樹幹上劃著一道道垂直的深色紋理——他會記得這些紋理的位置。他真想在腦裡畫張地圖，記錄他看過的每片林子，雖然他會對外說這麼做是為了實際理由，但實情當然並非如此。

下過第一場雪後的一、兩天，他到某片林子看環狀剝皮過的樹。這次他可以進來——他已經跟農人打過招呼，農人名叫蘇特。

這片林子的邊界有個非法垃圾場。有些人鎮上明明有垃圾場不去，反而不斷把垃圾丟在這個隱蔽的地點，可能是因為無法配合鎮上垃圾場的開放時間，或覺得地點不方便。羅伊看見有什麼東西在那邊動。是狗嗎？

不過後來那影子站直了身，羅伊看清楚了，那是個男人，穿著髒兮兮的大衣。那是波西．馬歇爾，正在垃圾堆裡翻弄，看能找到什麼。以前在垃圾堆裡偶爾還能找到不錯的舊鍋碗瓢盆，連黃銅煮水壺都有，但現在很難了。再說，波西撿破爛的功力反正也不好，他只要看到能用的都撿——只是在這堆塑膠容器、裂開的紗窗、肚破腸流的床墊之間，要看到能用的東西還真不容易。

波西一人住在某廢棄空屋的一個房間裡，就在離這裡幾哩路的十字路口旁。他平日就是在路上走，沿著溪流、穿過鎮上，邊走邊喃喃自語，偶爾扮演腦袋空空的遊民，有時又是精明的當地人士。這種營養不良、餐風露宿的生活，完全是他自己的選擇。他也住過郡立的安養院，卻受不了那裡的固定作息和身邊一堆老人。多年以前，他也曾在某個不錯的農場工作，但農人的生活又太單調乏味——於是他幹起釀私酒、闖空門（闖得很蹩腳）的勾當，在牢裡進進出出過一陣子。這十年來，他又洗心革面往上爬，加上老人年金的貼補，終於也算過得去。當地報紙甚至報導過他的事蹟，還登出他的照片。

稀有動物。摒棄傳統、無拘無束的本地人士真實心聲。

他吃力地從垃圾堆裡爬出來，像是覺得有義務出來跟羅伊聊聊。

「你要來砍些樹走？」

羅伊說：「大概吧。」他想波西可能是想拿點免費的柴薪。

「那你動作最好快點。」波西說。

「怎麼啦？」

「這整塊地要賣，條件已經談好了。」

羅伊不禁追問買方是什麼人，這讓波西很開心。波西愛八卦，但不說假話，至少不對他真正感興趣的事扯謊，像地產交易、遺產、保險、闖空門這類扯上錢的事。人缺錢，不代表不會滿腦子都是錢。若有人以為波西是沉湎往昔的哲人，看他這模樣應該會很意外，雖說他必要時也偶爾會突然冒出一句哲理。

「我聽說有個傢伙。」波西說，手比劃著模樣。「我在鎮上聽到的，不曉得耶，好像是個開鋸木廠的，和『河流旅館』簽了約，供應他們冬天要用的木柴。一天一考得[1]。他們用量這麼大耶。一天一考得。」

羅伊問：「你哪兒聽來的？」

「啤酒館啊。對啦，我偶爾會去那邊，但絕不喝超過一品脫喔。這些我不認識的傢伙也在那邊，不過他們都沒醉，只是在聊那塊林地在哪兒，我聽著就是在說這塊沒錯。蘇特的地。」

羅伊和蘇特上星期才談過，他以為和蘇特都商量好了，就是像平常那樣，把人家不要的木材清掉。

「那可是不少木頭呢。」他鬧鬧地道。

「是啊。」

「要是他們全都拿下，得有執照才行。」

「那當然，除非有什麼檯面下的事。」波西講得眉飛色舞。

1 cord，英、美量柴薪的體積單位，約為三．六二五立方公尺。

「反正不干我的事。我手上的事就夠我忙了。」
「我想也是。夠你忙的了。」

羅伊回家的路上，滿腦子都是這件事。他之前偶爾會賣些柴薪給河流旅館，不過現在他們想必已經決定要把這業務包給一個供貨穩定的供應商，而那供應商不是他。

他在思考怎麼把那麼多木頭運出來。已經開始下雪了。唯一辦法是在嚴冬真正來襲之前，先把樹幹拖到開放空間，而且要盡快，先堆成一堆、鋸斷，等以後再劈。要拖那一堆木頭出來得用推土機，至少也得開大型拖曳機來。而且還得開路進去，用鍊子把樹綁好拖出來。此外也需要一組人——這不是一、兩人就能搞定的事情，規模大得多。到這等規模的業務，不像可以兼著做的事，像他這樣。很可能是大企業，從國外來的也說不定。

羅伊跟蘇特談的時候，蘇特對這件大交易，半點口風都沒露。不過這大企業也很有可能是後來才去找蘇特的，而他決定把先前跟羅伊的口頭約定擱到一邊，讓大企業的推土機長驅直入。

整個傍晚，羅伊想過要打個電話，去問問到底怎麼回事。不過他也想到，萬一蘇特確實改變主意，那也沒什麼可以挽回的了。口頭約定無憑無據，對方大可叫他走人。

羅伊眼下能做的，或許是就當他沒聽過波西講的這回事，也沒聽說有別人要進來搶生意——乾脆就這麼去林子裡，趁人家的大推土機還沒來之前，盡快把他能帶走的樹砍一砍。

當然也有一個可能，就是波西把整件事弄擰了。他不太可能僅是為了整整羅伊而捏造這整件事，但他不無可能扭曲了某些部分。

只是羅伊愈想愈覺得波西說的是實情。他腦海裡不斷浮現推土機、上鍊的樹幹、一大片地上堆高的木頭、拿著鏈鋸的一群男人。現在他們都這麼幹了，所謂的批發業。

羅伊會這麼放不下這件事，有個原因是他原本就不怎麼喜歡河流旅館。它在遊隼河畔，是間度假旅館，用老工廠廢墟改建的，離波西．馬歇爾住的那個十字路口很近。其實他的住處，連地帶房，全都是這間旅館的。這房子原本要拆，但河流旅館的房客度假閒閒沒事做，滿喜歡沿著這條路散步拍照，拍拍這棟破房子、老舊的耙、一旁翻倒的四輪車，和已經不用的汲水幫浦；要是碰上波西願意入鏡，他們會連波西也拍進去。有的遊客還會對著這風景寫生。這些人老遠從渥太華和蒙特婁來，無怪乎覺得自己到了荒山野地。

當地居民也會去這旅館吃頓特別的午餐或晚餐。莉去過一次，和她的牙醫老闆、老闆娘，還有帶先生一起來的牙醫保健師。羅伊不想去，他說不想吃貴死人的飯，就算有人請客也不去。但他自己也說不上來到底看這旅館哪裡不順眼。他並不反對有人就是想花大錢好好享受一番。有人有錢願意花、有人願意賺，他當然也沒意見。沒錯，這間旅館翻修，把家具都重新整修過、裝上新的布套襯墊，卻沒來委託他這個在地人，而是請了不知哪兒來的人。不過就算旅館問他要不要做，他很可能還是會搖頭，說他工作量已經夠多了。莉曾問他到底對那間旅館有什麼意見，他只擠得出一個理由，他說，黛安之前曾去那裡應徵女侍的工作，卻沒入選，原因是旅館說她太胖。

「嗯，黛安那時是滿胖的啊。」莉說。「現在還是啊，她自己都這麼說。」

話是沒錯。可羅伊還是覺得旅館那票人眼睛長在頭頂上。貪得無饜的勢利眼。他們現在還要蓋新館，說是要長得像復古商店和復古歌劇院的樣子，純是表面工夫。燒柴火也一樣是做表面而已，還每天燒一卡得咧。這麼一來，不久就會有人開著推土機，把那片林子像玉米田一樣夷平。這種蠻幹的詭計，你想都想得到他們會怎麼強取豪奪。

他把聽來的事跟莉說了。他有事還是會對她說，習慣使然。不過他現在也習慣她總是心不在焉，很少注意她有沒有反應。只是這次她居然附和他自己說過的話。

「無所謂。你反正事情也夠多了。」

他早知道她會這樣講，不管她狀況好不好，都一樣搞不清楚重點。不過，太太們（做丈夫的搞不好也一樣）大半的時間，不都是這種反應嗎？

隔天早晨，他有好一陣子都忙著做一張折疊桌，打算整天待在工作間裡，把幾樣早該交件的東西做完。快中午時，他聽見黛安的車轟隆隆而來（消音器早已無法消音），望向窗外。她是來接莉去看反射療法的治療師——她覺得對莉有用，莉也沒反對的意思。

不過黛安並沒走向屋子，而是走向他的工作間。

「你好啊。」她朝他招呼。

「妳好啊。」

「這麼拚喔？」

「很拚喔。」羅伊說。「給妳個差事做吧？」

這是他倆照例會說的話。

「我有工作啦。欸，說正經的，我來這裡是想請你幫個忙。我想借你的卡車。明天，我得帶小虎去獸醫院。我用車載不動牠。牠太大了。實在不好意思，只好問你。」
羅伊說不用擔心，拿去開就是了。
他心想，小虎要去獸醫院，這可是一筆錢。
「你不用開卡車嗎？」她問。「我是說，你開一般的車，沒關係嗎？」
要是今天的工作能做完，他明天當然想去林裡一趟，不過他當下決定，今天下午就先去。
「我會幫你把油加滿。」黛安說。
這代表他得記得先把油加滿，省得她還要加。他正要說「妳曉得，我之所以想去林子裡，是因為有個狀況，我實在放不下……」不過她已經轉去找莉了。
她們倆前腳一走，他後腳馬上跟著收拾東西，鑽進卡車，開往他前天去的地方。他想過要不要去波西那邊一趟，再問得清楚一點，但最後想說問也無濟於事。他要是表現得這麼有興趣，很可能讓波西跟著信口開河。他又想要不要去和蘇特聊聊，也因和昨晚同樣的理由打消念頭。
他把卡車停在通往樹林的小路上。這條小路不久就會慢慢消失，他會在消失前走人。他四處漫步，邊走邊觀賞著樹。樹的樣子依舊，看不出有人密謀不軌的跡象。他身上帶著鏈鋸和斧頭，有種似乎得趕緊下手的感覺。要是有人突然出現，問他在這裡幹麼，他會說已經取得那農人同意，什麼賣地等等他一概不知。他會說他要一直砍下去，砍到農夫來親口叫他滾出去為止。萬一真的有這種狀況，他當然也只好走人。只是想來不太可能，因為蘇特人很胖，髖關節有問題，不會沒事在自己的地上晃來晃去。

「……你沒權利……」羅伊也開始跟波西一樣，自言自語起來：「我要看到白紙黑字才算數。」

他在跟自己沒見過的陌生人說話。

林區的地面通常會比周遭的地來得崎嶇不平。羅伊始終以為這是因為樹倒時，樹根把土壤一併帶起來，然後就留在原地腐化。樹倒後腐爛的地方化為小丘，樹根帶起土壤的地方則留下空洞。不過他後來讀到（才不久前的事，他真希望能想起來是哪裡讀到的），地面崎嶇是因為冰原期後沒多久，冰在層層土壤間成形，把土壤推高成為奇形怪狀的土丘，今日的極地亦是如此。沒有整過的地，土丘仍存。

發生在羅伊身上的這事，實在再平常不過，又委實不可思議。在林子裡傻傻夢遊的人、東張西望看風景的度假客、把林區當公園閒晃的人，才有可能出這種事。或是不穿靴子穿便鞋，眼睛又不看路的傻瓜。羅伊進出林間數百次，從來沒發生過，連差點發生的機率都沒有。

這時雪已經下了一陣，只是下得不大，地上的土和落葉都滑溜溜的。羅伊單腳一滑，扭了一下，另一腳則猛然踩上一堆覆著雪的斷枝，得踩穿過斷枝才能踏到地，但出乎意料的是，斷枝堆得頗厚，他的腳沒那麼快著地。換句話說，他不小心踩到（或者說幾乎一頭栽進）通常你跨步之前必定會小心測試的地方，也就是假如附近地上的狀況比較好，你根本不會去踩的那塊地。所以究竟是怎麼回事？他摔得不重，不是跌進地鼠洞那種跌法。他因為踩空重心不穩，但還是勉強搖晃了一下，詭異的是他那隻打滑的腳，摔下去的時候，不知怎地居然卡在另一條腿底下。他倒地時先把鏈鋸拿遠了些，斧頭也扔了出去，只是扔得不夠遠——斧柄重重打在他扭到那隻腿的膝蓋上，他整個人也被鏈鋸的力道拉了過去，不過所幸他沒跌在鏈鋸上。

他覺得自己幾乎是以慢動作倒下，中間經過縝密的盤算，但倒下是無可避免的結局。他很可能會摔斷肋骨，不過他沒有；斧柄很可能會飛起迎面擊中他，然而也沒有。他的腿很可能會給劃一個大口子。他想了這一切可能，雖沒有立即應變的對策，卻也不能肯定自己是否真那麼走運。因為這意外（他滑跤、踩到樹枝、摔倒）本身就夠扯夠詭異了，講了都不會有人信，什麼違背常理的結局都可能發生。

他慢慢試著站起來。兩個膝蓋都很痛——一個被斧柄擊中，一個重重著地。他抓住身邊一棵小櫻桃樹的樹幹（他的頭原本也很可能撞到這樹幹），緩緩起身。他暫時把重心放在一隻腳上，用他先前滑跤扭到的那隻腳輕輕著地，想說過一會兒再試試看能不能動，然後彎身撿起鏈鋸，卻又差點摔到地上。一股痛楚從地上竄出，直衝腦門。他拋下鏈鋸，站直身子，搞不懂這痛是哪裡來的。那隻腳——難道他彎腰的時候，把重心放在那隻腳上？劇痛已經侵入那隻扭到的腳踝。他盡量把腿伸直，先看看它的狀況，再小心翼翼地試著把腳放在地上，看把重心挪到腳上會怎樣。他無法相信怎麼痛成這樣，也無法相信居然可以一直這麼痛，痛到他快承受不住。他腳踝想必不是單純的扭傷，肯定有比較深層的拉傷。會不會骨折了？他穿著靴子，看不出兩隻腳踝有什麼明顯的差別。

他明白自己一定得咬牙忍下來，得漸漸適應這痛才能安全脫身。他又試了幾次看能不能走，卻毫無起色，他根本無法把重心放在腳上。想必是骨折了。斷了的腳踝——即使如此都只算是小傷，老太太在冰上滑倒時常有的事。他運氣已經夠好了。只是腳踝斷了，小傷嘛。話雖這麼說，他連一步都動不了。他沒法走。

他後來終於想清楚，要想回到卡車上，必然得拋下斧頭和鏈鉅，趴著用雙手雙膝爬回去。他設法用最省力的方式趴了下來，使勁把自己挪向方才留著靴印的來時路，只是現在那條路已經覆上了雪。他想到應該檢查一下鑰匙有放在口袋裡，還要確定口袋拉鍊有拉上。他搖頭晃腦把帽子甩到地上，就丟在那兒不管了——因為帽舌會擋到他的視線。這下子雪直接落在他頭上，不過還好不太冷。他認清自己只能爬回去之後，情況也就沒那麼糟了——雖然爬回去，對雙手和那隻沒受傷的膝蓋有些吃力，但不失為一個可行的辦法。他小心地爬過地上的斷枝堆，穿過小樹群，越過幾個小丘。就算碰上坡道，他可以用滾的過去，他也不敢——他得護著受傷的那條腿。他很慶幸沒碰上泥沼，也慶幸自己當機立斷折返。雪愈下愈大了，他留下的腳印所剩無幾，若少了那道痕跡，他趴在地上，很難知道自己的方向對不對。

他一開始還覺得搞成這樣著實不可思議，但爬著爬著，便覺得逐漸自然起來。他用雙手、雙肘、單膝使力，緊貼地面爬著，若碰上有樹幹橫在眼前，便先看它有沒有腐壞，再匍匐著使勁把自己挪移過去，滿手都是爛掉的樹葉、泥土和雪——他沒法戴手套，只有兩手露在外面，他才能抓得牢、確實感覺林地上的東西，所以他雙手都給刮傷了，凍得冰冷——這一路下來，他已經不再為自己做的事感到訝異。他不再去想留在原地的斧頭和鏈鋸，雖說他原本相當捨不得。他也不太回想事情是怎麼發生的。發生就是發生了，無論原因如何。這整件事似乎不再那麼荒唐或反常。

眼前有個滿陡的坡得爬。他爬到坡前時深吸了一口氣，慶幸自己已經爬了這麼長一段路。他先輪流把手放在外套裡暖了暖，然後不知怎地想起黛安，穿著那件蹩腳紅雪衣的黛安。他明白了，不管她怎麼過，那都是她自己的人生，他再操心也沒用。他又想到他的妻，在電視前佯裝大笑的樣子。沉默不語的樣子。至少她吃得飽穿得暖，沒有流落街頭。人生還有更不幸的際遇啊，他想，更不幸的。

他開始往上爬，把雙肘使勁壓在地上，再配上痛得要命卻還能動的膝蓋。他努力往上，咬著牙，彷彿只要咬緊牙關就不會往下滑，看到露出的樹根或還算牢固的莖便一把抓住。他難免也會往下滑、抓不牢，但他稍作停頓後，又開始慢慢往上挪動。爬的時候，他始終沒抬頭看還有多久才到頂，只要他假裝這道坡沒有盡頭，爬到頂時就是意外的驚喜，他賺到了。

這一段路花了很久時間。他終於爬到坡頂，在前方成排的樹與落雪間看見了卡車。他那紅色的老馬自達，他忠實的老友，神奇地在那裡等著他。能成功征服這坡，給了他一劑強心針，他雙膝跪地，小心護著受傷的腿，用沒事的那隻腿顫巍巍站起來，拖著傷腿，歪歪倒倒像個醉漢。他試過小步輕輕往前跳，不行——那很容易重心不穩。他也努力想把一點重量移到傷腿上，輕輕的就好，但光是這樣就痛得快要暈過去。於是他只好趴回地上使出老招，用爬的。不過這次他不是直接穿過樹群爬向卡車，而是轉個角度，爬向他之前入林的路線。他爬到那條路之後便加快動作，只是車輪壓過的泥濘，白天解了凍，現在卻又因降雪再次結冰，凍成堅硬無比的溝紋。這對膝蓋和手掌都很傷，但比他方才快痛暈之前想走的那條路，還是要好走得多。他可以看到卡車就在眼前，望著他，等著他。

他應該可以開車，所幸受傷的是左腿。此刻最糟的部分已經告一段落，他大鬆一口氣之餘，許多惱人的問題也浮上心頭。誰要幫他拾回扔在那邊的鏈鋸和斧頭？他要怎麼跟人解釋東西丟在哪裡？大雪何時會把它們蓋住？他何時才可以正常走路？

想也沒用。他趕走這些思緒，抬起頭，再次望向卡車給自己打氣，又停下來歇一會兒暖暖手。他是可以戴上手套，但想想，何必毀了一雙手套呢？

一隻大鳥從他身側的林間飛起，他伸長脖子看是哪種鳥，想說應該是鷹，但也可能是鵟。要真是鵟的話，牠應該會盯住他吧？想說，嗯，走運了，這個人受傷啦。

他等著看牠繞回來，看牠飛的姿態、翅膀的特徵，判斷牠是哪種鳥。

等牠飛回來的那段空檔，他看了一下翅膀，是鵟沒錯——不過這段時間裡，他也忽地對之前這二十四小時不斷困擾他的事情，有了完全不同的想法。

卡車在動。什麼時候發動的？是他在看那隻鳥的時候嗎？起先只是微微地動，沿著車輪之前留下的軌跡搖搖晃晃——也很可能是幻覺。不過他聽得見引擎聲，是的，車在動。有人趁他不注意時爬進卡車？還是有人一直在卡車裡等著？他當然鎖了車門，而且鑰匙在他身上，他又摸摸已經拉上拉鍊的口袋。有人在他眼皮底下，不用鑰匙就偷了車。他人都還沒站直，便怒吼起來，揮著手，彷彿這樣便能收嚇阻之效。可是卡車非但沒有掉頭開走，反而磕磕絆絆直朝著他駛來，而且駕駛還按起喇叭，不是警告他，而是打招呼，速度也放慢了。

他看到是誰了。

唯一有另一副鑰匙的人。唯一可能的人。莉。

他吃力地把重心放到單腿上。她跳下卡車，跑到他身邊扶住他。

「我剛摔了一跤。」他喘著氣對她說。「這輩子還沒幹過這麼蠢的事。」接著才想到要問她，怎麼跑到這裡來的。

「呵，反正不是用飛的。」她答道。

她開車來的，她說——那語氣就像她每天都開車，不曾半途而廢。她說她開車來，只是把車停在大馬路上了。

「那種車開林地不夠力。」她說。「我怕我會陷在雪地裡。不過看這樣子大概不會吧，泥巴都結冰了，好硬。

「我看到你的卡車，」她又道：「所以我就直接走到林子裡，開了車門坐在裡面。我想你一看下雪，應該很快就會出來。不過我真沒想到，你是手膝並用爬出來的。」

或許因為走了一段路，也或許因為天冷，她臉上有了神采，嗓音也尖銳起來。她蹲下去看他的腳踝，說應該腫起來了。

「原本還可能更慘的。」他說。

她說他進林子這麼多次，這是唯一一次她沒操心。就這麼一次不操心，結果就出事了（此時他懶得跟她說，她一副無憂無慮狀已經好幾個月了。）她連一點預感都沒有。

「我只是要來跟你講件事，」她說：「因為我等不及要告訴你。那個女人幫我治療的時候，我有了個想法。然後我看到你爬出來，心裡想，我的老天啊。」

什麼想法？

「噢，那個啊，」她回道：「呃……欸，我不知道你會怎麼想，以後再跟你說。我們先去把你的腳踝治好。」

什麼想法？

她想的是，波西聽說的那個什麼大企業根本不存在。波西是聽到一些流言沒錯，但不是什麼外地人拿到伐木執照。那流言指的人，應該就是羅伊自個兒。

「因為那個老傢伙蘇特根本就是個大嘴巴。我知道他們那家人，他老婆就是安妮·普爾的姊姊嘛。他逢人就說他談成一筆生意，還加油添醋講了一堆，結果就扯成他跟河流旅館談好了，說人家訂了一大批，什麼一天一百考得之類的。旁邊喝啤酒的聽到了，一傳十、十傳百，話就給傳成這樣啦。再說你們還打了某種契約——我是說，你不是跟人家講好了……」

「這也太扯了吧……」羅伊說。

「我就知道你會這麼說，但你想想看……」

「扯歸扯，但這也就是我五分鐘前的想法。」

沒錯。這就是他望著那隻鵟時，突然浮現的想法。

「所以啦，」莉說著，得意地笑出聲：「每件事居然都和旅館沾得上邊，滾成一件大事，還扯上一大筆錢咧。」

所以就是這麼回事啊，他想著。他聽的其實是關於自己的流言，吵了半天，其實還是兜回他身上。

不會有推土機，沒有一群拿著鏈鋸的人。梣樹、楓樹、山毛櫸、鐵木、櫻桃樹，都不會有事了。至少暫時沒事了。

莉一直扶著他，有點上氣不接下氣，但還是迸出一句：「真是英雄所見略同啊。」這時最好別提她有些不一樣了，這道理就像你最好別在別人爬梯子時朝他喊恭喜。

他用力把撐著自己的那條腿（也有部分是由莉撐著）挪進卡車的副駕駛座，不禁呻吟起來，這和他平日獨處時會發出的呻吟可不一樣。他不是想誇大自己有多痛，只是用這種方式向他的妻形容那種痛。

或者說，讓他的妻也感受這種痛。他想過若哪天她重新振作起來，自己會有什麼反應，此刻他的感受卻有些出乎自己意料。他哼哼唧唧呻吟，或許是為了掩飾這種感覺的落差，也可能是為它開脫。他難免有些戰戰兢兢，不曉得她現在這種看似正常的狀態會持續下去，或只是曇花一現。

但即便她就此恢復，即便一切平安無事，還是會有別的狀況。有些「失」模糊了這「得」。倘若他有那個力氣，會羞於承認的某種失落。

天黑了，雪愈堆愈厚，他只看得到前排的樹，裡面的都看不見了。以前初冬夜幕低垂時，他也待在裡面過。但現在他仔細看，才發現這林子有些東西，他以前從來沒注意過。這片林何等糾結，何等結實隱密。這不是一棵樹連著一棵樹而成的，而是所有的樹結合在一起，互相支援打氣，融為一體。一種在你不覺之間發生的轉型。

這片林還有個名字，他一直在想是什麼，總覺得可以想出來，但偏偏就是差那麼一點。名字有點言過其實的味道，感覺陰森森但還算中性的詞。

「我把斧頭留在那兒了。」他訥訥道。「我把鋸子留在那兒了。」

「沒什麼大不了。再找人去拿就是了。」

「還有妳的車。妳要不要去拿車，我來開卡車？」

「你瘋啦？」

她正忙著把卡車倒到掉頭處，這句話回得不太專心。然後她緩緩地往前開（倒也沒有慢到快停下的地步），讓車在原來的軌跡上微微顛簸，順著路一直走。他不習慣用這個角度看後照鏡，便把車窗放下來，頭伸出去東張西望，任雪飄到他臉上。這不單是為了看她開車的路況，也多少想洗去蒙得他暈陶陶的一股暖意。

「慢慢來。」他邊看邊說。「對了。慢慢來。好了。沒問題。沒問題了。」

他說話的同時，她正講到關於醫院的什麼。

「……要他們先幫你看看。最要緊的先辦。」

他印象裡，她從來沒開過卡車。

她能開成這樣真是厲害。

森林。就是這個詞。一點都不陌生但他八成從來沒用過的詞。這詞太正式，他多半不碰。

「『荒林』。」他說，像是這樣說便了結了什麼。

太多幸福

很多沒念過數學的人，都把數學跟算術搞混，以為數學是一門枯燥無味的科學，但其實這門科學需要無窮的想像力。

——索菲亞．柯巴列夫斯基[1]

I

一八九一年，一月的第一天，有個嬌小的女人和一個大塊頭男人，走在義大利熱那亞的「老墓園」裡。兩人都大約四十歲左右。女人個子雖小，頭倒是孩子氣地大，濃密的深色鬈髮，熱切的神情裡有絲懇求，臉上已隱約顯露風霜。男人非常高大，兩百八十

1 Sophia Kovalevsky，亦有譯名為蘇菲亞．柯巴雷斯卡亞（Sophia Kovalevskaya），也有資料顯示蘇菲亞名 Sofia。此處係比照原書。

五磅的體重，分攤在一副很大的骨架上。他是俄國人，但因為身材的關係，常有人叫他「熊」，或說他是哥薩克人。此時他俯身望向各個墓碑，在筆記本裡寫下墓碑上刻的東西，思索著他解不開的縮寫，哪怕他會說俄、法、英、義四國語言，也懂得古典與中世紀的拉丁文。他知識之廣博一如體形，專精的是政府法，但講授美國當代政府機關之成長、俄國與西方社會特色、古帝國法規與實務等這些課程，一樣頭頭是道。不過他可沒有一丁點迂腐的學究氣，不但談吐風趣人緣好，和不同階層的人都處得自在。他在烏克蘭的卡爾可夫有地產，日子過得很安逸。無奈因為他是自由黨，在俄國無法執教鞭。

他的名字很適合他這個人。馬克辛[2]。馬克辛．馬克辛莫維奇．柯巴列夫斯基。

他身邊的這個女人，也是柯巴列夫斯基家的人。她嫁給他的遠親，但現在已是寡婦一名。

她逗他。

「你知道我們中間有一個人會死。」她說。「我們中間有人今年就會死。」

他其實沒專心聽她講話，不過還是問：怎麼說？

「因為我們新年頭一天就到墓園來散步。」

「說得也是。」

「還有些事你不懂。」她講得興高采烈又急切。「我可是八歲前就曉得嘍。」

「女生整天跟廚房的傭人玩，男生就耗在馬廄裡——我想是因為這樣吧？」

「男生在馬廄裡就沒聽過死的事？」

「不怎麼多。都是注意別的事。」

那天有雪，但下得不大。他倆在走過的路上留下消融的黑足印。

她頭一次遇見他是在一八八八年。他到斯德哥爾摩來，幫某社會科學院的基金會當顧問。他倆同鄉同姓，就算彼此之間沒有特別的火花，也必然會走得比較近，她也肯定會覺得有責任照顧同為自由黨的同胞。他們在家鄉是不受歡迎的一群。

但這份情誼後來根本不是出於責任。他們自然而然向對方奔去，宛如真是失散多年的親人。有說不完的笑話、問不完的問題，默契油然而生，俄語傾瀉而出，彷彿西歐諸國的語言是虛有其表的制式牢籠，他們在籠裡已被拘禁了太久；抑或那些語言都是無足輕重的替代品，俄語才是人類真正的語言。他倆的互動同樣一發不可收拾，沒多久斯德

2 Maksim，自拉丁文演變而來的名字，有「最偉大的」、「偉大的人」之意。

哥爾摩便都是兩人的身影。他在她家待到夜深；她隻身去他下榻的飯店找他午餐。他在冰上不小心傷了腿，她幫他泡腳上藥，甚至還跟別人說了經過。那時她自信滿滿，對他尤其篤定。她在給朋友的信中，借用法國詩人繆塞的詞來形容他。

> 他非常風趣，同時也十分憂鬱……
> 壞脾氣的鄰居，優秀的革命伙伴……
> 極度的不正經，卻也很容易受影響……
> 令人惱怒的天真，卻又相當厭世……
> 要命的真摯，同時又十分狡猾。

信末她寫道：「而且他還是真正的俄國人。」

胖馬克辛。她那時這麼叫他。

「我和胖馬克辛在一起的時候，老忍不住想寫羅曼史，我從沒有過這種衝動。」

還有「他占了太多空間，長沙發的空間，還有心裡的空間。只要他在，我除了他，腦子裡沒法想別的事。」

偏偏就在那時，她其實應該日夜趕工，準備交論文角逐勃丁獎[3]。「我擱在一邊的不只是我的函數，還有我的橢圓積分和我的剛體。」她對同門師兄米塔格─列弗勒[4]開玩笑說。米塔格─列弗勒勸馬克辛先離開，趁這時去烏普薩拉[5]講學一陣子。而她，則忍痛撇下對他的思念、對他的幻想，重新投入剛體繞定點轉動的問題，嘗試用雙獨立變數的西塔函數，破解那道人稱「數學水妖」的難題[6]。她整個人豁出去拚命工作卻樂在其中，因為心裡的一角仍想著他。他講學歸來，她已筋疲力竭卻十分得意。兩個原因──一來，她的論文只要再潤飾一次，就可以匿名投稿給勃丁獎；二來，她的戀人嘴上埋怨不停，神情卻十分愉悅，從被迫遠走的講學之旅迫不及待回到她身邊，而且如她所想，他的一舉一動都意味著：他打算讓她成為牽手一生的女人。

勃丁獎是他們感情變調的主因，索菲亞深信如此。起先她很訝異自己得獎，繼之而

---

3 Bordin Prize（Prix Bordin），法國科學院頒發的科學獎項。

4 Gösta Mittag-Leffler, 1846-1927，瑞典數學家。

5 Uppsala，距斯德哥爾摩北方約七十公里的城市。

6 即剛體繞定點旋轉的問題，自提出後百餘年，多人嘗試破解仍徒勞，卻又讓數學家爭相投入，故德國人稱此問題為「數學水妖」。

來的邀宴盛會，華麗排場、香檳美酒，在在令她目眩神迷。讚美固然讓人暈陶陶，但眾人的驚歎與吻手禮，也不過是粉飾大家不願面對又無可動搖的事實——他們永遠不會給她一份與她才智相符的工作。她如果能去鄉下的女子高中教書，就算很幸運了。而在她歡喜擁抱盛名之際，馬克辛卻突然遠走他鄉。當然，他從沒說真正的原因——他只說必須寫論文，需要去法國的標利清靜一下。

他覺得受了冷落。他不是個習慣受冷落的人。打從長大成人以來，舉凡沙龍裡、宴會上，他從沒給晾在一邊。在巴黎的情況也差不多。倒不是他在索菲亞的光芒下成了隱形人，他在那邊也就是平常的樣子。一個有身分地位的男人（儘管名聲毀譽參半），塊頭大、頭腦好、機智風趣，充滿男性魅力。而她完全是個新面孔，親切的怪人，兼備數學才華和女性嬌羞的女子，散發迷人風采，但鬈髮下的那顆腦袋，組成成分和別人完全不同。

他從標利寫了冷淡而賭氣的道歉信給她。她本提議這陣子忙完了就去看他，他回絕了。他說有個女的和他住在一起，她身陷困境，需要他的照顧，他不方便介紹此人給她認識。他建議桑亞（索菲亞的暱稱）回瑞典去，她那邊有很多朋友，回瑞典應該比較開心。她的學生、她的小女兒，也一樣需要她（這裡他酸了她一下，她也聽慣了，是說她是個不稱職的母親嗎？）

信末出現一句非常傷人的話。

「倘若我愛妳，這封信我不會這樣寫。」

一切到此結束。她帶著獎項和不太適應的盛名，從巴黎回到瑞典，回到朋友身邊，學生身邊，女兒身邊，只是朋友對她的意義忽地變得微不足道。學生對她的意義比較大，但也只有在她站在學生面前，化身為數學世界裡的那個她時才是如此（怪的是那個她還比較可親）。而一直遭她冷落的女兒芙芙，卻總是歡天喜地，令人不忍。

斯德哥爾摩的一切都讓她想起往事。

她坐在同樣的房間裡，家具都是花了誇張的天價，老遠跨過波羅的海運來的。眼前還是那張長沙發，不久前才溫柔地撐著他的身軀，還有她的，當他熟練地擁她入懷時。他塊頭雖大，做起愛來卻一點也不笨拙。

同樣的紅色錦緞，她老家只要有客，無論貴賤，都坐在這張紅色錦緞上。說不定杜斯妥也夫斯基也曾坐在上面，一臉憂鬱小生的緊張貌，被索菲亞的姊姊安妮塔迷得神魂顛倒。當然，索菲亞一如往常，是她母親眼中那個不如人意的孩子，只會惹人厭。

那只老櫃子也是從波蘭帕里比諾老家帶來的，裡面擺著漆了外祖父母畫像的瓷器。

舒伯特家，她的外公外婆。那裡沒有一絲溫暖。外公穿著制服，外婆一襲晚禮服，擺出怪異的自得神態。索菲亞覺得他們這輩子該有的都有了，卻對不是那麼會算計或沒那麼走運的人，除了鄙視沒有別的反應。

「你知道我有部分德國血統嗎？」她曾這麼問過馬克辛。

「當然啦。要不然妳怎麼會這麼拚？腦袋裡又滿是神祕的數字。」

倘若我愛妳。

芙芙幫她拿來一碟果醬，要她玩小孩玩的紙牌遊戲。

「別管我。妳就不能讓我靜一靜？」

之後她拭去奪眶而出的淚，懇求孩子原諒她。

但索菲亞畢竟不是耽溺憂鬱的人。她嚥下自尊，整理好自己，寫了幾封信給他，語氣輕鬆一如話家常，提了自己溜冰、騎馬等等，也聊到俄國與法國的政治等等，比重恰到好處，讓他不會看了不舒服，甚至或許讓他覺得之前給她的那番警語顯得殘忍而無謂。她居然有辦法讓他主動開口邀她，等夏天課一教完，她便去了標利。

愉快的時光。也有她所謂的誤會（她後來把「誤會」改為「對話」）。冷戰、分手、瀕臨分手、突然友好。他們同遊歐洲，一路頗多曲折，但對外擺出的姿態，都是一對戀人，當然也引來議論。

她偶爾會猜他是不是有別的女人。她自己也考慮過要不要嫁給一個追過她的德國人。但那德國人太愛吹毛求疵，她懷疑他可能只是想娶個家庭主婦，再說她也不愛他。他對她以德語情話綿綿，她的血卻只愈發冰涼。

馬克辛一聽說她有這段關係，便說她最好還是嫁給他，只要她不在意他提的條件。他講這話時，口氣裝得像是在談錢。要不在意他的財富自然是個笑話；要不在意他毫無感情、出於禮貌的提議，撇下所有失望和她使性子鬧出的種種場面——則完全是另一回事了。

她無法正面回答，只好故意跟他說笑，讓他覺得她不信他是真心，認為他還拿不定主意。等她回到斯德哥爾摩，卻覺得自己真是愚不可及。她為此在南下去法國過聖誕之前，寫信給好友茱莉亞，說不知自己是走向幸福或哀傷。這是指她要對他真心表白，看他是否也有相同的想法。她已經有迎接最壞打算的心理準備。

結果馬克辛幫她省了這伸頭一刀，他畢竟是個紳士，說到做到。他們安排在春天成婚。這事兒一定，兩人相處起來比初識時還融洽。索菲亞乖乖地不鬧憂鬱不發脾氣。他希望她舉止有分寸，但自然不是拿家庭主婦那一套來要求她。她菸不離手、喝茶喝得凶、不時對政治狂熱投入，而他和瑞典丈夫不同，對這些統統沒意見。他為痛風所苦，一發病就變得不可理喻，一會兒使性子，一會兒自怨自艾，這些都和她很像，她看在眼裡也沒有異議，畢竟他們是同胞。她和理性的瑞典人處久了，難免覺得無聊，卻又為自己這麼想而內疚，再怎麼說，瑞典人就是因為如此理性，全歐洲才會只有他們願意請女數學家到新成立的大學任教。瑞典的城市太整潔，習慣太規律，派對太拘謹。瑞典人一旦決定方向對了，就一頭鑽進去勇往直前，不會像彼得堡或巴黎的那些夜裡一樣，大家辯得慷慨激昂、沒完沒了，還不惜賠上小命。

馬克辛不打擾她真正的工作——她真正的工作是研究，不是教書。他樂見她有全心投入的事情，儘管她懷疑，他固然沒有小看數學的意思，卻也不覺得數學多重要。一個法學和社會學的教授，還會有什麼看法？

過了幾天，他送她去搭火車。尼斯的天氣暖和些了。

「我怎麼捨得走呢？我怎麼捨得這舒服的空氣？」

「啊，不過妳的書桌和微分方程可是等著妳喲。到春天妳就離不開它們啦。」

「你真這麼想？」

她絕不可以這麼想——她絕不可以把這句話想成：他只是拐個彎說，他無意在春天結婚。

她已經寫信給茱莉亞，說她終究要步向幸福。終究是幸福。幸福。

火車站月臺上，一隻黑貓在他們兩人眼前斜斜走過。她不喜歡貓，尤其是黑貓，但她一語不發，忍住打冷顫的衝動。他彷彿為了獎勵她的自持，說如果她願意的話，想陪她坐到坎城。她激動得說不出話，除了滿心感激，眼淚也快給逼得傾瀉而出。只是他最討厭有人在大庭廣眾之下哭（私下哭他也一樣受不了）。

她努力把淚忍回去，等火車到了坎城，他擁她入懷，把她裹進精心剪裁、散發男性氣息的寬大衣衫——一股混著皮毛動物與昂貴菸草的味兒襲來。他很有禮貌地吻了她，但用舌尖順著她的唇輕輕逗弄了一下，他的私人偏好。

她自然不曾提醒他，她在研究的主題是「『偏』微分方程理論」，而且前陣子已然完成。她開始隻身旅行後的頭一小時，做的照例是與他分別後她常做的事——細數他表達感情與不耐的暗示各有多少，計算他略顯熱情與冷淡的時間各是多久。

「永遠記得，男人離開房間時，把什麼都留在裡面一走了之。」她朋友瑪麗．曼德森對她說過。「女人離開房間時，把裡面發生過的一併帶走。」

至少她現在有時間發現自己喉嚨痛。萬一他也感冒了，她只希望他不要懷疑是她傳染的。他這單身漢向來健壯，感染一丁點毛病對他都是恥辱，要是哪裡通風不好、有人口氣不佳，他都覺得是存心找他碴。從某些方面來說，他還真是夠嬌貴。

坦白說，不僅嬌貴，也滿會吃醋的。不久前他寫信給她，說他們倆因為正巧同姓，有人開始把他某些文章當成是她寫的。他收到巴黎某作家經紀人的信，開頭竟稱他為「親愛的女士」。

他說，可惜他竟忘了她是小說家，也是數學家。那個巴黎人發現他兩者都不是，想必很失望吧。他只是學者，和男人。

還真是個天大的笑話。

II

她在火車裡點上燈之前睡著了。睡著前她腦裡還在轉著的事（而且不是什麼好事）是維多．賈克拉，她亡姊的丈夫，她到巴黎後打算去看他。其實她真正想見的是外甥尤里，但尤里是跟爸爸住。她腦裡的印象總是尤里五、六歲的模樣，天使般的金髮，天真善良，可脾氣不像他媽媽安妮塔那樣大。

她做了一個怪夢，夢見安妮塔，但場景的時間遠在賈克拉和尤里出現之前，地點是他們家在波蘭帕里比諾的莊園。未婚的安妮塔披著一頭金髮，人雖漂亮，脾氣卻很壞。她忙著用東正教圖像布置她在塔樓的房間，一邊抱怨這些宗教藝術品和中世紀歐洲根本不相稱。她那陣子正在讀布爾沃—李頓[7]的小說，老是披著面紗，想學伊笛絲．史旺涅克[8]，英王哈洛德的妾。她打算寫關於伊笛絲的小說，也已經寫了幾頁，描述伊笛絲去認屍，憑某些只有她知道的特徵，找出她慘遭殺害的戀人。

然後安妮塔不知怎地跑到索菲亞搭的這班火車來，唸這幾頁給她聽。索菲亞實在狠

7 Edward Bulwer-Lytton, 1803-1873，英國小說家、政治家與劇作家，作品以歷史小說最為知名。

8 Edith Swan-neck 為別名，原名為 Edith Swannesha（1025-1086）。英王哈洛德在哈斯汀戰役中身亡，面目全非，所幸伊笛斯認出其私密特徵，哈洛德國王終得以入土為安。

不下心對安妮塔解釋，塔樓房間的歲月已逝，人事全非。

索菲亞醒來時，想著夢中的種種多真啊——安妮塔對中世紀的痴迷（尤其是中世紀英國史）千真萬確。她也想到，有一天這一切都消失了，面紗、一切的一切，猶如未曾發生過。而現代真實世界裡的安妮塔比較一板一眼，她寫的故事是一個少女在父母力勸下，考慮某些傳統的原因，拒絕某位年輕學者的求婚。學者後來死了，少女這才明白自己是愛他的，於是別無選擇，隨他而去。

安妮塔偷偷把這篇故事投稿到雜誌社，雜誌的編輯正是杜斯妥也夫斯基。文章登了出來。

她父親怒不可遏。

「妳現在賣妳寫的故事，接下來不就賣妳自己？」

在這片混亂中，杜斯妥也夫斯基出現了，在派對上舉止相當失禮，但後來透過私下拜訪，軟化了安妮塔的母親，最後甚至向安妮塔求婚。父親執意反對這門婚事，安妮塔因此差點答應與他私奔。不過她終究還是貪戀聚光燈的人，或許也預見與他遠走會是何等犧牲，於是回絕了他。後來他把她寫進小說《白痴》裡，成了嫁給年輕速記員的阿格莉亞。

索菲亞又不覺睡去，墜入另一個夢境。夢裡她和安妮塔都仍年少，但身已不在帕里比諾的童年。她們倆人在巴黎，安妮塔的情人（還沒成為丈夫）賈克拉已經取代了哈洛德國王和杜斯妥也夫斯基，成了她生命中的男主角。而賈克拉也是真英雄，儘管脾氣不好（他以出身農家為榮），而且打從一開始就處處拈花惹草。他在巴黎外某地打仗，安妮塔擔心他會沒命，因為他實在太英勇。而此時在索菲亞的夢裡，安妮塔跑出去找他，邊哭邊呼喚他的名，但她走的街道是在彼得堡，而非巴黎。她把索菲亞丟在巴黎一間很大的醫院，裡面滿是死去的士兵、渾身是血的老百姓，而其中一個死者，就是索菲亞的丈夫維拉迪米爾。索菲亞拋下滿目瘡痍，出去尋找馬克辛的蹤影。馬克辛在輝煌酒店暴動中毫髮無損，一定有辦法帶她出去。

她醒來。外面很黑，下著雨，車廂裡除了她還有別人。有個蓬頭垢面的少女坐在門邊，抱著美術作品袋。索菲亞深恐自己剛剛可能邊做夢邊喊，不過好像沒有，因為那女子睡得正沉。

假如那女子醒著，而索菲亞對她說：「真抱歉，我夢到一八七一年，我當時在巴黎。我姊愛上一個公社的人，他被抓起來，很可能會槍決，或給送去新喀里多尼亞，不過我們設法把他救了出來。我先生出了很多力。我先生維拉迪米爾根本不是公社的人，他只愛去植物園看化石。」

這女子想必會聽得很煩吧，也或許為了禮貌而靜靜聽著，但還是不難看出她暗忖：在我看來，這一堆八成都是亞當夏娃被趕出伊甸園之前的事吧？這女的可能根本不是法國人，能坐得起二等車廂的法國女子，通常不會一人旅行。或者她是美國人？

說也奇怪，維拉迪米爾那時還真的有陣子常去植物園，但他遇害這段卻不是真的。他在這段動盪時期，仍努力為自己唯一真正的事業打基礎，想建立身為古生物學家的名聲。安妮塔帶索菲亞去醫院那段也是真的，只是醫院的護士都慘遭開除。護士給視為反革命份子，所以後來由公社成員的妻子與同袍代理護士之職。老百姓對這些來接班的人破口大罵，因為她們連綁繃帶都不會。傷者相繼死去，不過受了傷大多也是死路一條。當時的考驗除了戰地創傷之外還有疾病，據說老百姓被逼得吃狗和老鼠。

賈克拉和他的革命同袍奮戰十週，戰敗被捕後，他被囚於凡爾賽宮的地下監獄。有些男人被誤認是他而慘遭槍殺，至少報導是這麼說的。

那時安妮塔與索菲亞的父親（官拜將軍）剛從俄國抵達巴黎。安妮塔被帶去海德堡，一去了就臥病在床。索菲亞回到柏林繼續研究數學，而維拉迪米爾則留在巴黎，把他的第三紀哺乳動物拋在腦後，與岳父密謀如何營救賈克拉，這靠的是賄賂與膽識。賈克拉原本是要在一名軍人的押解下轉到巴黎某間監獄，途經某條街，街上因為有展覽，人潮洶湧。計畫是維拉迪米爾趁那軍人不備之際把賈克拉帶走（自然是軍人拿了錢後的安排）。賈克拉一路跟著維拉迪米爾，穿過重重人群，來到一間房間，裡面已經備好尋常百姓的穿著。他更衣後，維拉迪米爾再帶他去火車站，把自己的護照給他，讓他逃到瑞士。

這些都一一完成。

賈克拉居然連護照都沒寄還，直到安妮塔與他會合後，她才幫他還了護照。之後也從沒還過他們半毛錢。

索菲亞在巴黎下榻的飯店寄了短信給瑪麗・曼德森和朱爾斯・龐加萊[9]。瑪麗的女傭回說女主人此刻在波蘭。索菲亞又寄了信過去，說隔年春天可能會請朋友來幫她「挑選適合『世人所謂女性一生最重要場合』穿的衣服」，又用括弧補了句，她和這個新潮的世界「仍頗為格格不入」。

9 Jules Henri Poincaré, 1854-1912，法國數學家。

龐加萊趕到的時間早得出奇，而且一到便不斷抱怨索菲亞的恩師威爾斯查司[10]。瑞典國王不久前頒發了某數學獎項，威爾斯查司是評審之一。龐加萊是獲頒該獎沒錯，但威爾斯查司居然對外宣稱龐加萊的研究可能有誤，而大會沒有給他（威爾斯查司）足夠的時間仔細調查。他寫了一封信給瑞典國王，列出所有疑點並加注（像是國王看得懂似的），還說龐加萊日後的評價將是貶多於褒。

索菲亞連忙安撫龐加萊，說她接下來要去拜訪威爾斯查司，會跟他談這件事。她假裝完全沒聽聞此事，其實她早就寫了封信去取笑老師。

「我相信你給國王的信寄到後，國王想必就此夜不安枕。你想想，國王原本樂得完全不懂數學，但這下子你給他找了多少麻煩啊。當心，可別讓他後悔自己的慷慨……」

「再說，」她對龐加萊道：「畢竟你確實拿了獎，這獎會跟著你一輩子。」

龐加萊點點頭，說，他的名字一定會大放光芒，而威爾斯查司將被遺忘。

我們每個人都會被遺忘。索菲亞心裡想，卻沒有說出口，因為男人對這點很敏感——尤其是年輕男人。

她在中午和他道別，然後去看賈克拉和尤里。他們父子倆住在巴黎的貧民區，她得穿過人家曬衣服的庭院（雨停了，但天還是暗的），爬上一道又長又有點滑的戶外階梯。賈克拉在屋裡大喊門沒鎖，她走進去，見他坐在倒扣的箱子上，正在用黑鞋油擦靴子。他沒站起來跟她打招呼，見她脫外套，便說：「還是別脫吧，壁爐要傍晚才生火。」他示意她坐這裡僅有的一張扶手椅，只是破爛不堪，油污滿布。這景況比她想得還糟。尤里不在，他沒在這裡等著見她。

她想知道尤里兩件事。一、他長得愈來愈像安妮塔嗎？看得出他有俄國血統嗎？二，他長高了嗎？去年在烏克蘭敖得薩時，他十五歲，卻是十二歲的樣子。

她隨即發現，事情不一樣了，她原先想知道的事相形之下沒那麼重要。

「尤里呢？」她問。

「出去了。」

「上課？」

「大概吧。我不怎麼了解他。我知道得愈多，就愈懶得管。」

她想先安撫他一下，之後再來處理這事。她問了賈克拉身體如何，他說肺有問題，打從一八七一年冬天在野地挨餓受凍、餐風露宿之後，身子就一直沒好起來。索菲亞不

10 Karl T. W. Weierstrass, 1815-1897，德國數學家，有「現代分析之父」之稱。

記得當時革命份子有挨過餓——吃飯是他們的職責，因為吃了飯才能打仗，不過她還是附和著說，她來的火車上還想到那段日子。她說，她想到維拉迪米爾和整個營救賈克拉的行動，想來就像一場喜歌劇。

沒有喜，他說，也沒有歌劇。不過他精神好了些，打開了話匣子。他講到因遭誤認為他而挨了槍子兒的人，還有五月十二、十三兩天的絕望反撲。他終於被捕時，未審即殺的時候已成過去，但歷經荒唐可笑的審判後，他還是覺得自己會死。他怎麼有辦法逃走，只有上帝知道了。他又加了句：倒不是說他信上帝，只是他每次都能死裡逃生。

每次。每次他講這段遭遇，維拉迪米爾（和將軍資助的錢）在故事裡的比重就愈來愈小。他完全沒提護照的事。一切都是靠他賈克拉的勇氣、機敏，才能逃出生天。不過他愈講，給聽眾的印象也愈好。

仍會有人記得他的名字。仍會有人傳頌他的故事。

他又講了一堆事，也都是她聽過的。他起身從床下拿出一個保險箱，裡面有珍貴的文件，命他離開俄國的文件。那時公社革命已爆發了數天，他還和安妮塔在彼得堡。這些文件他必須全部唸出來。

「親愛的閣下，康士坦丁．培卓維奇，我須儘速通知您，法國人賈克拉，為前任公社成員，居於巴黎時曾與波蘭革命黨，猶太人卡爾．曼德森過從甚密，並透過其妻與俄國之關係，將曼德森所書信件送往華沙。他並與許多法國激進份子為友。賈克拉自彼得堡傳至巴黎之有關俄國政情訊息絕非屬實，且對我危害至鉅。在三月一日暗殺沙皇事件後，流傳之消息已令人忍無可忍。故我堅持閣下將之送往我帝國邊界外。」

他邊唸，邊慶幸自己全身而退。索菲亞記得他曾取笑她（甚至包括維拉迪米爾）以前把他的青睞視為榮幸，哪怕只是做他說話的對象。

「啊，真可惜。」他說。「可惜這裡寫的並不完整。他從沒提到我是被里昂的國際馬克思主義者選中，做他們巴黎的代表。」

這時尤里進來了。他爸還在講個不停。

「這當然是機密啦。他們正式派我到里昂的公眾安全委員會。」他翻來覆去說著，眉飛色舞。「我們在里昂聽說拿破崙三世被捕了，渾身塗得跟個妓女一樣。」

尤里朝他阿姨點點頭，脫下外套（他顯然不覺得冷），坐到箱子上，繼續擦他爸方才放下的那雙靴子。

沒錯，他長得確實很像安妮塔，不過比較像安妮塔後來的樣子。眼皮無精打采而鬱悶地垂下，豐厚的雙唇帶著嘲諷噘起（尤里噘起的雙唇則滿是輕蔑）。在他身上找不到那個勇於冒險、追求正義、口無遮攔的金髮女郎。尤里對那個女郎沒有絲毫記憶，他只記得一個總是臥病在床，體形走樣、氣喘、罹癌，老說巴不得死了算了的女人。

賈克拉一開始是愛她的，但愛的程度或許就像他愛別人一樣。他知道她對他的感情。他決定要娶她時，寫了封天真的信（或許根本是吹牛）給她父親表明心意，說若要拋棄一個愛他這麼深的女人，未免太不公平。他從沒和別的女人斷過關係，甚至連他剛和安妮塔開始交往，她正被他迷得暈頭轉向之際也沒有斷過，當然，做夫妻的這幾年也沒有。索菲亞想，女人八成還是覺得他很有魅力吧，儘管他的鬍子既亂又白，講話講得起勁時口水亂噴。他一生努力打拚，卻也因此憔悴不堪，為奮鬥犧牲了青春——他對外擺出的形象就是這樣，而且多少有人買帳。其實換個角度想，他這樣說也沒錯。他的行為勇敢，也有理想，他出身農家，卻深知這種背景只是惹人嫌惡。

她也一樣，才不久前，便開始瞧不起他。

房間破爛不堪，但如果細看，會發現已經盡力打掃過。幾只鍋子掛在牆壁的釘子上，冰冷的爐灶有人擦亮，鍋底也刷過。她忽地想到，他身邊可能有女人，即使是現在。

他說他正在和克里蒙梭談，而且相談甚歡。他打算在她面前好好吹噓兩人的交情，只是她本以為他會指責克里蒙梭拿了英國外交部的錢（她自己認為此傳聞有誤就是）。

她換了個話題，稱讚這公寓很乾淨。

他四下打量，有點詫異話題變了，但隨即緩緩一笑，換上另一種存心報復的神情。

「我娶了一個女的，平日都是她在照顧我。一個法國女人，千幸萬幸，她不像俄國人那麼愛嘮叨，又懶惰。她可是讀過書的喔，她原本是家庭老師，結果因為政治立場不同給開除了。我怕是沒法把妳介紹給她認識了。她很窮，但人品很好，還是很看重她的名聲。」

「啊。」索菲亞說著站起身。「我原本是來跟你說，我也要再婚了。嫁給一個俄國的紳士。」

「我有聽說妳和那個馬克辛．馬克辛莫維奇在一起。沒聽說要結婚啊。」

索菲亞在冰冷的屋子裡坐得太久，整個人不住地發抖。她努力用開心的語氣對尤里開口。

「陪你的老阿姨走去車站好不好啊？我都沒機會跟你講講話。」

「希望剛剛沒有說錯什麼話傷到妳。」賈克拉一副不懷好意的語氣。「我一向覺得要實話實說。」

「不會。」

尤里穿上外套。她現在才發現那外套他穿是太大了。或許是在市集買的。他雖然長大了，個子卻還沒索菲亞高。或許在重要的發育階段，他沒有好好吃東西，攝取適當的養分。他母親是高個子，賈克拉也還是很高。

尤里似乎沒什麼陪她走路的興致，但兩人還在下樓時，他已經打開話匣子，而且不待她開口，馬上就接過她的提包。

「他這個小氣鬼，連火都不幫妳生。其實箱子裡有柴薪，她早上有拿一點來。她簡直是個醜八怪，所以他才不讓妳們見面。」

「你不應該用這種話說女人。」

「女人處處要爭平等，這樣說有什麼不對？」

「我想我應該講的是，用這種話『說別人』。不過我不想談她或你爸，我只想聊聊你的事。你學校課上得怎樣？」

「我討厭上課。」

「你不會每一堂都討厭吧。」

「不行嗎？要討厭上課並不難。」

「你可以跟我說俄語嗎？」

「俄語很野蠻。妳法語為什麼不能講得好一點？他說妳的口音很野蠻，還說我媽的口音很野蠻。俄國人是野蠻人。」

「這也是他說的？」

「我自己會看。」

兩人在沉默中走了一段路。

「巴黎這時候天氣真不好。」索菲亞說。「你記得我們夏天在塞弗爾玩得多開心嗎？我們聊了好多好多，芙芙還記得你，經常提到你。她還記得你好想來和我們一起住。」

「真幼稚。我那時沒想到現實。」

「你現在想到了嗎？你想過這輩子要做什麼嗎？」

「有。」

他聲音裡有種奚落人的快感，所以她沒問，他反正會講。

「我要做跑堂小弟，餐館裡各種活兒我都幹。我聖誕節的時候跑路，做過一次，不過他跑來把我帶回去了。等我再大一歲，他就不能抓我回去了。」

「做跑堂的不一定一輩子快樂。」

「何以見得？跑堂的最有用處，大家都需要這種人。我倒覺得當數學家沒什麼用。」

她不響。

「要是我當個數學教授，」他說：「我會看不起自己。」

兩人爬上火車站的月臺。

「光是得獎、拿很多獎金，做的東西卻沒有人懂，也沒有人在乎，這樣對誰都沒用處吧。」

「謝謝你幫我拿包包。」

她給他一些錢，雖然數目沒有她原本想給的多。他帶著不悅的笑容收下，像是在說，妳以為我臉皮太薄不會拿？但他還是匆匆謝了她，彷彿他其實並不情願。

她目送他離去，想說這輩子很可能再也看不到他了。安妮塔的骨肉，他終究還是很像她啊。他們全家人聚在帕里比諾的時候，每頓飯都被安妮塔慷慨激昂的演說打斷。安妮塔總是在花園裡走來走去，對當下的生活滿腔憤懣，卻又深信命運會帶她去一個正義、冷酷的全新世界。

尤里或許會改變他想走的路，總之現在還看不出來。他搞不好哪天會開始有點喜歡這個索菲亞阿姨，只是那時他很可能已經是她這個歲數，而她早已撒手人寰。

III

索菲亞早了半小時到火車站。她想喝點茶、吃顆喉糖，紓緩一下喉痛，卻實在受不了大排長龍和講法語。身體好時，無論排隊或講外語都不成問題，只是此時她一來心情很壞，二來又覺得自己快要病了，這種時候，你很自然就會回到母語溫暖的懷抱。她坐到長椅上，垂下頭。她需要睡一會兒。

結果不止一會兒。火車的時鐘顯示已經過了十五分鐘。她身邊的人逐漸多了起來，熙熙攘攘，行李推車來來去去。

她匆忙走向要搭的那班火車，卻發現有個男子戴的毛帽很像馬克辛那頂。那男子也是個大塊頭，深色大衣。她看不見他的臉，他又朝她相反的方向走。可是他寬闊的肩，那一意前行卻又有禮的舉止，像極了馬克辛。

一輛堆滿貨物的推車橫過他們之間，男人的身影就這樣消失。

那當然不可能是馬克辛。他會到巴黎來做什麼？他會趕著搭哪班火車？赴誰的約？她爬上火車，在窗邊找到位子，心卻跳得她整個人不舒服。要說馬克辛有別的女人，應該不是空穴來風，比方說，他不願邀她到標利時曾提過有個女人，他無法介紹給她認識。不過她相信他不是會搞廉價多角戀的男人，他對女人沒事吃飛醋、一哭二鬧等等的戲碼，更是興趣缺缺。他之前那次早就明講了，她沒有權利，她管不了他。

這當然表示，他認為她多少對他有點約束力，覺得背著她亂搞是失德的事。她剛剛以為看見他的時候，才因為身體不舒服瞌睡了一陣，又睡得不安穩。她是眼花了吧。

火車終於一切就緒，照例發出低吼，哄哩噹啷地開始前行，緩緩把火車站的屋頂拋在背後。

她以前多愛巴黎啊。不是聽安妮塔在公社精神抖擻發號施令（其實有時聽不懂）的那個巴黎，而是在她盛年時走訪，得以結識數學家與政治思想家的那個巴黎。她曾對人說過，在巴黎，無聊、勢利、欺瞞這等事情絕不存在。

後來他們頒了勃丁獎給她，親她的手，在金碧輝煌的大堂中發表演說、送上鮮花，把她鄭重介紹給世人，卻吝於給她一份工作。在這些人眼裡，雇用她和雇一隻受過訓練的大猩猩差不多。這群傑出科學家的妻子，對她是能不見就不見，當然也不會邀她到家裡坐坐。

妻子是這道防線的守護者，一支打死不退的隱形軍隊。男主人對她們設下的禁制令傷心地聳聳肩，卻也明理地予以稱許。這些男人的腦袋深明破舊立新之道，卻仍逃不出傳統女人的手掌心——這種女人滿腦子只有緊身馬甲、交換名片，和人八卦嚼舌根，任濃厚的香水味兒灌滿喉嚨。

她不能再這樣一一數落別人的罪狀。斯德哥爾摩的太太們會邀她到家裡，也會請她出席最重要的派對與私人晚宴。大家對她讚譽有加，拿她出來炫耀，殷勤招待她的孩子。她或許在那裡也是個異數，卻是他們認可的異數，像能說多種語言的鸚鵡，或像個不假遲疑不必思索，便能說出十四世紀某日正是星期二的神童。

不，這樣說不公平。他們尊重她的成就，很多人都相信應有更多女性闖出一番事業，也必有如願的一天。那麼，為什麼她覺得這些人有點煩，反而巴望著深夜與不羈的談笑？為什麼這些人穿得像牧師太太或吉普賽人，她看著就是礙眼？

她之前大受打擊，還沒回神，因為見了賈克拉、尤里，還有那個她無緣認識的良家婦女。加上喉嚨痛與微微發抖，肯定是染上重感冒了。

但不管怎麼說，她很快就要為人妻了。一個有錢、有頭腦，更有成就的男人的妻子。

裝著茶點的推車來了。喝杯茶可以順順喉，儘管她暗自盼望會是俄國茶。火車出了巴黎沒多久，先是開始下雨，此刻則下起雪來。若要在雪和雨之間選擇，她會選擇雪。她喜歡大地一片白茫茫，不愛雨把地浸得又黑又溼的模樣。只要是俄國人，都會有一樣的答案。一旦下雪，大家都知道冬天來了，會拚命把房子弄得暖烘烘的。她想到威爾斯查司的家，那將是她今晚落腳之處。威爾斯查司和他兩個妹妹可不許她住旅館。

他們家總是十分舒適。深色地毯、綴著流蘇的厚重窗簾、坐了就會陷進去的扶手椅。這個家的生活依循著一套儀式——這儀式完全以研究為重心，尤其是研究數學。常有衣著邋遢的羞怯男學生，一個接一個，穿過客廳走到書房。教授的兩個未婚妹妹見了他們，總是親切招呼，但雙方鮮少繼續交談。這對姊妹花總是忙著針線活兒，修修補補，鉤鉤地毯。她們知道自己的哥哥有了不起的頭腦，人也很好，卻也明白他長期久坐，每天一定要吃些棗子幫助消化；他皮膚很敏感，連碰到最細緻的羊毛也會起疹子。她們也了解，有次他某個同事發表文章，卻隻字未提他貢獻之處，讓他十分傷心（儘管他裝著沒注意，在交談與寫作間，都大加稱讚這位刻意忽略他的同仁。）

索菲亞頭一次踏進這間客廳、走向書房那天，便令克拉拉和伊麗莎這對姊妹花詫異不已。讓索菲亞進門的傭人並不曉得要篩選訪客，畢竟這間房子的主人一直過著離群索居的生活，而且出入這裡的學生個個不修邊幅也不講禮貌，所以大戶人家的那套標準，在這兒並不管用。不過這女傭在讓索菲亞進來之前，語氣還是略帶遲疑——這女子個頭很小，一張臉藏在大黑圓帽下，一舉一動都像受了驚嚇，猶如膽小的乞丐。兩姊妹看不出她到底幾歲，但見她進了書房後，一致認為她大概是哪個學生的母親，來為學費討價還價，要不就是求他高抬貴手。

「我的老天啊。」克拉拉的想像力比較豐富。「我的老天，我們想說，哪兒來的夏綠蒂・科黛[11]？」

這些都是後來索菲亞和她們成了朋友之後，兩人才跟她說的。伊麗莎淡淡道：「幸好我們家哥哥當時沒泡在浴缸裡，我們也沒法起來去護著他，光是鉤這些圍巾就鉤不完，忙都忙死了。」

她倆在幫前線戰士鉤圍巾。當時是一八七〇年，是索菲亞和維拉迪米爾兩人赴巴黎之前的事。姊妹倆賣力投入、渾然忘我，宛若置身遠古時期，根本沒留意自己所處的世界，也鮮少聽過什麼當代戰爭。

---

11 Charlotte Corday, 1768-1793，法國大革命共和派份子，假借通風報信，進入激進派領導人馬拉之寓所行刺。馬拉因病必須時時泡在有藥水的浴缸裡，猝不及防，被刺身亡。

威爾斯查司對索菲亞的年齡或志向，和他兩個妹妹一樣毫無頭緒。他後來才跟她說，他原本以為她是什麼居心叵測的女家教，只想利用他的名字給自己的數學資歷沾光。他也想過應該把放她進來的女傭和妹妹罵一頓，但他既有風度又善良，非但沒有立刻請她走，反而向她解釋，他只收已經拿到學位的研究生，而且以當下學生的數量，他已經忙不過來了。她聽了只是站在他跟前渾身顫抖，那頂誇張的帽子遮住了臉，雙手緊緊拽著披肩。於是他想起一招，專門用來勸退不合格的學生，他之前用過一、兩次。

「以妳這種情況，我能做的是，」他說：「給妳出一串題目，請妳解出來，一個禮拜以後把答案交回來給我。要是結果我還滿意的話，我們再談。」

那天之後的一星期，他早就完全把她拋到腦後，當然也沒指望會再見到她。她走進他書房時，他沒認出是她，或許是因為這次她脫了斗篷，顯出清瘦的身材。想必她是有備而來壯了膽子，也可能是天氣沒那麼冷的緣故。他不記得她戴帽子（他妹妹記得），但反正他不太注意女性用的配件。待她把作業紙拿出提包、放在他桌上時，他便想起這是怎麼回事，於是嘆了口氣，戴上眼鏡。

他詫異不已（這點他後來也跟她說了）——每題不但都解了出來，而且有些還是用完全原創的方法解的。可他仍無法完全相信她，想說她肯定拿了別人做的東西來，說不定是哥哥或男友之類的，只是礙於政治原因無法曝光。

「坐下。」他說。「現在跟我說妳每題是怎麼解的，每個步驟都要講。」

她開始說明，俯身向前，軟帽垂落她眼睫上緣，她索性一把摘下帽子扔在地上，露出一頭鬈髮，明亮的雙眸，鮮活的青春，激動的輕顫。

「好。」他邊聽邊說。「好。好。好。」他每個字都在慎思後出口，極力掩飾心底的震驚，尤其是看到她的解法是從他所創的解法巧妙演變而來。

她在很多方面令他詫異。這麼瘦小、這麼年輕、這麼飢渴。他覺得必須好好安撫她，小心栽培她，讓她學會怎麼管好自己腦裡不住爆發的火花。

他這輩子（他始終對「熱過頭」這情況非常小心，所以他坦承，要他講出下面這句話並不容易）──他這輩子就是在等這樣的學生踏進書房。一個能處處挑戰他的學生；一個不僅有能力跟上他的思路，更可能大幅超越他想法的後進。他在說出自己真正相信的事情之前必須三思──那就是，在一流數學家的腦裡，必定有什麼類似直覺的東西，某種一瞬之光，能揭露始終存在的奧祕。這種人必須十分嚴謹、一絲不苟，但偉大的詩人也是如此。

他終於有勇氣對索菲亞把這些和盤托出時，也對她說：有些人一聽「詩人」這詞和數學連在一起便怒不可遏；也有人忙不迭附和這種觀念，卻解釋不了自己的想法何以混亂鬆散。

如她所料，火車愈往東開，窗外的雪也愈下愈大。她坐的是二等車廂，比起從坎城出發的那班簡陋許多。沒有餐車車廂，只有茶點推車賣的冷兮兮的餐包（有的裡面塞了不同種類的辣香腸）。她買了個裡面夾起司的餐包，有半隻靴子那麼大，想說絕對吃不完，不過最後還是全吃掉了。之後她拿出隨身帶的小書——德國詩人海涅的詩集，想說可稍稍喚醒她深埋記憶中的德文。

每回她抬眼望向窗外，雪就似乎堆得更厚，有時火車速度會慢下來，慢到幾乎停止。照這種速度，她午夜之前若能到柏林就不錯了。她多希望自己沒給說動，放著旅館不住，跑去住波次坦街的威爾斯查司家。

「妳在我們家即使只住一晚，可憐的卡爾也會非常高興。他都這麼肯定妳的成就了，也以妳的成功為榮，可他還是把妳當我們家門口的那個小女孩。」

等索菲亞終於按下門鈴，已經過了半夜。克拉拉裹著睡袍來應門，因為她叫傭人先去睡了。她哥哥（她壓低聲音幾近耳語地說）被計程車的聲音吵醒，伊麗莎去安撫他，叫他好好睡，跟他說早上就能見到索菲亞。

索菲亞對「安撫」這詞感覺不太放心。兩姊妹寫給她的信上什麼也沒提，只說教授滿累的。威爾斯查司自己寫的信也不講私人的事，滿紙都是龐加萊，還說自己應善盡本分，向瑞典國王把事情解釋清楚。

索菲亞聽得出，這老婦提到哥哥的時候，因敬畏或恐懼而略略壓低了聲音。她也嗅得到這屋裡熟悉而安心的氣味，但今晚這氣味裡卻隱約飄著腐朽陰沉的惡臭。索菲亞心裡明白，現在應該不能再像以前那樣和他們調笑了，更何況她帶進這屋子的，除了新鮮的冷空氣之外，還有因盛名而來的奔波，一股旺盛的活力，而她之前卻不自覺，這或許也多少帶點強勢，讓人家不舒服吧。以前兩姊妹見了她總是歡天喜地左擁右抱（這是這對姊妹的另一妙處，她們可以非常活潑開懷，卻也可以非常古板），現在當然也還是擁抱了她，但無神的眼卻盈滿了淚，蒼老的雙臂不住顫抖。

不過，她倆給索菲亞預備的房間裡還是有一壺溫水，床頭櫃上放著麵包和牛油。

她一邊脫衣，一邊還能隱約聽見樓上客廳裡惱怒的低語。或許是因為哥哥的狀況，或許是為了她，也或許是因為麵包與牛油忘了加蓋子卻沒人注意，克拉拉帶她進房時才發現。

索菲亞和威爾斯查司共事時，與讀化學的朋友茱莉亞住在又小又暗的公寓裡。她們不聽音樂會，不看舞臺劇，一來手頭緊，二來兩人都十分專心工作。茱莉亞有時會出門去私人機構的實驗室，她在那裡可以享有女性難以享有的特權。索菲亞則日復一日伏案用功，有時到了天黑得開燈時才會起身。那時她會伸伸懶腰，很快、很快地，從公寓這頭走到那頭（這距離並不長）。有時這走會變成跑，外加大聲說話給自己聽，說的還是些沒頭沒腦的話。難怪不像茱莉亞那麼了解她的人，會納悶她到底正不正常。

威爾斯查司所想的，現在也成了她在想的——主要是橢圓函數與阿貝爾函數，以及根據這些函數的無窮級數表示法，所建構出的解析函數論。這個以他命名的理論是說，實數的每個有界無窮數列，都有一個收斂的子數列。她先是追隨他，後來開始質疑他，甚至有段時間超越了他。他們的關係隨之從師徒轉為數學同行，她也往往是刺激他深入研究的推手。只是發展成這樣的關係，花了很長一段時間。他的每個星期天下午都給了她，也就順便留她下來吃晚餐。晚餐桌上，她又宛如他某個年少的親戚，求知若渴的得意弟子。

若碰上茱莉亞來找索菲亞，他們也一併留她吃晚餐，兩個女孩大啖烤肉、焗烤馬鈴薯、爽口的布丁，一掃她們之前對德國菜的印象。飯後她們坐在爐火邊聽伊麗莎朗讀，讀的是瑞士作家邁爾[12]的中短篇小說，伊麗莎讀來興致盎然，表情生動。在成日的針線與修補活兒之餘，文學是每週一次給自己的犒賞。

到了聖誕節，儘管他們家已經好幾年都懶得擺聖誕樹，卻為索菲亞與茱莉亞開了例。不僅端出用亮晶晶的紙包的糖果，還有水果蛋糕和烤蘋果。他們說是給小朋友吃的。

但沒多久就來了一枚震撼彈。

震撼彈就是——看似青澀不解世事的索菲亞，居然有個丈夫。在茱莉亞尚未出現之前，她去威爾斯查司家上課的頭幾週，星期天晚上都有個年輕男子來接她，但沒人把他介紹給威爾斯查司家的人認識，大家也都把他當傭人。這男的個子高但其貌不揚，稀疏的紅色落腮鬍、大鼻子，衣服穿得邋邋遢遢。只是威爾斯查司家也沒見過什麼世面，自然不會想到，像索菲亞這種出身的貴族之家，不可能有這麼邋遢的傭人，此人必是朋友。

12 Conrad Ferdinand Meyer, 1825-1898，以歷史中短篇小說知名。

後來有了茱莉亞，這男的就沒再來過。

過了一陣子索菲亞才鬆口，說這男的名叫維拉迪米爾．柯巴列夫斯基，是她丈夫。他已經有了法律學位，但當時仍在維也納和巴黎念書，也一直設法回俄國開教科書出版社。他比索菲亞大幾歲。

同樣令人大驚的是，這消息索菲亞是對威爾斯查司說的，反而沒告訴他兩個妹妹。在這個家，這對姊妹花多少還跟現實生活沾得上邊——要是傭人們的生活和朗讀當代小說也算的話。不過索菲亞原本就不討自己母親和家教老師喜歡。她和將軍父親商量事情，即便不能盡如她意，她仍敬重父親，也覺得父親應該會尊重她。所以，碰上要向人傾吐重大的心事，她很自然會去找當家的男人。

她明白，威爾斯查司一定覺得很窘——窘的不是聽她講這檔子事，而是得轉告他的兩個妹妹。要講索菲亞已婚這件事情也還好，她是光明正大結的婚。難出口的是，這是假結婚——他完全沒聽過，更別說兩個妹妹。假結婚的夫妻，非但不住在同一屋簷下，連一起生活都沒有。他們的結合不是出於世俗的理由，而是兩人祕密約好，永遠不像一般夫妻過日子，也永遠不……

「圓房？」問這句話的應該是克拉拉，問得突然，甚至帶點不耐，好像只想趕快問完了事。

沒錯。年輕的那一代（尤其是年輕女性），只要想出國念書，必得出此下策，因為俄國規定，未婚女子若無父母同意不得出境。茱莉亞的父母很開明，同意她出國進修，但索菲亞就沒這麼幸運。

多野蠻的法律。

是的，這就是俄國。不過有些少女還是找到了解套的辦法，那就是找到滿懷理想，也同情她們處境的青年幫忙。這些人或許也主張無政府主義，誰曉得呢？

先是索菲亞的姊姊找到了這樣的青年，也找了朋友安排和那人會面。或許她們是用討論政治當見面的理由，而不是拿學術當藉口。天曉得她們怎麼會帶索菲亞一起去——她對政治毫無興趣，也完全無意投身政治運動。只是那男子打量一下三姝之中年紀較長的兩位（她姊姊安妮塔，即便一臉嚴肅，仍掩不住秀麗），便搖了頭。不，我不願和妳們兩位做這種約定，但若是妳妹妹，我會答應。

「他八成是覺得年紀大一點的女人比較麻煩吧。」講這句話的應該是伊麗莎，因為小說讀多了。「尤其是漂亮的。他是愛上我們的小索菲亞啦。」

這原本就不該扯上愛情的。克拉拉聽到這裡，或許曾點了伊麗莎一下。

索菲亞接受了提議。維拉迪米爾隨即拜訪將軍，懇請他同意這樁婚事。將軍待之以禮，也知道這個年輕人雖然還沒闖出什麼名堂，但至少家世清白。只是索菲亞年紀還太輕，他說。她到底知不知道他的心意？

知道，索菲亞回答。她愛上了他。

將軍說他倆不能這麼感情用事，必須花點時間，而且是很長的時間，到帕里比諾去好好了解彼此（當時他們在彼得堡）。

事情就卡在這裡。維拉迪米爾這德性，很難給大家好印象。他並未竭力掩飾自己激進的觀點，而且總是衣冠不整，像存心找碴似的。將軍深信，索菲亞愈了解他，就會愈不想嫁他。

然而，索菲亞卻自有盤算。

某天她父母在家裡辦一場重要的晚宴，邀了外交官、教授、將軍在軍校的同袍等等。在人來人往的喧鬧中，索菲亞趁隙溜出門。

她獨自走在彼得堡的街上，之前她身邊總是有傭人或姊姊，從沒一人上過街。她一路走到維拉迪米爾的住所，窮學生住的區域。門很快打開了，她一進門，便坐下寫信給她父親。

「親愛的父親：我已在維拉迪米爾家，會一直待在這裡。懇求您不要再反對我們的婚事。」

晚宴賓客全都就座後，才有人發現索菲亞不見了。傭人發現她房間沒人。問安妮塔，她也只紅著臉回說她什麼都不知道，還故意把餐巾掉在地上，避著不看大家。

將軍拿到一封短箋。他起身向大家致歉，步出飯廳。索菲亞和維拉迪米爾很快便聽到門外傳來他憤怒的腳步聲。將軍眼前，一個是棄自己名譽於不顧的女兒；一個是讓她如此奮不顧身的青年。他要這兩人馬上跟他走。三人上了車，回到家，始終一語不發。到了晚宴桌前，他才開口：「容我介紹我未來的女婿，維拉迪米爾．柯巴列夫斯基。」

大功告成。索菲亞喜不自勝，因為她終於完成了解放俄國婦女之舉，讓安妮塔興奮不已。嫁給維拉迪米爾，反倒不是她開心的主因。婚禮在帕里比諾舉行，傳統而盛大。新人婚後在彼得堡同居。

兩人的手續全都辦好之後，一出國便分道揚鑣。索菲亞先去了海德堡，後又轉去柏林；維拉迪米爾則去了慕尼黑。他起先有空就會去海德堡看索菲亞，但後來安妮塔和朋友珊娜也到了海德堡，加上茱莉亞（他等於要保護四個女人），就再也沒他容身之處。

威爾斯查司一直沒對身邊這幾個女子說，他其實一直在和將軍夫人通信。索菲亞從瑞士回來時（其實是從巴黎回來）憔悴不堪，他便寫信給她母親，說很擔心索菲亞的身體。她母親回了信，說都是巴黎害的，那時巴黎正是最危急的時候，索菲亞走上這麼一趟，自然搞壞了身體。兩個女兒身陷政治暴動，這個做母親的倒是沒怎麼動氣，反倒是為了終於發現女兒瞞著她的事而暴怒——一個女兒和男人沒結婚就大方同居；另一個明媒正娶，卻根本沒和丈夫住在一起。威爾斯查司就此不太情願地成了將軍夫人傾吐心事的對象，這還是在他與索菲亞成為莫逆之前的事。而這一切，他一直等到索菲亞的母親過世，才對她坦白。

而待他終於和盤托出，他也告訴了索菲亞，克拉拉和伊麗莎當時隨即問他，是不是應該做點什麼。

他那時的反應是，女人好像都是這樣，總覺得應該做點什麼。

而他肅穆地回道：「不必。」

早晨。索菲亞從提包裡拿出一件乾淨卻皺巴巴的長罩衫（她老是學不會把行李打包得整整齊齊），梳理了一下她那頭鬈髮，努力藏起些許白髮的痕跡，下樓迎向這家人起床後發出的種種聲音。飯廳裡只有她的座位擺了餐具。伊麗莎幫她端來咖啡，和她破天荒在這屋子裡吃的第一頓德國早餐——冷肉片、起司、塗上厚厚牛油的麵包。伊麗莎說克拉拉在樓上幫哥哥梳洗，準備見索菲亞。

「起先我們是請理髮師過來。」伊麗莎說。「不過後來克拉拉學得滿不錯的。她又正好受過護士訓練。我們兩人之中有一個受過訓練，真的很幸運。」

她這些話還沒出口，索菲亞便已察覺到他們的拮据。織花檯布和窗上的紗簾既髒且舊，她手上的銀製刀叉應該已經有陣子沒人擦拭。透過客廳敞開的門望去，只見一個滿臉風霜的少女（他們現在的傭人）正在清理柴薪架，揚起滿天塵埃。伊麗莎朝少女的方向望去，像是示意她關門，但最後還是自己起身去關，回來坐在桌前時，一張紅著的臉鬱鬱不樂。索菲亞明知失禮，還是連忙問了，威爾斯查司先生得的是什麼病？

「一方面是心臟不太好，他秋天染上肺炎，一直沒有全好。還有就是生殖器官裡面長了東西。」伊麗莎壓低了聲音，卻仍是德國女人本色，有話直說。

克拉拉來到門口。

「他可以見妳了。」

索菲亞上樓的時候，想的不是威爾斯查司教授，而是這兩個把生活全副重心擺在他身上的女人。織圍巾、補床單、烤布丁、做果醬，全不請傭人代勞。和哥哥一樣信奉羅馬天主教（索菲亞視之為冰冷無趣的宗教），沒有一點想當家作主的跡象，也看不出有絲毫不滿。

換做是我，我一定會瘋掉。她想。

假如我是教授，也一定會瘋。她想。學生大多是平庸之輩，只有一望即知的固定模式，他們才會記得住。

在她遇見馬克辛之後，她才有勇氣對自己坦承這件事。

想到自己的幸運、就快到手的自由、即將步入禮堂的丈夫，她帶著笑容走進臥室。

「啊，妳終於來啦。」威爾斯查司開口有些吃力，虛弱地道。「妳這調皮鬼，我們還以為妳丟下我們不管啦。妳是不是又要去巴黎找樂子？」

「我剛從巴黎回來，」索菲亞說：「接下來要回斯德哥爾摩。巴黎一點都不好玩，難過得要命。」她伸手讓他親吻手背，這手親完換那手。

「妳的安妮塔病了，是嗎？」

「她死了。親愛的教授。」

「她死在監獄裡？」

「不不不。這是很久以前的事了。她死的時候沒有關在監獄裡，那是她先生。她得肺炎死的，不過她之前吃了太多苦，折騰得也夠久了。」

「喔，肺炎。我也得過。不過，這對妳畢竟是傷心事啊。」

「我心上這個傷是好不了了。不過我有好消息要告訴您，是喜事。我明年春天要結婚了。」

「妳要跟那個地質學家離婚？我不意外，妳早該跟他分了。話說回來，離婚也不是什麼開心事。」

「他也死了。噢，他生前是古生物學家，這是新學科，很有意思，是靠研究化石知道很多東西。」

「嗯，我想起來了，我聽過這門學科。那他還真是英年早逝啊。我固然不希望他礙妳的事，可真的沒希望他死啊。他病了很久嗎？」

「可以這麼說吧。您一定記得我當初怎麼離開他的，後來您把我推薦給米塔格—列弗勒？」

「斯德哥爾摩。對吧？是妳離開他。嗯，也非這麼做不可。」

「沒錯。不過現在這些都過去了。我要嫁給一個跟我同姓的人，不過是遠房，而且他是完全不一樣的人。」

「是俄國人吧？他也研究化石嗎？」

「差遠了。他是法學教授，很有衝勁，又有幽默感，只有心情不好的時候例外。我哪天帶他來給您瞧瞧，您就知道了。」

「他來我們會很高興，」威爾斯查司哀傷地說：「不過這樣妳的工作也就停了。」

「不會，一點都不會。他也不希望我停。不過我不會教書了，這樣我就自由啦。我會住在法國南部，那邊氣候好，可以養養身子，做更多的事情。」

「再看吧。」

「我親愛的。」她說。「我命令您，命令您為我開心。」

「我的樣子一定很老了。」他說。「我過的是隱居的生活，不像妳，個性有這麼多面。妳會想到寫小說，我真的滿驚訝。」

「您不喜歡我寫。」

「妳錯了。我喜歡妳的回憶錄。寫得很棒。」

「那本書不算小說。您應該不會喜歡我已經寫好的這本。有的時候連我自己都不喜歡。這本書是講一個把政治看得比愛情還重的女孩。算了，反正您也看不到。俄國有審查制度，不會讓它出版，俄國以外的地方也不會要它，太俄國了。」

「我也不怎麼喜歡小說。」

「因為小說是女人看的？」

「說真的，我有時還真忘了妳是女的。我把妳當……當……」

「當什麼？」

「當成給我的禮物，只給我一個人的禮物。」

索菲亞俯身在他蒼白的額頭上親了一下，忍著淚，忍到和他兩個妹妹告別，出了門，才讓淚痛快地流下來。

我再也看不到他了，她想。

她想起他的臉，和他頭底下剛漿過的枕頭一樣雪白。那一定是克拉拉早上才幫他放的。說不定她已經把這些白枕頭都撤走，讓他睡在底下早已壓得又軟又舊的枕頭上。這番談話或許已讓他筋疲力竭，他說不定很快就睡著了。他應該會想到，這是他們最後一次見面；他應該也想得到，她同樣心知肚明。但他想不到的是（這是她羞於出口的祕密）——此刻的她，儘管淚流滿面，感覺卻是何等輕鬆，何等自在。從那屋子往外每走一步，她便快活一分。

她想著，他的生活是否比他兩個妹妹的日子更愜意？

他的名字仍會流傳一陣子，在教科書上，在數學家間。倘若他當初能更積極建立自己的聲望，在競爭激烈的精英同僚間領先群倫，這名字流傳的時間也許能更久一些。比起名聲，他更在乎工作，而他的同僚大多對兩者一樣在乎。

她不該提到她寫的東西。他沒把它當正經事。她之前寫的是回顧帕里比諾的生活，帶著愛的光輝，寫失去的一切，曾感到絕望的一切，以及曾珍愛的一切。她是在離鄉背井很久之後才寫的，提筆之時，老家與姊姊都已化為塵土。而《虛無主義的女孩》則是出於憂國之痛，一股難以遏抑的愛國情懷，之前她忙於數學，生活大亂，不曾留意自己也有這種情緒。

沒錯，憂國之痛。不過這篇小說，寫的也可說是安妮塔。故事是講一個少女，放棄正常的生活，嫁給一個流放到西伯利亞的政治犯。當時無妻子同行的男性犯人必須去北西伯利亞，有妻子同行的則去南邊。她希望去南邊多少能讓他少受點苦。這群遠走異鄉的俄國人，有辦法弄到手稿來讀的都說好。唯有在俄國出不了書，才會引起這些流亡政治份子的好評，這點她很清楚。她比較滿意的是那本回憶錄《列夫斯基家的姊妹》，審查固然過了，某些書評家卻說它不過就是翻舊帳而已。

IV

她曾讓威爾斯查司失望過一次。她才剛闖出點名堂，就背棄了他。這點千真萬確，只是他從來不提。她背棄他也背棄數學，甚至連他的信都不回。一八七四年夏，她帶著學位回到帕里比諾的家，絲絨盒子裡的證書進了一只大箱子，擱到一邊，就這樣荒廢了幾個月，幾年。

稻草田與松樹林的香味，金色的炎夏，北俄明亮的長夜，在在讓她迷醉。有野餐，有業餘戲劇表演，舞會，生日慶祝會；有老友張開雙臂歡迎，還有安妮塔開心地帶著她一歲的兒子回來。維拉迪米爾也在，加上閒適的夏日氣氛，有暖意，有酒，悠長而開心的晚餐、跳舞、唱歌，她很自然在他面前屈服了，終於，在這麼久之後，她不僅把他當丈夫，也當情人。

不是因為她愛上他。她一直感激他，也說服了自己，愛情這種感覺，現實生活裡並不存在。她以為只要如他所願，他倆會更幸福，有一陣子確實如此。

他們秋天去了彼得堡，重要的娛樂節目依然不斷。晚餐、舞臺劇、宴會，還有待看的論文與期刊，日子過得既放縱又充實。威爾斯查司來信懇求索菲亞千萬別就此背棄數學天地。他很確定數學界的《克列爾期刊》刊登了她的論文，她卻懶得瞄上一眼。他請她花一週，只要一週，修改一下她關於土星環的研究報告，以便發表。她根本不想花那個工夫。她忙著沉醉在幾近夜夜笙歌的日子，慶祝命名日、慶祝喜事，四處看新的歌劇與芭蕾舞表演，但實際上也似乎是慶祝人生。

她很晚才學會很多人小時候就懂的道理——沒有重大成就，人生一樣能十分滿足。有太多太多種職業，不會把你最後一絲力氣都抽走。只要你該有的都有了，日子能過得舒服，同時享有社交娛樂，生活就一點也不枯燥無味，你會覺得到頭來，你做的正是皆大歡喜的事。不需要那麼痛苦。

除了錢從哪裡來的問題之外。

維拉迪米爾重振了他的出版事業。夫妻倆努力四處籌措。這時索菲亞的父母早已過世，夫妻倆拿她繼承到的遺產投資地產，包括附帶溫室的公共澡堂、一間麵包店和蒸汽洗衣房。兩人想了些遠大的計畫。怎奈當時彼得堡的氣候偏偏反常的冷，冷得大家連出門做蒸汽浴都不願意。加上有些居心不良的建商和合作對象耍了他們，市場又不穩定，夫妻倆非但沒有因繼承遺產打好經濟基礎，反而陷入更深的債務漩渦。

要做正常夫妻，就有正常夫妻要付的昂貴代價。索菲亞生了個女兒。他們給孩子取了媽媽的名字索菲亞，但平常叫她芙芙。為她找了保姆、奶媽，還準備了她專用的一整套房間，家裡也請了廚師和女傭。維拉迪米爾為索菲亞買了許多時興的衣飾，給女兒買了一堆禮物。他在德國的耶拿大學拿到博士，也設法在彼得堡找到副教授的職位，但還是不敷所需。他的出版事業算是完了。

之後沙皇遇刺，政治動盪不安，維拉迪米爾跟著消沉，沒法工作，更無法思考。

威爾斯查司聽說了索菲亞父母的死訊，為了稍解她失親之痛（套他的話），他寄了些資料給她看，是關於他新創的一類積分。但她沒有回到數學的懷抱，而是在報上寫起劇評和科普相關的文章。她這方面的才華比較貼近市場，既不會讓人看了不舒服，也不會為了當數學家苦了自己。

後來柯巴列夫斯基一家搬到莫斯科，希望能就此轉運。

維拉迪米爾振作了起來，自忖無法回去教書，卻有個值得考慮的機會——某個從原油提煉石腦油的公司給他一份工作。公司大老闆是拉格辛兄弟，他們在伏爾加河蓋了煉油廠與新式的城堡。而這份工作的條件是，維拉迪米爾必須先在該公司投資一筆錢，他也想辦法籌到了。

但這時候索菲亞已經覺得事有蹊蹺，她和拉格辛兄弟也互看不順眼。維拉迪米爾對那兄弟倆愈發言聽計從，還說他們想法創新，做的事自有道理。他變得愈發冷淡，態度日漸粗暴，也開始端起架子。妳說說，歷史上有哪個真的很偉大的女人？他問。女人要在史上留名，不是靠色誘男人，就是把男人幹掉，有誰真的對這世界有所貢獻？女人天生就是比較落後的族群，自私自利，一旦有了想法，想去幹什麼事，就會變得歇斯底里，最後因為驕傲毀了一切。

你這是拉格辛的說法吧。索菲亞說。

她又開始和威爾斯查司魚雁往返。她把芙芙託給老友茱莉亞，去了德國。她寫信給維拉迪米爾的哥哥亞歷山大，說維拉迪米爾被拉格辛耍得團團轉，像是存心招惹命運，等著再次被擊沉。話雖如此，她還是寫信給維拉迪米爾，苦勸他回頭，只是他不以為然。

後來他們又在巴黎碰面。她那時在巴黎撙節度日，威爾斯查司則設法幫她找教職。她和她那一圈的人又一頭栽進數學。維拉迪米爾察覺拉格辛兄弟有問題，但已經陷得太深，回不了頭。不過他還是和她談到去美國的可能。他後來也真的去了，只是去而復返。

一八八二年秋，他寫信給哥哥說，至此終於明白自己一無是處。十一月，他說拉格辛兄弟已經破產，生怕他們會拖他下水，說他參與某些罪行。他那年聖誕節去了敖得薩的哥哥家，那時芙芙已經由他哥哥幫忙帶了一陣。他很高興芙芙還認得他，而且長得健康聰明。之後他寫了訣別信給茱莉亞、哥哥和幾個朋友，卻沒寫給索菲亞。另外還有給法院的一封信，把他在拉格辛案做過的某些事解釋清楚。

他過了一陣子才動手。隔年四月，他把塑膠袋綁在頭上，吸入三氯甲烷。

在巴黎的索菲亞聞訊，不吃不喝，也不肯出房門。她把一切意念都放在「拒食」上，好不去體會自己到底有何感受。

最後在強迫灌食之下，她終於睡去。醒來時，她很慚愧自己居然鬧了這麼一場。她要來鉛筆和紙，想說或許可以繼續解題。

一毛不剩。威爾斯查司寫信邀她一起住，就當她是另一個妹妹，但同時仍不斷動用各種關係幫她謀職，終於在老學生兼老友米塔格—列弗勒的奔走下，幫她在瑞典找到了工作。剛成立的斯德哥爾摩大學答應雇用她，成為全歐首間聘請女性數學教授的大學。

索菲亞到敖得薩去接女兒，然後請茱莉亞先幫她照顧芙芙一陣子。她對拉格辛兄弟非常之火大，在寫給大舅子的信上，稱他們為「狡猾惡毒的歹徒」。她並說服了地方法官召開聽證會，主張所有證據都顯示維拉迪米爾固然容易受騙，但在這案子上確實一清二白。

她接著又搭火車從莫斯科去彼得堡，再前往瑞典，去新工作報到（當時已有不少媒體報導這件事，自也不以為然）。她是從彼得堡搭船去的。船駛在一片美麗的夕陽下。

我不可以再任性胡來了，她想。我從現在起要好好過日子。

那時她尚未遇見馬克辛，也沒贏得勃丁獎。

V

她向威爾斯查司一家黯然做了最後的道別，卻也鬆了一口氣，隨即在下午兩、三點左右搭火車離開柏林。火車又舊又慢，但很乾淨，暖氣充足，不愧是德國火車。

路程走了約一半，坐在她對面的男人打開報紙，問她有沒有想看哪一版，可以借她。

她道謝婉拒。

他朝車窗點點頭，望著不斷飄落的大雪。

「唉。」他說。「還能怎麼辦？」

「就是呀。」索菲亞說。

「妳要坐過羅斯托克？」

他或許已經注意到她沒有德國口音。她倒不介意他主動跟她攀談，也不介意他認定她不是德國人。他比她年輕很多，打扮得體，也算有禮貌。她有種直覺，她可能和他談過話，或在哪裡看過他。但旅行的時候，難免會碰上這種巧合。

「我要坐到哥本哈根，」她回答道：「再去斯德哥爾摩。我這一路上，雪只會愈堆愈厚。」

「我到羅斯托克就要下車了。」他說，這句話大概是讓她安心，暗示他不會講個沒完沒了。「妳喜歡斯德哥爾摩嗎？」

「這種季節我就不喜歡斯德哥爾摩。頂討厭的。」

這樣講，她自己也訝異。他卻開心地笑著，開始講起俄語來。

「不好意思。」他說。「我想得沒錯。現在講話像外國人的反倒是我了。不過我在俄國念過書，在彼得堡。」

「你聽得出我是俄國口音？」

「我沒什麼把握。一直到妳說妳不喜歡斯德哥爾摩，我才確定。」

「俄國人都討厭斯德哥爾摩？」

「沒有沒有。不過他們說是這麼說。又恨又愛。」

「我剛剛真不該那樣講。瑞典人一向對我很好，教我很多事情……」

他聽了這句話，搖頭笑著。

「真的，」她說：「他們教會我溜冰……」

「當然當然。妳在俄國的時候沒學溜冰？」

「俄國人教東西，不像瑞典人教得那麼……那麼勤。」

「博恩霍姆島的人也不會。」他說。「我現在住在博恩霍姆島。丹麥人也是不那麼……勤，這個字還真貼切。不過當然啦，這島上的人根本不是丹麥人，至少我們對外說不是。」

他是博恩霍姆島上的醫生。她在想，她喉嚨正痛，如果請他順便看一下，會不會太冒昧？她自覺失禮，還是沒開口。

他又說，等他們越過丹麥邊界，接下來他就得搭一段漫長顛簸的渡輪。

他說，博恩霍姆島上的人不覺得自己是丹麥人，因為他們自認是維京人，十六世紀遭漢薩同盟接管。他們有血腥的歷史，囚禁不少俘虜。她可聽過那邪惡的伯斯威爾伯爵[13]？有人說他死於博恩霍姆島，西蘭島的人卻說他是死在他們那邊。

「他謀殺蘇格蘭女王的丈夫，然後娶了她。不過他死的時候是給銬著，人也瘋了。」

「蘇格蘭的瑪麗女王。」她說。「我聽過。」她講的是實話，因為安妮塔剛開始寫作時，曾以這位蘇格蘭女王為主角。

「噢，原諒我。聽我瞎扯的。」

「原諒你？」索菲亞問：「我要原諒你什麼？」

他臉一紅，說：「我知道妳是誰。」

一開始他不知道，他說。不過她開始說俄語之後，他便有了把握。

「妳是那個女教授。我在一本期刊上看過妳的文章。上面有附照片，可是妳照片裡看起來比本人老好多。很抱歉打擾妳，可我實在忍不住了。」

「我照片裡的樣子很嚴肅，因為我想說萬一我笑了，大家會覺得我靠不住，信不過我。」索菲亞說。「醫生不也是這樣？」

「大概吧。我不太習慣照相。」

兩人之間這會兒變得有點尷尬，得靠她來化解他的侷促。在他認出她之前，氣氛還

---

13 Earl of Bothwell，蘇格蘭女王瑪麗一世的第三任丈夫，與瑪麗串通殺害她的第二任丈夫。

比較融洽。她把話題轉回博恩霍姆島。他形容那裡地勢陡峭，環境惡劣，不像丹麥那麼平坦溫和。大家去那邊主要是為了好風景和好空氣。要是她哪天想去看看，他會很樂意為她導覽。

「那裡有最罕見的藍色石頭，」他說：「叫做藍色大理石，我們會打碎它，拿來磨光，做成女士的項鍊。萬一哪天妳想要一條……」

他又開始瞎扯，應該是他有話想說，卻難以啟齒。她看得出。

羅斯托克快到了。他變得愈發不安。她生怕他會突然拿出什麼紙或書的要她簽名。其實很少人會這麼做，但只要有人要求，她總會覺得傷感，不知道為什麼。

「請聽我說。」他終於開口。「有件事我非說不可，但其實是不應該說的。麻煩妳。妳回瑞典的路上，請千萬不要去哥本哈根。妳不用這麼害怕的樣子，我腦袋清楚得很。」

「我沒怕。」她回道，其實是真的有一點。

「妳一定得換一條路，從丹麥外島過去。妳一到火車站就去換票。」

「我可以問是怎麼回事嗎？是鬧什麼災嗎？」

突然間，她很肯定他要講的是一樁密謀，有炸彈什麼的。

難道他是無政府主義者？

「哥本哈根現在有天花，是會傳染的。很多人都出城去了，但有關當局正想辦法壓下這消息，就怕大家聽了天下大亂，搞不好還會有人放火燒了政府機關。問題是芬蘭。大家都說是芬蘭人帶進來的。他們不希望民眾反對芬蘭難民進來，或是反對政府讓他們進來。」

火車停了。索菲亞起身去拿行李。

「答應我。妳先答應我再走。」

「好。」索菲亞說。「我答應你。」

「妳要搭往蓋瑟的渡輪。我先去陪妳換票，只是我接下來就得去呂根島了。」

「我答應你。」

他讓她想起維拉迪米爾嗎？年輕時的維拉迪米爾。不是長相，而是他對她的那種體貼。他始終那麼謙和，既固執，又體貼。

他伸出手來，她也伸出手，兩人握了握，但他別有用意。他在她手心裡放了一粒小藥片，說：「要是旅途太累了，這應該能讓妳稍微睡一下。」

我得找負責的人談談這個傳染性天花，她打定了主意。

但後來她沒這麼做。負責換票的那個人，一看她要搞得這麼麻煩就惱了，但要是她反悔，可能會惹得他更惱。他一開始好像只願意說丹麥語，畢竟這裡的旅客大多說丹麥語，但後來等他換好票，卻用德語跟她說，這段旅程會因此變得很長很長，她真的明白嗎？之後她才恍然，他們人還在德國，而換票的這人很可能完全不曉得哥本哈根的事，很自然會納悶：這女的到底在想什麼啊？

他還怏怏不樂地補了句：丹麥那些島都在下雪喲。

從德國往蓋瑟的小渡輪上，雖然只有木板釘的位子可坐，所幸暖氣十足。她本想吞下那小藥片，想說他所謂的旅途疲累，可能是指坐得不舒服。後來她還是決定先把藥片留著，以防暈船。

然後她轉搭當地的火車，坐到一般的二等座位，只是破舊很多。車裡一端有只冒著煙的爐子，但等於不起作用，車裡很冷。

列車長比查票員親切了點，也沒那麼匆忙的樣子。她發現已經進入丹麥領土後，用瑞典語問了列車長（想說應該比用德語問來得好），哥本哈根是否真有天花？他回說，不，這班車不會去哥本哈根。

「火車」和「哥本哈根」看來是他僅會的瑞典語。

這班車當然沒有座位隔間，只有兩節一般旅客車廂，裝著木頭長椅。有些乘客自己帶了軟枕、毯子和斗篷，把自己裹得緊緊的，不朝索菲亞看，也不怎麼跟她搭話。不過就算他們來搭話又怎樣？反正她聽不懂，也回不了話。

這裡也沒有茶點推車，只給乘客用油紙包的小盒，裡面是冷兮兮的三明治。厚片麵包配上氣味刺鼻的起司、幾片煮熟又冷掉的培根，八成還有鯡魚。有個女子從一疊衣物的口袋裡掏出一把叉子，開了罐醃甘藍菜吃起來。讓索菲亞好想家，想念俄國。

但這些人不是俄國農人，既沒醉醺醺，也不高聲談笑，人人板著一張臉。裡面有些人連裹著自己骨頭的脂肪都是死板板的。很知道自重的路德教派脂肪。她對這些人一無所知。

不過話說回來，她對俄國農人，對帕里比諾老家的那些農民，又知道多少呢？他們為了更好的未來，總是演樣板戲。

或許只有一次例外，就是那個星期天，農奴與主人得一起上教堂聽人朗讀《解放宣言》[14]。等回到家，索菲亞的母親整個崩潰，不斷哭嚎：「我們以後怎麼辦？我可憐的

14 一八六一年三月，沙皇亞歷山大二世廢除農奴制。

孩子以後怎麼辦？」將軍只得把她帶到書房好言安慰。安妮塔自顧自地坐下來看書，最小的弟弟費歐多則在玩他的積木。索菲亞四處晃盪，晃到廚房，看到管內務的農奴（連很多下田的農奴也來了）正在吃煎薄餅慶祝——不過舉止很有分寸，彷彿那天是聖人節似的。專管掃院子的老伯伯笑了，喊她「少夫人」。「少夫人來祝賀我們嘍。」有些人歡呼起來。索菲亞心想，他們人真好啊，儘管她也清楚，這歡呼多少有取笑她的意味。

烏雲罩臉的女家教隨即現身，一把把她拉走。

之後大家仍如常過日子。

賈克拉曾對安妮塔說，她永遠不會成為真正的革命家，她只不過很懂得怎麼從她的罪犯父母身上榨錢。而索菲亞和維拉迪米爾（那個曾奮不顧身把賈克拉從警方手中救出來的維拉迪米爾）呢？只是故作姿態的寄生蟲，只知道做那些個一文不值的研究。

醃甘藍菜和鯡魚的氣味，令她有點想吐。

火車走了一陣之後停了，列車長要乘客統統下車。至少她覺得如此，因為列車長大喊一陣之後，乘客即使不情不願，還是紛紛起身下車，踏進及膝的積雪中。放眼望去，前不著村後不著店，四周只有光滑雪白的山丘，在稀疏飄落的雪花中若隱若現。火車前方有群男人正忙著剷掉鐵軌上的積雪。索菲亞的靴子並不厚，只適合在市區步行用，擋不了當下這種環境。她怕腳凍僵，只得不斷走動。別的乘客則站在原地不動，對當下的狀況一語不發。

大約過了半小時（也說不定僅僅一刻鐘），軌道終於清乾淨了，乘客紛紛回到車上。大夥兒想必都很納悶（至少索菲亞很納悶），為何他們不能在車上等，一定要下車？但，當然，沒人埋怨半句。火車繼續穿越暗夜往前開，不時有東西敲打著車窗，發出不懷好意的刺耳聲響。雪，夾著冰雹。

之後火車駛進某個村落幽暗的燈下。有些乘客起身，有條有理打點了自己、拿好行李，吃力地爬下車，消失在黑夜裡。火車繼續前進，但沒多久，列車長又叫大家下車，只是這次不是因為積雪。大夥兒再次坐上一艘小渡輪，駛向黝暗的海。索菲亞的喉嚨已經痛到講不出話，她知道就算非開口不可，她也發不出聲音了。

她完全不曉得這趟船坐了多久。等船靠岸，他們走進三面有牆的候車間，幾乎沒有遮蔽，也沒椅子可坐。不知等了多久，火車終於抵達，索菲亞覺得真是謝天謝地，即使火車裡並不特別溫暖，也只有先前坐過的那種木頭長椅。人似乎總要受過折磨，才會對些許的安逸心懷感激。她好想對哪個人說，這句話不是老掉牙了嗎？

過了一陣，火車停在一個較大的鎮，火車站有附設餐飲處。有些乘客下了車，回來時帶著熱騰騰的咖啡，而索菲亞早已累得起不來也動不了。倒是那個之前吃醃甘藍菜的女子，回來時帶著兩杯咖啡，一杯居然是幫索菲亞買的。索菲亞綻開笑容，努力向她道謝。女子點點頭，像是索菲亞大可不必如此，反而失禮似的。不過她一直站著沒走，索菲亞終於會意過來，掏出換票時找回的丹麥硬幣給她。這女子嘴裡一邊嘟噥，戴著微溼手套的手從中挾了兩枚硬幣，應該就是買咖啡的錢。至於想到幫索菲亞買杯咖啡，還一路捧回來的心意，免錢。理應如此。這女子一句話也沒說，就回到自己的座位。

這一站上來些新面孔。有個婦女帶著約四歲的孩子，孩子半邊臉上了繃帶，吊著一隻胳膊，應該是出了意外，在鎮上的醫院治療。那臉上的繃帶有個洞，露出一隻憂傷的深色眼眸。孩子把沒纏繃帶的那側臉頰靠在母親大腿上，母親順勢拉過身上的披肩幫孩子蓋好。那動作並不特別溫柔或流露關愛，像是已成反射動作。孩子出了意外，她要多費心照顧，如此而已。她家裡可能還有幾個孩子等她，說不定肚子裡還懷著一個。

好慘啊，索菲亞想。這樣的婦女多慘啊。倘若索菲亞跟這女人講起女性近來的奮鬥，努力爭取投票權、在大學裡爭一席之地，這女人會怎麼說？她或許會說，可是這樣有違上帝的意旨。倘若索菲亞勸她，別管這個上帝了，妳應該多充實自己、訓練自己獨立思考，她是否會用執拗而同情的眼光回望索菲亞，疲憊地回道，沒了上帝，我們要怎麼過下去？

他們又跨越黝黑的海，只是這次走在一道長橋上。火車停在另一個村落，那婦女和小孩下了車。索菲亞已經沒了觀察他們的興致，也沒去看是否有人在等他們。她看的是車站外被火車燈光照亮的時鐘。她以為已經快午夜了，結果不過才十點出頭。

她想起馬克辛。馬克辛這輩子有沒有坐過這種火車？她幻想自己把頭安心地靠著他寬闊的肩——但現實生活裡，他不喜歡在大庭廣眾之下這麼做。他以昂貴布料縫製的厚大衣，散發富貴與安逸的氣息。即便他在自己祖國是不受歡迎的自由黨，他仍相信自己有權利享用好東西，要維持這種優渥的生活。他就是能給妳那種神奇的安全感，她父親當年亦然。就像小女孩窩在父親臂彎裡的那種安全感，妳一旦嘗過那滋味，一輩子都想要。當然，如果對方愛妳，那就再好不過，但就算那僅是為了讓妳有保障而必須簽下的古老君子協定，即便不是心甘情願，都能讓妳安心。

如果有人說他們很聽話，他們會不高興，但從某個角度來說，他們確實很聽話。他們全然遵守男人該有的舉止，明知這些行為有風險與殘忍的一面，有難解的負擔，有刻意的欺騙，他們還是服從。這套男人的規矩，有時讓女人受惠，有時則不然。

此刻她看見他的影像——不是在身邊為她遮風擋雨的馬克辛，而是在巴黎車站穿過人群大步走著的馬克辛，那樣子，完全就是私下有另一面的男人。

他高大醒目的帽子，他溫文有禮的承諾。

那都不曾發生。那不是馬克辛。肯定不是。

維拉迪米爾並非懦夫——從他營救賈克拉就看得出，但他沒有男人該有的果斷。正因如此，他才會在某些方面給她一般男人吝於給女人的平等，卻也始終無法像一般男人給她溫暖與安全。在他生命的盡頭，受了拉格辛兄弟的影響，作風也為之不變——那是絕望之下的不擇手段，以為只要仿效他人便能脫困。他對她頤指氣使，卻只是虛有其表，甚至到了可笑的地步。他給了她輕視他的理由，但或許她一直都瞧不起他。他崇拜她也好，侮辱她也好，總之她不可能愛他。

不可能像安妮塔愛賈克拉那樣。賈克拉自私殘忍又偷腥，但就連安妮塔恨他的時候，還是愛著他。

假如你不管住自己的思緒，會有多少醜陋不堪的念頭浮上檯面啊。

她閉上眼，以為自己看到了維拉迪米爾，坐在她對面的長椅上，但那不是維拉迪米爾，而是博恩霍姆島的那個醫生。那只是她對那醫生的印象，揮之不去，帶著憂心，以奇特而幽微的方式把這醫生推進她的生命。

他們抵達目的地、走下火車的時刻終於到來——當然，已近午夜時分。他們來到丹麥邊境的赫爾辛格，至少是陸地的邊界——她覺得真正的邊界是在卡特海峽的某處。

接著就是搭最後一趟渡輪。渡輪已經等在那邊，碩大而舒適，點著許多明亮的燈。還有行李員來幫她拿行李上船，謝過她給的丹麥硬幣便匆匆離開。她把票拿給船上的查票員看，他的回答竟是瑞典語。他向她保證，等靠了岸，船的另一端就能通到往斯德哥爾摩的火車，她不必在候車間度過漫漫長夜。

「我覺得好像回到文明世界了。」她對他說。他帶點疑慮地回望她。她雖然喝過咖啡潤喉，嗓子還是啞了。大概因為他是瑞典人吧，她想。瑞典人彼此之間未必會微笑招呼。即使少了這習慣，還是可以保持文明。

這一程有點顛簸，不過她沒暈船。她仍記得醫生給她的小藥片，但她用不著。船上想必有暖氣，因為已經有人脫下最外面一層的冬衣，只是她仍抖個不停。或許是因為她在穿越丹麥這一路上吸取了太多寒氣，非得發抖不可。那寒氣一直蓄積在她體內，現在她可以把它抖掉了。

往斯德哥爾摩的火車果然如那人所說，停在忙碌的赫爾辛堡碼頭。比起對岸名字相仿的赫爾辛格，這裡熱鬧得多也大得多。瑞典人或許不會跟你微笑招呼，但給的資訊絕對正確。行李員幫她拿來行李，耐心提著，等她在錢包裡找硬幣。她把一筆優渥的小費塞進他手裡，想說是丹麥幣，反正她用不著了。

是丹麥幣沒錯。他把錢還給她，用瑞典語說：「這些不能用。」

「我身上只有這些。」她高喊，頓時明白了兩件事。一，她的喉嚨好多了。二，她確實一毛瑞典幣都沒有。

他把她的行李放下，轉身就走。

法國幣、德國幣、丹麥幣。她就是忘了瑞典幣。

火車蒸汽騰騰，乘客紛紛上車，而她仍站在原地，左右為難。她拿不動行李，但她要是不拿，就得把行李丟下。

她抓住幾包行李的提帶，跑了起來，但跑得步履蹣跚，氣喘吁吁，胸口和腋下傳來陣陣痛楚。行李晃來晃去撞著她的腿。眼前還有階梯。要是她停下來喘口氣，只怕會趕不上火車。於是她往上爬，忍著滿眶委屈的淚，只求火車不要開走。

還好火車仍在原地。列車長探身向外把門關上，一把抓住她的胳膊，居然還有本事接過她幾個提包，連人帶行李一起拉上車。

她終於得救，卻爆出一陣猛咳，想把胸腔裡的東西咳出來，把那痛咳出來，把痛與抽緊的感覺咳出喉嚨。但她得跟著列車長走到她的隔間，而在咳嗽之間的空檔，她不由因成功搭上車而笑出聲來。列車長朝一個已坐了人的隔間裡看了一下，然後帶她去坐一個無人的隔間。

「你這樣安排就對了。我不方便坐在那裡，只會打擾別人。」她笑道。「我身上沒錢，我是說瑞典幣。我什麼幣都有，就是沒有瑞典幣，又非跑不可。實在沒想到我能……」

他要她坐下緩口氣，馬上去幫她倒了杯水。她喝著喝著，想起醫生給的那藥片，遂用最後一口水吞掉藥片，後來咳得就沒那麼凶了。

「妳下次不可以這樣了。」他說。「妳看妳的胸膛，喘得好厲害，上上下下的。」

瑞典人講話非常直接，也很內斂，很守時。

「等等。」她喚他。

她還有事情要弄清楚，彷彿要是不弄清楚，火車就不會帶她去該去的地方。

「等一下。你有聽說……？你有聽說天花嗎？在哥本哈根爆發？」

「我應該是沒聽過。」他回道，然後很嚴肅但有禮地朝她點了頭，走了。

「謝謝你。謝謝你。」她在他背後喊道。

索菲亞這輩子還沒喝醉過。就算是吃會讓她暈頭轉向的藥，她也在開始發暈之前就睡著，所以她對體內正在逐漸擴散的神奇感覺，沒有前例可以對照——她對事情的感覺都不同了。起先或許只有如釋重負之感，為自己如此幸運傻傻地得意起來，因為她居然真的拿著行李，一路跑上階梯，趕上這班火車。更別說後來還熬過了咳嗽和心抽痛，而且不知怎地也不在意喉痛了。

不僅如此，她的心彷彿不斷擴張，又回到正常的狀態，而且擴得愈大，心變得愈輕、愈有活力，之前煩心的事似乎都可一笑置之，吹得煙消雲散。就連哥本哈根的天花，此刻也猶如歌謠中傳唱的瘟疫，老故事裡的一環。就像她自己這一生，所有的起伏跌宕與愁苦，悉數化為幻影。人生的事件、腦裡的想法，此刻豁然開朗，像是透過一層層不斷轉換形狀的玻璃觀看，出現了新的形狀。

這讓她想起一段往事。那是她與三角學的頭一次偶遇，她十二歲，全家住在帕里比諾。隔壁鄰居提爾托夫教授拿了他寫的新書到他們家，想說她的將軍爸爸精通砲學，應該會有興趣看看。她在書房瞄到了，打開來正巧翻到光學那章，就讀起來，還研究了圖示，相信自己應該很快就能看懂。她從沒聽過正弦和餘弦，但用一段圓弧對應的弦來代替正弦，巧的是，當角度很小的時候，這兩者幾乎重合，她就這麼學會解讀這有趣的新語言。

當時她喜不自勝，卻不怎麼意外。

總有一天她會發現這類事情。數學宛如極光，是一種天賦。它與世上的一切無涉，無關論文、獎項、同僚或文憑。

火車快到斯德哥爾摩時，列車長來喚她，她仍半夢半醒，問：「今天星期幾？」

「星期五。」

「那好，那好。我還可以講課。」

「請保重身體，夫人。」

下午兩點，她站在講桌前，講起課來得心應手，邏輯清楚，既不痛，也沒咳嗽。這一路上她體內一直有個微小的聲音流竄著，像琴弦的低鳴，不過並未影響她上課時的嗓音，而且喉痛似乎也自己好了。講完課，她回家換過衣服，搭計程車去赴古登家的宴會。她心情很好，愉悅地談到自己對義大利和南法的印象，但沒談回瑞典路上的事。之後她沒有向大家告辭，便逕自出了門走到戶外。她腦裡有太多精采絕倫的想法，已經沒法再與人交談。

外面天黑了，下著雪，沒有風，街燈看來大得多，像聖誕節晶亮的圓球裝飾。她四下張望，沒看到計程車。有輛公車駛過，她伸手攔下。司機對她說，她站的地點沒有設公車牌。

「可是你停車了呀。」她輕鬆地回答。

斯德哥爾摩的街她其實不熟，所以過了好一會兒，她才發現自己坐錯方向。她笑著對司機說了，於是他讓她下車。她穿著赴宴的禮服、薄外套和便鞋，就這麼在雪中走回家。人行道上難得一片寂靜雪白。她大約得走上一哩，卻很開心自己終於弄清楚回家的路。兩腳雖然溼透，她卻不覺得冷，一來路上沒起風，二來她整個人、整顆心都陶醉在狂喜中，只是她過去從未察覺，但至少從現在開始，她要好好感受。套句老掉牙的話，這城市跟童話裡的城市一個模樣。

隔天她沒下床，寫了信給同事米塔格—列弗勒，請他找他的醫生過來，因為她半個醫生都沒有。結果他自己也跟著來了，兩人談了很久。她對他興致勃勃講了正在規劃的數學新計畫，比她之前所有的構想格局更大、更重要，也更美麗。

醫生認為問題出在她的腎，留了些藥便回去了。

「我忘了問他。」醫生走了之後，索菲亞才說。

「問什麼？」米塔格—列弗勒問。

「有傳染病嗎？哥本哈根？」

「妳是在做夢吧。」米塔格—列弗勒柔聲說。「誰跟妳說的？」

「一個盲人。」她回道，然後又說：「不，我是說好人[15]。好心的人。」她揮揮手，

---

15 原文是索菲亞先說"A blind man"，後又改口說"No, I meant kind. Kind man." Blind與kind音近。

彷彿想畫出某個比文字更能達意的形狀。「我的瑞典語真是。」她說。

「等妳好點再說吧。」

她笑笑，神情黯然，加強語氣開了口：「我丈夫。」

「妳未婚夫？啊，他還不是妳丈夫吧。好啦，我逗妳的。妳要他過來嗎？」

她卻搖頭，說：「不是他。伯斯威爾[16]。」

「不不不，」她急道：「另一個。」

「妳真的該好好休息了。」

泰瑞莎．古登和女兒艾爾莎來看她，艾倫．奇也來了，大家一起輪流照顧她。米塔格—列弗勒走了之後，她睡了一會兒，醒來後又開始滔滔不絕，但這次隻字未提丈夫的事。她講到她寫的小說、追憶帕里比諾童年的回憶錄。她說現在她可以做些更好的事，然後聊起新故事的構想。她變得有些迷糊，又因為沒法把話講清楚而發笑。她說，生命中有往返的運動，也有停頓。她只希望用這篇作品發現過去究竟發生了什麼。找出底下蘊藏的東西。是創作，但也可說不是。

她這麼說到底什麼意思？她大笑。

她的點子源源不絕，她說，有全新的廣度與重大的意義，但一切如此自然，如此不言自明。她實在忍不住大笑。

星期天，她的狀況更差，連話都沒力氣講，卻還是一定要看到芙芙打算穿去小朋友派對的打扮。

那打扮是吉普賽衣服，芙芙穿著它，繞著母親的床跳舞。

星期一，索菲亞請泰瑞莎．古登幫忙照顧芙芙。

那天傍晚她感覺好了些，有位護士來和泰瑞莎與艾倫換班。

一大清早索菲亞就醒了。泰瑞莎和艾倫從夢中被喚醒，去叫芙芙起床，讓她再見母親生前一面。索菲亞沒什麼力氣，話不多。

泰瑞莎覺得曾聽見索菲亞說：「太多幸福了。」

---

16 即譯注13的伯斯威爾公爵。

她在下午四點左右過世。解剖報告顯示，她的肺整個被肺炎摧毀，而且心臟也有問題，是幾年前的老毛病。她的大腦不出眾人所料，很大。

博恩霍姆島的那位醫生在報上讀到她的死訊，並不意外。他之前就偶爾有不祥的預感，對他這行來說實在不是什麼好事，況且也不見得可靠。他想過她若不去哥本哈根，或許能躲過一劫；也納悶她有沒有吃他給的藥，那藥能否給她些許安慰，一如他在必要時從藥中尋求慰藉。

索菲亞．柯巴列夫斯基，在依然寒冷的某天下午三點鐘，葬在斯德哥爾摩當時稱之為「新墓園」的地方。前來弔唁的人與旁觀的人，在凜冽的空氣中吹出朵朵白霧。

威爾斯查司送來了月桂花環。他之前就跟兩個妹妹說過，他知道再也見不到她了。他又多活了六年。

馬克辛在她死前接到米塔格—列弗勒的電報，便從標利趕來。他及時趕上告別式，並以法語致詞，把索菲亞說得像是他認識的教授，也代俄國感謝瑞典，給她以數學家身分謀生的機會（他說，用這種方式讓她發揮所學，頗為相稱。）

馬克辛並未娶妻。後來他獲准返鄉，在彼得堡教書。他創立俄國的民主改革黨，支持君主立憲。擁戴沙皇的人說他太自由派；列寧卻指責他極端保守。

芙芙後來在蘇聯行醫，於二十世紀五〇年代中期逝於蘇聯。她對數學毫無興趣，她是這麼說的。

月球上有一座環形山，以索菲亞的名字命名。

謝辭

有天我在《大英百科全書》裡找資料的時候，發現了索菲亞．柯巴列夫斯基（〈太多幸福〉的女主角）。這既是小說家又是數學家的身分，立時勾起我的興趣。我開始找關於她的資料，找得到的全都讀了。其中有本書寫得最是引人入勝，為此，我要特別向《小麻雀：索菲亞．柯巴列夫斯基傳》（*Little Sparrow: A Portrait of Sophia Kovalevsky*）（俄亥俄州大學出版社，一九八三年出版）一書的作者唐．H．甘迺迪（Don H. Kennedy）與他的夫人妮娜，致上最深的感激與謝意。妮娜是索菲亞表親的後裔，提供了譯自俄文的大量文字，包括索菲亞的部分日記、書信，與無數的文字記錄。

我把這篇小說的時間背景集中在索菲亞過世的前幾天，其中穿插早年生活的回顧。但我衷心建議對這主題有興趣的人，去讀甘迺迪先生的大作，書中有極豐富的歷史與數學資料。

二〇〇九年六月
艾莉絲．孟若
克林頓，安大略省
加拿大